Pentti

Tage ohne Ende

Kriminalroman

Aus dem Finnischen von
Gabriele Schrey-Vasara

grafit

grafit

Die finnische Originalausgabe »Jäähyväiset ilman kyyneleitä« erschien 1978
bei WSOY, Helsinki
Copyright © 1978 by Pentti Kirstilä and WSOY

Deutsche Erstausgabe
© 2004 by GRAFIT Verlag GmbH
Chemnitzer Str. 31, D-44139 Dortmund
Internet: http://www.grafit.de
E-Mail: info@grafit.de
Die Übersetzung wurde von dem
Informationszentrum für finnische Literatur, Helsinki, gefördert.
Alle Rechte vorbehalten.
Umschlagillustration: Peter Bucker
Druck und Bindearbeiten: Clausen & Bosse, Leck
ISBN 3-89425-537-4
1. 2. 3. 4. 5. / 2006 2005 2004

Der Autor

Pentti Kirstilä, geb. 1948 in Turku, lebt heute als freier Schriftsteller in Helsinki. Kirstilä debütierte 1977 mit seinem Polizeiroman *Jäähyväiset rakkaimmalle* (›Abschied von der Liebsten‹), dem weitere Romane um den illusionslosen und eigenbrötlerischen Kriminalhauptwachtmeister Lauri Hanhivaara folgten. Kirstilä zählt zu den renommiertesten und erfolgreichsten finnischen Kriminalautoren und wurde zweimal mit dem *Vuoden johtolanka*, dem Preis für den besten finnischen Kriminalroman, ausgezeichnet. *Tage ohne Ende* ist die erste Übersetzung ins Deutsche.

Erster Teil

Eins

Wenn die Gottlosen saufen, hat die Polizei zu tun. In der Mittsommernacht sind in Finnland die Ordnungshüter im Einsatz.

Hanhivaara hatte eigentlich niemanden übers Ohr zu hauen brauchen, um im Juni Urlaub zu bekommen. Irgendwer muss auch im Juni Urlaub machen.

Bisher hatte ihm noch keiner vernunftwidrigen Optimismus vorgeworfen.

Hanhivaara selbst betrachtete es nicht als unerhörten Schicksalsschlag, als er ausgerechnet an Mittsommer über eine Leiche stolperte.

Zweiter Teil

Zwei

Ich hasse sie nicht. Ich liebe sie nicht. Aber ich muss sie töten. Es gibt Menschen, die den Tod verdienen, und sie gehört dazu.

Doch der Reihe nach: Ich heiße Antero Kartano. Manche finden meinen Namen witzig. Fast dieselben Buchstaben im Vor- und Nachnamen. Meiner Meinung nach ist es ein klangvoller Name, ich finde, da gibt es nichts zu lachen.

Und wer ist sie? Sie ist eine junge Frau, die in derselben Firma arbeitet wie ich. Vor fünf Jahren kam sie *ins Haus,* wie alle Bosse ihr Unternehmen leutselig, aber allzu selbstgefällig nennen. Fünfmal bin ich ihr begegnet und fünfmal hat sie mich abgewiesen. Das darf nicht ungesühnt bleiben.

Was bildet sie sich nur ein? Sie kann Maschine schreiben und verdient sich damit ihr Geld. Was ist das schon? Motorik, nichts als Motorik. Sie hat kein Fitzelchen Verstand. Den ganzen Tag sitzt sie vor ihrer elektrischen Schreibmaschine und hält ihre Möse warm. Und lächelt die Chefs an. Sie glaubt wohl, die Chefs hätten etwas, was ich nicht habe.

Obwohl ich viel lese, komme ich mit den Worten nicht zurecht. Ich lese, ich schreibe nicht. Mein Gebiet sind die Zahlen. Es kann daher sein, dass ich mich unklar ausdrücke. Aber ich denke, jeder Mann wird mich verstehen.

Ja, die Zahlen. Manchmal verschwinden welche. In Firmen geschieht das erstaunlich oft. Wenn zum Beispiel vier oder fünf Nullen verschwinden, ist das schon eine schlimme Sache. Schlimm für den, der sie verloren hat. Und ich verstehe mich auf Zahlen; ich liebe sie. Ich könnte ohne weiteres Nullen verschwinden lassen. Meinetwegen auch für einen anderen. Und es sind welche verschwunden. Bisher habe ich mit niemandem darüber gesprochen. Ich habe nämlich eine

Idee: Wenn ich die richtige Person finde, jemanden, bei dem es denkbar wäre, dass er plötzlich in den Besitz überzähliger Nullen gelangt, könnte auch für mich etwas dabei herausspringen.

Was die Firma herstellt? Irgendwelche Apparate, technischen Kram eben; wie gesagt, mein Gebiet sind die Zahlen. Soweit ich weiß, handelt es sich um kleine Computer, die nach Schweden oder in irgendein unterentwickeltes osteuropäisches Land exportiert werden, während man ängstlich darauf wartet, dass IBM die Bude in den Konkurs treibt. Die Firma hat einen reizenden Namen: *Systec*.

Die Sache mit Virpi habe ich schon viel zu lange aufgeschoben. Ich denke, es ist Zeit, unser Verhältnis endgültig zu klären. Virpi heißt die junge Frau, Virpi Hiekkala. Nach reiflicher Überlegung bin ich zu dem Ergebnis gekommen, dass Mittsommer der passende Zeitpunkt ist, ihrem Leben ein Ende zu setzen. Darin liegt eine zarte Ironie, an der ich meine heimliche Freude habe. Nämlich: In der Mittsommernacht wird sie sich wahrscheinlich einen unserer Chefs krallen, vermutlich Mitrunen. Sie glaubt, damit würde ihr Leben beginnen. Weit gefehlt. Es endet.

Ich habe herausgefunden, wo sie feiern wird. Sie ist in das Sommerhaus von Heikki Mitrunen eingeladen, zum Saufen und bestimmt auch zum Vögeln. Diplomingenieur (DI sagt er selbst, haha) Mitrunen ist Junggeselle. Ich denke, damit ist alles gesagt.

Derartige Dinge findet man mit einer ganz einfachen Technik heraus.

Heute früh, als Virpi zur Arbeit kam, ging ich in ihr Büro, legte ihr meine Hand ganz leicht auf ihre Schulter und sagte: »Liebe Virpi, was hältst du davon, wenn wir gemeinsam Mittsommer feiern? Ich habe ganz in der Nähe ein kleines Sommerhaus gemietet. Wir könnten saunen, schwimmen und uns ein paar schöne Stunden machen.«

Virpi schüttelte meine Hand ab. Heftiger als nötig, denn meine Geste war kumpelhaft gewesen. Keine erotische Annäherung, nicht im Geringsten. Sie lachte und sagte: »Ich habe andere Pläne.«

Ich glaube, dieses spöttische Lachen besiegelte meinen Entschluss. Ja, das war das sechste Mal. Das sechste Mal.

Ich riss mich zusammen und fragte harmlos: »Was hast du denn vor? Ich meine ..., es geht mich natürlich nichts an, aber du kannst es mir doch ebenso gut sagen.«

»Es geht dich tatsächlich nichts an, aber du sollst es ruhig wissen.« Nun lag ein leiser Stolz in ihrer Stimme. Ich kenne die Menschen, ich wusste, dass Virpi mir auf den Leim gehen würde. Eitler Stolz zwang sie zu sagen: »Direktor Mitrunen hat ein eigenes Sommerhaus, gar nicht weit von hier.«

Ich war die Ruhe selbst: »Ach so. Wird es eine große Party?«

Und wieder eine hochnäsige Antwort: »Direktor Mitrunen hat einige Freunde und Kollegen eingeladen. Wir sind ziemlich viele, sicher ein Dutzend.«

Ich trat etwas näher an sie heran, sah ihr in die Augen und lächelte. »Na dann, viel Spaß. Vielleicht kommen wir ein andermal zusammen.« Und dann, ganz beiläufig: »Wo liegt Mitrunens Sommerhaus eigentlich?«

»In Aitolahti.« Erneut eine unbedachte Antwort.

Aitolahti ist nicht so klein, dass die Auskunft präzise genug gewesen wäre, aber ich würde das Sommerhaus schon ausfindig machen. Nur Dummköpfe suchen vergebens.

»Aha«, sagte ich mit unbewegtem Gesicht, als wäre mir das Ganze gleichgültig.

Virpi nahm die Schutzhaube von der Schreibmaschine und wandte sich ab. Ihr von dunklem glänzendem Haar bedeckter Hinterkopf war direkt vor meinen Augen, wie auf dem Präsentierteller. Schöne gewellte Haare, die dazu einluden, sie zu streicheln, und darunter der zerbrechliche Schädel, der darauf zu warten schien, dass jemand eine Axt hineintrieb. Oder nein, keine Axt, das wäre irgendwie vulgär.

Ich ließ den Blick über den Schreibtisch schweifen und bewunderte den großen Glasaschenbecher, hob ihn hoch und wog ihn ab. Er war mindestens so schwer wie ein amerikanischer Schundroman im Hardcover, also etwas über ein Kilo. Wenn man den Daumen unter den Ascher legte und die anderen Finger um den Rand krümmte, hatte man ihn fest im Griff.

»Virpi«, knatterte die Sprechanlage.

Ich stellte den Aschenbecher zurück.

Virpi drückte auf eine Taste und sagte: »Ja?«

»Komm bitte kurz rüber«, war Mitrunens Stimme zu vernehmen.

»Sofort«, sagte Virpi.

Sie stand auf und sah mich an. »Bist du immer noch hier?«, fragte sie. Dann veränderte sich ihr Gesichtsausdruck. »He, geht's dir nicht gut? Du bist ganz blass!« Ihre Stimme triefte vor geheuchelter Besorgnis.

Verdammt nochmal, Mädchen, ich durchschaue dich.

»Mir fehlt nichts«, sagte ich hastig. »Ich bin nur ein bisschen müde, hab letzte Nacht schlecht geschlafen.«

Ich war beunruhigt, denn ich hatte mich gerade zum ersten Mal verraten. Es war nicht Müdigkeit und Schlafmangel, was Virpi gesehen hatte, sondern Mord. Zu meinem Glück war sie dumm. Sie begriff nicht, was sie sah. Doch ich musste künftig vorsichtiger sein. Es lag keineswegs in meiner Absicht, mich bei einem Mord erwischen zu lassen. Ich bezeichnete mein Vorhaben ohnehin lieber als Hinrichtung. Wenn sich Dummheit mit Arroganz paart, ist es Zeit, die betreffende Person auszumerzen. So ein System würde mir gefallen. Leider haben wir kein solches System, daher muss ich vorsichtig sein. Die Gesellschaft wird mich bestrafen wollen, obwohl ich ihr einen Gefallen erweise, indem ich ein lebensunwertes Gehirn zerquetsche. Das nenne ich eine Konfliktsituation.

»Bist du auch bestimmt okay?«, fragte Virpi. Ihre Stimme kam von weit her.

Okay, auch das noch. Nicht mal ordentlich sprechen kann sie.

»Ja, ich bin bestimmt okay«, sagte ich ruhig. »Mitrunen hat nach dir gerufen. Du musst dich beeilen.«

Verwirrt wandte sie sich ab und ging zu der Zwischentür, die in Mitrunens Büro führt, einen großen, lichten Raum, in dem alles vor Sauberkeit glänzt, einschließlich Mitrunen selbst. Eigentlich mag ich ihn, obwohl er ein Plastikmann ist, dessen Gehirnwindungen kein origineller Gedanke verunreinigt. Zweifellos ist er ein intelligenter Mann, aber er hat alles aus Büchern gelernt und sein Gehirn funktioniert wie eine der Maschinen, die er verkauft: Steck die richtige Diskette in die richtige Öffnung und du bekommst das korrekte Ergebnis.

An der Tür drehte Virpi sich noch einmal um.

»Bist du sicher ...«, begann sie.

»Ja«, sagte ich und unterdrückte die aufsteigende Wut. Hartnäckig war sie auch noch.

Zu ihrem Aussehen sei bemerkt, dass die meisten Männer sie als flotte Biene bezeichnen würden, was weniger über Virpi aussagt als über den minimalen Wortschatz der meisten Männer. Aber wie soll ich Virpi beschreiben, ohne poetisch zu werden? Sie ist fünfundzwanzig. Sie hat nicht einfach den Körper einer Frau, nein, sie hat einen Traumkörper. Sie ist eins siebzig groß. Das weiß ich, weil ich es in ihrer Personalakte gelesen habe. Sie wiegt sechsundfünfzig Kilo, das heißt, sie ist schlank, aber nicht mager. Ihre Brüste sind spitz und schön geschwungen. Der Abstand zwischen den Nippeln ist genauso groß wie der vom Nippel zum Halsgrübchen. Ich habe sie nie nackt gesehen, aber man sagt, bei idealen Brüsten wäre es so. Also muss Virpi solche Brüste haben. Ihre Beine sind wohlproportioniert, lang und gerade, wie bei einer Sportlerin, die noch nicht das Stadium erreicht hat, in dem die Muskeln hervortreten. Und zwischen ihren Beinen kräuselt sich ihr schwarzes, weiches Moos; auch das habe ich noch nicht gesehen, aber ich nehme an, dass es existiert. Das dunkle, weich gewellte Haar fällt ihr über die Schultern wie eine Kaskade, die in der Abendsonne funkelt (Pardon, nun werde ich doch poetisch). Ihre Augen sind dunkelbraun, sie stehen vielleicht eine Spur zu eng. Das ist aber auch der einzige kleine Makel. Ihr Hals ist lang, die Haut unglaublich glatt, sie wirkt fast künstlich. Der Schwung ihrer Lippen lässt ihr Gesicht belustigt, beinahe fröhlich aussehen. Die Nase ist gerade und energisch.

All das wäre ganz *okay*, um Virpis Ausdruck zu verwenden, wenn sie noch etwas anderes mitbekommen hätte. Mit anderen Worten: Wo das Gehirn sein sollte, befindet sich bei ihr nur tote Masse, und das ist noch schlimmer, als wenn der Schöpfer sie einfach übergangen hätte, als die Schädel gefüllt wurden.

Dummheit und Arroganz gehören bestraft. Vielleicht ist das mein Lebenszweck. Nicht der schlechteste, denke ich.

Bin ich das Schwert Gottes? Nein. Ich glaube nicht an Gott. Ich glaube an mich. Und an das Schicksal. Was getan werden muss, das muss getan werden.

Virpi Hiekkala weiß nicht, dass ihr Todesurteil in erster Instanz schon vor fünf Jahren gefällt wurde. Damals hat sie mich zum ersten Mal abgewiesen, auf dem Betriebsfest im Advent. Seitdem habe ich sie noch viermal beim Betriebsfest getroffen. Jedes Mal hat sie mich zurückgewiesen und jedes Mal wurde das Urteil bestätigt.

Ich schaute zu, wie sich die Tür hinter ihr schloss.

Auch ich musste an die Arbeit gehen. Ich verließ das Büro und stieß im Gang fast mit Saarenmaa zusammen. Saarenmaa arbeitet in der Fakturierabteilung. Er ist groß und sieht aus, als wäre er über vierzig, dabei ist er erst zweiunddreißig. Ich betrachte es als meine Pflicht, mich über meine Kollegen zu informieren. Ich weiß viel über Saarenmaa. Auf das Archiv, das ich im Kopf trage, könnte selbst die Sicherheitspolizei stolz sein. Allerdings hätte sie kaum Verwendung für die Informationen, die ich ihr liefern könnte.

»Morgen«, sagte Saarenmaa.

Brillant, dachte ich. Wirklich genial. Der Mann kann sprechen und man hat ihm das Wort ›Morgen‹ einprogrammiert. Dann erwiderte ich: »Morgen. Geht es dir gut? Frau und Kinder wohlauf? Das Auto hat nicht gestreikt? Keine Sommergrippe im Anflug?«

»Was soll das Gelaber?«, fragte er unfreundlich.

Ich lasse mich nie aus der Ruhe bringen. Auf Unfreundlichkeit reagiere ich im Allgemeinen mit Unfreundlichkeit, diesmal jedoch nicht. Ich hatte anderes im Sinn. Ich sagte: »Es ist also doch nicht alles in Ordnung? Verkatert? Du hast höllische Kopfschmerzen?« Aussagesätze durch die Intonation in Fragesätze zu verwandeln ist meine Spezialität. Ich klopfte ihm mitfühlend auf die Schulter, was mir nicht ganz leicht fiel, denn Saarenmaa ist ein Riesenzwerg von eins neunzig, während ich nur eins siebzig messe. Das väterlich tröstende Schulterklopfen mochte ihm daher lächerlich erscheinen.

Da sprach er es auch schon aus: »Was soll das Gegrapsche? Bist du über Nacht schwul geworden? Das dürfte die einzige Macke sein, die du bisher noch nicht hattest.«

So sind die Menschen. Unfreundlich, nervös, beleidigend. Aber wenn ich mir etwas in den Kopf gesetzt habe, lasse ich nichts an mich herankommen. Wer sich von den Worten eines anderen beeinflussen lässt, ist ein Dummkopf. Ich sagte ganz sachlich: »Hör mal, du weißt doch, dass ich es mit den Ziffern sehr genau nehme. Und verdammt nochmal, mir scheint, in letzter Zeit habe ich eine ganze Menge Ziffern verloren. Was weißt du darüber?«

Jetzt hatte ich die verlorenen Nullen gefunden. Saarenmaa war unfreundlich, also sollte er seine Strafe bekommen. Ich bin nicht rachsüchtig und lasse mich nicht beeinflussen, aber meiner Meinung nach hatte Saarenmaa eine Strafe verdient.

Es folgte eine Szene, wie man sie aus schlechten Filmen kennt. Ihm sackte das Blut aus dem Gesicht. Er war weiß wie ein Bettlaken, um einen abgedroschenen Vergleich zu verwenden. Er war weiß wie ein leeres Blatt Papier auf dem Schreibtisch eines hoffnungsvollen Dichters, würde ich eher sagen, denn ich schlafe auf geblümten Laken. Wenn er in diesen ersten Sekunden versucht hätte zu sprechen, hätte er gestottert, da bin ich mir sicher, und schuldbewusster gewirkt als ein Teenager, der gerade beim Wichsen ertappt worden ist. Doch er sagte nichts. Ich sah, wie ihm der Schweiß auf die Stirn trat, und dachte, wenn Schweißtropfen denken könnten, würden sie sich hüten, auf der Stirn zu erscheinen und bei dieser Schmierenkomödie mitzuwirken. Aber so manches im Leben ist nur die Parodie eines schlechten Films.

Ich hätte gern gelacht oder wenigstens gelächelt, denn ich hatte nicht geahnt, dass es so leicht sein würde. Dabei hatte ich doch nur auf den Busch geklopft. Wenn er sich unter Kontrolle gehabt hätte, wäre er mit einem Schulterzucken oder einem Lachen über die Sache hinweggegangen, immerhin war mein makabrer Humor in der ganzen Firma bekannt. Das heißt, die meisten hielten meinen Humor nicht für Humor, sondern argwöhnten, dass ich irgendwann meine Frau umgelegt und in den Dreißigerjahren Stalin ins KZ gebracht hatte. Dabei war ich in den Dreißigern noch gar nicht auf der Welt und bin nie so dumm gewesen, zu heiraten. Die Leute sind so stupide!

Genau in diesem Moment spürte ich, wie ich mich aufs

Neue in mich verliebte. Und dazu hatte ich ja auch allen Grund. Ich hatte ein Wirtschaftsverbrechen aufgeklärt, schneller als jeder Polizist. Als Detektiv war ich allemal besser als Sherlock Holmes oder Hanhivaara.

Neugierig schaute ich zu, wie Saarenmaa, Kauko Saarenmaa, um seinen vollen Namen zu nennen, sich berappelte. Die wenigen Worte, die er zusammenbrachte, gingen ihm schließlich ganz flüssig über die Lippen: »Wovon redest du?«

Jetzt verstehen Sie sicher, wieso ich behaupte, das Leben sei meistens eine Parodie schlechter Filme.

»Wovon ich rede?«, fragte ich nonchalant, denn wenn ich in einer Parodie mitspielte, musste ich entsprechend agieren.

Saarenmaa war nicht dumm. Er merkte, dass er nichts aus mir herausbekam, ohne seine Frage zu wiederholen. Also fügte er sich in das Unvermeidliche: »Genau. Wovon redest du?«

»Ich will dir sagen, wovon ich rede, obwohl ich überzeugt bin, dass du mich sehr gut verstanden hast. Ich spreche von Unterschlagung. Von einer ziemlich hohen Summe. Und ich glaube, dass du mehr darüber weißt als ich.«

Seine Antwort überraschte mich nicht: »Ich weiß gar nichts darüber. Bildest du dir etwa ein, ich wäre in kriminelle Machenschaften verwickelt?«

Er war jetzt ganz ruhig, und für den Bruchteil einer Sekunde überlegte ich, ob ich mir seine Nervosität nur eingebildet hatte. Intuitiv war ich davon ausgegangen, dass Saarenmaa am ehesten als Täter infrage käme, wenn es wirklich eine Unterschlagung gegeben hätte. Vielleicht war ich voreingenommen gewesen.

Aber dann lösten sich meine Zweifel in nichts auf, denn er fügte hinzu: »Hast du schon mit jemandem darüber gesprochen?«

Ich lächelte und sagte: »Noch nicht. Ich habe noch nicht

alles lokalisieren können.« Nun war ich wirklich stolz auf mich. »Du weißt ja, ich bin ein Perfektionist, was Zahlen betrifft. Ich will der Sache auf den Grund gehen, bevor ich sie irgendwem vorlege.«

Seine nächste Frage war logisch: »Aber mir hast du es gerade gesagt. Warum?« Nun spielte er den Sorglosen.

Wir standen ganz allein auf dem langen Büroflur. Ich sah Saarenmaa in die Augen, mit drohendem Blick, wie ich hoffte, und sagte: »Ich wollte sehen, wie du reagierst. Ich habe mir quasi gedacht, dass du in die Sache verwickelt sein könntest.«

»Aber warum ich? Weshalb willst du mir die Schuld zuschieben? Ich habe dir nichts getan!«

Die Antwort lag mir auf der Zunge. Nichts getan, wie? Du verdammtes Arschloch hast Virpi gefickt. Ich weiß Bescheid. Du bist verheiratet, du hättest das nicht tun dürfen.

Ich musste mich zusammenreißen. Ich will nämlich keine Parodie sein. Ein probates Mittel gegen zitternde Hände ist es, sie langsam im Rücken zu kreuzen und die linke Hand in die rechte zu nehmen. Oder umgekehrt. Das tat ich.

Ich gewann die Fassung wieder, doch mein Lächeln war vielleicht noch ein wenig unsicher, als ich sagte: »Du hast mir nichts Böses getan. Ich bin absolut vorurteilslos. Was kann ich dafür, dass ich so gut rechnen kann? Und was kann ich dafür, dass du der Erste warst, der mir eingefallen ist?«

»Du musst mir glauben, ich habe nichts damit zu tun.« Dann meinte er plötzlich eine Eingebung zu haben. »Ach Scheiße, ich bin dir ins Garn gegangen. Das war ein Witz, stimmt's? Übrigens einer von der geschmacklosen Sorte. Wie du siehst, bin ich kein humorvoller Mensch. Sorry. Aber jetzt muss ich los.«

Kauko Saarenmaa ging mit langen Schritten den Flur entlang, und bevor ich etwas sagen oder tun konnte, war er hinter einer Tür verschwunden. Der Tür zu seinem Büro.

Schlau, sehr schlau, dachte ich. Er war doch noch auf die Idee gekommen, das Ganze mit einem Lachen abzutun. Allerdings viel zu spät. Schade, dass Kauko Saarenmaa keinen Humor hat. Ich für meinen Teil hätte mich totgelacht, wenn mir jemand das hübsche Stück vorgespielt hätte, das ich Saarenmaa gerade geliefert hatte.

Aber mochte er noch eine Weile seine Ruhe haben.

Wenn ich Ihnen sagen würde, dass ich mich im typischen Flur eines typischen Bürohauses befand, hätte ich vermutlich Recht, obwohl ich mich nicht auf eine repräsentative Erhebung berufen kann. Genau genommen habe ich bisher nur in zwei anderen typischen Büros gearbeitet. Aber immerhin habe ich ein Büro der Krankenkasse gesehen, das Finanzamt, die Stadtkämmerei, mehrere Banken, das Kontor der städtischen Zeitung, die Verkaufsstelle der Baumwollfabrik und zwei Werbeagenturen (weiß der Teufel, was ich da zu tun hatte). All diese Büros sind sehr unterschiedlich und doch gleich. Ein Paradox? Nein, mit so raffinierten Dingen will ich nicht anfangen. Ich meine ganz einfach, wenn man von draußen hereinkommt, sind manchmal rechts mehr Türen als links. Manchmal ist es umgekehrt. Das ist der Unterschied. Gleich sind dagegen die Atmosphäre und die Stimmung und der Bohnerwachsgeruch und die gut gekleideten Betriebswirte und die hüftenschwingenden Tippsen und das Rattern der Schreibmaschinen und die polierten Türen, die sich fast lautlos schließen. Ich könnte noch mehr Ähnlichkeiten aufzählen.

In einem solchen Gang stand ich. Alle Merkmale waren vorhanden, einschließlich der hüftenschwingenden Tippsen und der Betriebswirte. Und auf der linken Seite waren mehr Türen als auf der rechten.

Plötzlich fiel mir ein, dass ich hier angestellt war und dass man wohl von mir erwartete, für mein Gehalt zu arbeiten.

Ich ging den blank gewienerten Flur entlang, der nach

Bohnerwachs roch, bis ich zu der Tür kam, an der *Antero Kartano* stand. Seufzend drückte ich sie auf.

Ich betrachtete mein Büro. Mein Arbeitstisch war noch ziemlich neu. Ein moderner, leichter Schreibtisch, links unter der Tischplatte ein Rollkasten mit Schubladen. Rechts war Platz für die Schreibmaschine. Nichts daran auszusetzen, aber ich mag diese alten Eichendinger lieber, die aussehen, als ob sie so viel wiegen wie ein Klavier. Manche wiegen tatsächlich so viel. Links von der Tür stand ein Kleiderschrank, in dem sich zwei Kleiderbügel und dreizehn leere Wasserflaschen befanden. Der Kleiderschrank hatte die falsche Farbe, er war in derselben ekelhaften, nichts sagenden Farbe gestrichen wie die meisten Büromöbel. Fast den gleichen Ton hatten die beiden Aktenschränke aus Metall, deren leises, mit einem widerlichen Rumsen endendes Surren beim Öffnen und Schließen mir verhasst ist. Die Farbe der Vorhänge steht zu der von Schranktüren und Wänden im selben Verhältnis wie, sagen wir, Zinnoberrot zu Lindgrün. Aus dem Fenster sieht man die Straße und ein Stück Mauer, das zur Fertigungsabteilung unseres Unternehmens gehört. Alles in allem eine reizende Umgebung, wenn Sie verstehen, was ich meine.

Auf meinem Tisch lag ein Stapel Kontobücher, daneben stand die Rechenmaschine, ein leises elektronisches Ding, das ich verabscheue. Ich mag die alten elektrischen Maschinen lieber, die so hübsch rattern, wenn sie einen Rechenvorgang ausführen. Da hört man quasi, wie die Zahlen in die Maschine hopsen und wieder herauskommen.

Aber an den Kontobüchern war nichts auszusetzen. Sauber gebundene große Bücher mit blauen und roten Spalten, in den Spalten saubere kleine Zahlen. – Die in jeder beliebigen Firma total falsch sein konnten.

Entzückend.

Die Werbefritzen der Firma hatten einen eigenen Wandkalender produziert. Eins dieser grauenhaften Machwerke hing an der Wand, sodass mein Blick darauf fiel, wenn ich von den Büchern aufsah und die Augen schräg nach rechts richtete. Obwohl das Produkt visuell widerwärtig ist, erfüllt es seine Funktion als Kalender. Wenn ich zum Beispiel wissen wollte, welcher Tag heute war, brauchte ich nur aufzublicken, um festzustellen, dass es Mittwoch war, zwei Tage vor Mittsommer.

Der Mittsommertag würde interessant werden. Oft gleicht ein Tag dem anderen. Aber nicht dieser Mittsommertag. Er würde aus der Reihe fallen.

Es war also Mittwoch und den ganzen Tag über geschah nichts Erwähnenswertes. Außer dass Kauko Saarenmaa mich kurz vor Feierabend anrief.

»Hör mal, ich finde, wir sollten uns nach der Arbeit ein bisschen unterhalten«, sagte er.

»Schon möglich«, gab ich zurück. »Wo wollen wir uns treffen?«

»Ich kann am frühen Abend zu dir kommen. Ich weiß, wo du wohnst.«

»Woher weißt du, wo ich wohne?«

»Ich hab im Telefonbuch nachgeschlagen«, sagte Saarenmaa.

Ich legte den Hörer auf und lächelte.

Wie hübsch.

Drei

Als ich Virpi zum ersten Mal begegnete, wusste ich sofort, dass ich sie haben muss.

Ich bin es nicht gewohnt, nicht zu bekommen, was ich will. Das ist beileibe kein Größenwahn. Man muss einfach wissen, was man will, und es dann so sehr wollen, dass man es bekommt.

Inzwischen weiß ich allerdings, dass ich Virpi Hiekkala nicht bekomme, also werde ich dafür sorgen, dass sie auch kein anderer kriegt. Ich muss diese Last schleunigst loswerden.

Ich habe eine Theorie, was Morde betrifft: Sie dürfen nicht zu kompliziert sein. Entweder muss man es so machen, dass niemand ein Verbrechen vermutet, oder man muss einen Mord begehen, zu dem jeder fähig wäre und den ein zufällig Vorbeikommender hätte verüben können. Meine Chance liegt in der zuletzt genannten Alternative. Ich habe weder Zeit noch Lust, einen raffinierten Unfall zu arrangieren für einen Menschen, der mir nichts bedeutet. Virpi hat kein Recht mehr, mein Organisationstalent in Anspruch zu nehmen, denn für mich ist sie bereits tot. Daher glaube ich, dass ich sie ganz einfach mit einem Stein erschlagen werde, und zwar in der Mittsommernacht in der Nähe eines Sommerhauses, in dem viele Menschen versammelt sind, nur ich nicht.

Mein Plan zeichnet sich durch kunstvolle Schlichtheit aus. Zudem lässt er Raum für Variationen. Und schöpferische Improvisation ist die höchste Stufe der Kreativität, nicht wahr?

Eigentlich schade, dass mir die Unterschlagungsgeschichte erst jetzt eingefallen ist. Sonst hätte ich einen Plan zu Stande gebracht, dessen Kühnheit an Genialität grenzt. Zu dumm, dass mir diese Chance entgangen ist.

Immerhin konnte ich mich an einem neuen Gedanken delektieren: Wenn Kauko Saarenmaa zur selben Party eingeladen wäre wie Virpi, würde dieser Umstand eine überaus interessante Möglichkeit liefern. Wenn drei Tage später die Polizei käme, um mich zum Thema *Tod eines Partygirls in Direktorenvilla* – wie die Zeitungen schreiben würden – zu befragen, hätte ich eine Theorie parat. Die Papiere wären soweit fertig, die Zahlen stünden in sauberen Kolonnen untereinander und alles würde auf Kauko Saarenmaa hindeuten, der natürlich Virpi Hiekkala als Helfershelferin angeworben hatte. Später hatte sich das saubere Pärchen zerstritten und Saarenmaa hatte den Streit ein wenig zu nachdrücklich beendet. Der Stein würde neben der Leiche gefunden werden, und was immer Saarenmaa sagte, es stünde schlecht um ihn. Andererseits könnte die Polizei auch zu dem Schluss kommen, Virpi Hiekkala habe herausgefunden, was Saarenmaa trieb, und ihn entweder erpresst oder als ehrlicher Mensch gedroht, seine faulen Geschäfte aufzudecken. Mittels einer schnellen Charakteranalyse würde ich die Polizei natürlich sofort von dem Irrglauben befreien, Virpi Hiekkala könnte fähig gewesen sein, irgendetwas selbstständig herauszufinden – allenfalls konnte sie Schwarz und Weiß unterscheiden, wenn man ihr Zeit zum Nachdenken ließ.

Um diese Theorie plausibel erscheinen zu lassen, hätte ich allerdings sofort umfangreiche Vorbereitungen treffen müssen, für die ich leider keine Zeit mehr hatte. Also musste es bei dem einfachen, anspruchslosen Plan bleiben: einen Stein gegen den Kopf und dann abwarten, wer hinter Gittern landet.

Ich hatte jedoch heute noch eine Verabredung mit Kauko Saarenmaa, der mir sicher Auskunft geben würde, wenn ich ihn freundlich fragte, wie er Mittsommer zu feiern gedenke. Ich muss es wissen, auch wenn es keine Bedeutung mehr hat.

Vielleicht ist es falsch, einen unschuldigen Menschen zum Schuldigen zu machen. Aber wer ist schon ohne Schuld? Nach meinem Dafürhalten ist Saarenmaa nicht so unschuldig, dass fünfzehn Jahre Gefängnis eine himmelschreiende Ungerechtigkeit bedeuten würden. Fünfzehn Jahre Knast sind für kaum jemanden zu viel, Saarenmaa hätte wahrscheinlich mehr verdient. Aber wozu darüber nachdenken, vielleicht trifft es ihn gar nicht. Es wird wirklich spannend sein, zu warten, für wen die Polizei sich letztlich entscheidet. Allerdings ist es mein gutes Recht zu hoffen, dass die Wahl auf Saarenmaa fällt.

Ich erinnere mich an die Ereignisse vor fünf Jahren. Ich hatte gerade die Stelle gewechselt und kannte praktisch niemanden in der Firma. Natürlich war ich einigen Kollegen vorgestellt worden, aber dieses Ritual ist meistens sinnlos. Man vergisst den Namen (wenn man ihn überhaupt mitgekriegt hat), man vergisst das Gesicht, denn man muss so viele Eindrücke aufnehmen und obendrein schauspielern und katzbuckeln. Wenn zum Beispiel jemand, der mir vorgestellt wird, einen feuchten Händedruck hat, behalte ich ihn als den Menschen mit den feuchten Händen in Erinnerung, während ich seinen Namen oder seine Position in der Firma vergesse. Und feuchte Hände lösen bereits den ersten Abscheu aus: Der Mann hat den Vorteil des guten ersten Eindrucks verspielt, wahrscheinlich hat er alles verspielt.

Ich habe nicht viel für die Betriebsfeste übrig, die die Firmen in der Vorweihnachtszeit veranstalten, um großspurig zu demonstrieren, wie sehr sie ihre treuen Mitarbeiter schätzen. Solche Feste sind erstens oft langweilig, zweitens feuchtfröhlich und drittens ein Triumphzug der vorgetäuschten Ungezwungenheit. Der Boss duzt das Laufmädchen – aber nicht ohne Hintergedanken.

Mit anderen Worten: Sie sind zu nichts gut.

Trotzdem war ich zur Weihnachtsfeier gegangen, weil ich mir einbildete, es müsse auch sein Gutes haben.

Grundfalsch. Nichts war gut.

Ich war hingegangen und hatte kühl die Lage taxiert. Ich hatte die Menschen in Betrunkene und echte Säufer eingeteilt. Aber dann interessierte mich nur noch die Frau, von der ich wusste, dass sie Virpi Hiekkala hieß.

Sie war ein paar Stunden zuvor hereingekommen und hatte den Ersten, der ihr begegnete, angesprochen: »Ich bin neu hier. Wie heißen Sie?«

Das war die schnellste Anmache, die ich je gesehen habe. Kauko Saarenmaa war rettungslos verloren. Nicht deshalb verachte ich ihn; die meisten Männer wären Virpi in die Falle gegangen, selbst ich hätte mich nur allzu gern von ihr einfangen lassen, aber zu meinen eigenen Bedingungen.

Kühle Überlegung war am Platz. Saarenmaa war schon beim Hereinkommen betrunken gewesen. In dieser Hinsicht war ich ihm überlegen. Er beherrschte die Technik nicht: Es ist unklug, sich vor einem Fest mit Alkohol zu entspannen, so etwas rächt sich in der Regel. Bevor Saarenmaa es überhaupt gemerkt hatte, saß ich schon hübsch ordentlich neben Virpi am gedeckten Tisch.

Ich sagte: »Ich bin auch neu hier. Wie heißen Sie?«

Sie sah mich an und antwortete: »Virpi Hiekkala. Und Sie?«

»Antero Kartano.«

»Aha«, sagte Virpi.

Die Stille wurde durch rhythmisches Löffelklappern unterbrochen und durch meine nächsten Worte: »Mein Bereich sind die Zahlen. Und Ihrer?«

Versehentlich stieß ich mit dem Bein gegen ihr Knie.

Virpi sah mich wieder an und sagte: »Die Zahlen, so. Glauben Sie, mein Knie wäre eine Zahl?«

»Entschuldigung, das war reine Unachtsamkeit.«

»Das ist es immer. Außer wenn es zum Erfolg führt. Aber rein ist daran gar nichts.«

Sie lächelte nicht.

Sicher hätte manch anderer jetzt aufgegeben. Aber ich bin nicht so leicht abzuschrecken. Bisher hat noch keiner meine Ausdauer ernsthaft auf die Probe gestellt. Ich kapituliere nicht.

Ich sagte: »Hören Sie, es tut mir wirklich Leid. Sind Sie Mitrunens neue Sekretärin?«

»Ja. Aber aus uns beiden wird nichts. Ich bin Jungfrau und habe vor, es zu bleiben.«

Genau das sagte sie. So drückt sich nicht jedes zwanzigjährige Mädchen aus. Virpi hatte etwas ausgesprochen Merkwürdiges an sich. Ich wollte wissen, was mit ihr los war.

»Hören Sie«, flüsterte ich. »So treibt man doch keine Konversation. Sie müssen mir sagen, was Sie tun, und dann höflich fragen, was ich mache. So kommt die Chose in Gang et cetera.«

Aber mein offener Hohn zeigte keine Wirkung. Immerhin lächelte sie jetzt. Nicht beleidigt, sondern ganz natürlich und zurückhaltend. Entweder war sie dumm und merkte nicht, dass ich sie aufzog, oder sie war ganz besonders geschickt. Sie sagte: »Na gut, machen wir Konversation. Ich bin Mitrunens neue Sekretärin. Jetzt sind Sie dran.«

»Was möchten Sie wissen?«

»Egal. Erzählen Sie mir was von sich.«

Innerlich musste ich lachen. Das war der Schlüsselsatz im ersten Akt eines leidenschaftlichen Melodramas. Und das arme Mädchen wusste nicht einmal, dass sie ihn nachplapperte. Aber ich wollte ihr nichts von mir erzählen, sondern sie ausfragen. Also gab ich etwas Unverbindliches von mir: »Ich arbeite in der Buchhaltung. Sie finden das sicher ziemlich trocken. Aber mich faszinieren die Zahlen.«

»Das haben Sie schon gesagt. Erzählen Sie mir was Neues.«

»Ich bin siebenundzwanzig Jahre alt. Wie alt sind Sie?«

»Zwanzig.«

»Sie sind noch jung.«

»Ja, wenn man es von Ihrer Warte betrachtet. Jemand anders hält mich vielleicht für uralt.«

»Wir brauchen uns wohl nicht unser ganzes Leben lang zu siezen.«

»Nein.«

»Ich heiße Antero.«

»Ich weiß.«

Und das war's dann. Beim Hauptgericht versanken wir

erneut in Sprachlosigkeit. Und das war nicht meine Schuld. Ich versuchte es immer wieder, gab mich höflich und interessiert. Ich weiß, dass ich ein guter Gesellschafter bin. Aber es war, als versuchte man, mit einer leeren Wasserflasche seinen Durst zu löschen. Vergeblich und aussichtslos.

Dann stieß mein Knie wieder an ihres.

Sie zischte: »Mistkerl, nimm doch Vitamin B gegen deine Zappelbeine.«

»Was meinst du?«, fragte ich verblüfft.

»Mangel an Vitamin B macht die Beine rastlos, das habe ich in einer Illustrierten gelesen.«

Du kannst also wenigstens lesen, hätte ich gern gesagt, hielt mich aber zurück.

Virpi setzte hinzu: »Es sei denn, du versuchst dasselbe, was du vorhin abgestritten hast.«

»Ich versuche gar nichts. Es ist eben sehr eng hier.«

»Hier ist es überhaupt nicht eng. Jedenfalls nicht in der Richtung.«

»Was du da über Vitamin B gesagt hast, klingt sehr interessant«, sagte ich. Interessant? Pfui Teufel. Aber ich wollte nichts unversucht lassen.

»Mehr stand da nicht«, sagte Virpi.

»Und was weißt du über Vitamin C?«, fragte ich, nun schon mit unverhohlenem Spott.

»Ich hab keine Lust, mich über Vitamine zu unterhalten.«

Es interessiert dich nicht, über Vitamine zu reden, dachte ich. Mich interessiert es auch nicht. Aber ich muss darüber reden, um dich ins Bett zu kriegen. Und dann sagst du einfach, es interessiert dich nicht. Du blöde Kuh.

Am Tisch saßen außer Virpi und mir noch vier andere. Ich sah sie an, um festzustellen, ob sie etwas mitbekommen hatten. Im Übrigen waren sie mir gleichgültig. Ich kannte sie alle, aber sie waren uninteressant. Abgesehen vielleicht von Saarenmaa, der es irgendwie geschafft hatte, den Platz schräg gegenüber von Virpi zu ergattern. Die anderen widmeten sich ausschließlich dem Essen, was für die Weite ihres geistigen Horizonts durchaus bezeichnend war. Saarenmaa dagegen starrte Virpi aufdringlich an. Seine ganze elende Perlmuttreihe produzierte ein stinkendes Lächeln, wie man es nicht mehr gesehen hatte, seit Narziss versucht hatte, sich selbst zu bezirzen.

Aber noch gab ich nicht auf.

Bis Kaffee und Kognak serviert wurden, war ich immerhin noch an Virpis Seite postiert. Und wenn später der Schnaps floss, würde Saarenmaa schnell restlos hinüber sein.

Doch manchmal kommt es anders als erwartet. Ich fand keinen Zugang mehr zu Virpi und Saarenmaa hielt sich auf den Beinen, wahrscheinlich aus purer Bosheit. Als der Tanz begann, hatten Virpi und Saarenmaa nur noch Augen füreinander.

Ich weiß, wann ich aufgeben muss. Der Zeitpunkt war gekommen, als ich auf dem Weg zum Klo am Männerwaschraum vorbeikam. Ich hörte ein Geräusch und öffnete die Tür. Und da waren sie.

In voller Aktion.

Ich weiß bis heute nicht, ob sie mich bemerkt haben beziehungsweise ob sie überhaupt bemerkt haben, dass jemand hereinspähte. Sie hatten nicht einmal die Tür verriegelt, die Schwachköpfe. Wahrscheinlich waren sie beide ziemlich betrunken. Mit klarem Kopf tut man so etwas einfach nicht.

Und damit begann es.

Virpi begann langsam zu sterben.

Ich ging hinaus, ohne mich von irgendwem zu verabschieden. Ich war nicht aufgeregt oder wütend. Aber ich war tief in Gedanken und stieß gegen den Pförtner, der gerade aus seinem Häuschen trat, um die kühle Nachtluft zu schnuppern. Er hielt einen Becher in der Hand, aus dem ihm heißer Kaffee auf den Bauch schwappte. »He!«, rief er verärgert.

Ich gab keine Antwort und hörte, wie er hinter mir hermurmelte: »Scheißsäufer.«

Das hätte er nicht sagen sollen. Nicht dass er mich damit beleidigt hätte, aber ich war nun mal nicht betrunken. Man soll über einen Menschen kein falsches Zeugnis ablegen, es sei denn, man weiß, dass es falsch ist. Lügen kann man immer begründen. Also sollte man, wenn man jemanden für betrunken erklärt, auch fähig sein, seine Behauptung zu beweisen, selbst wenn sie nicht der Wahrheit entspricht. Bei seiner Unfähigkeit, andere Menschen zu beurteilen, würde der Mann nie aus seiner Pförtnerloge herauskommen.

Die Fabrikanlage befand sich mitten in der Stadt. Die Stadt war um die Fabriken herumgebaut worden. Eine der Städte, die nie gegründet wurden, sondern einfach entstanden sind. Das hat seinen eigenen spröden Reiz. Fabriken inmitten der Stadt sind heutzutage eine Seltenheit und sie verleihen dem Stadtbild eine Buntheit, die den meisten anderen Städten abgeht. Menschen wohnen unmittelbar neben der Fabrik, Heim und Arbeitsplatz sind miteinander verbunden. Andererseits sieht die Stadt eigentlich nicht aus wie eine Stadt, weil sie keinen einheitlichen Bebauungsplan hat.

Jedenfalls ist es mir nur recht, nicht weit vom Arbeitsplatz zu wohnen. Ich ging geruhsam die Lapintie entlang, bis ich zur Ampel kam. Dort machte ich noch einen Abstecher durch den Park an der Stromschnelle, denn es war eine klare, schöne Nacht. Ein gefütterter Popelinemantel, ein dünner Schal und mein ziemlich dichtes, langes Haar schützten mich vor der Kälte. Ich pfiff vor mich hin und betrachtete die Strudel. Dabei dachte ich an nichts Bestimmtes, schließlich gingen anderer Leute Angelegenheiten mich nichts an.

Virpi und Kauko gingen in fünf Metern Entfernung an mir vorbei, aber ich stand glücklicherweise gerade hinter einem Denkmal, sodass sie mich nicht bemerkten. Daher brauchte ich mich nicht auf ein Gespräch einzulassen. Ich wollte mir keine Ausreden anhören – wir wohnen in derselben Gegend und teilen uns ein Taxi oder etwas in der Art.

Am nächsten Tag prüfte ich es nach. Ihre Wohnungen lagen absolut nicht an der gleichen Strecke, egal, aus welcher Richtung das Taxi kam. So viel zu den unausgesprochenen Lügen.

Ich ging nach Hause in meine Wohnung, die wie ein Lagerraum aussah, denn ich war vor kurzem erst eingezogen. Den Plattenspieler hatte ich jedoch bereits ausgepackt und nun legte ich Mozarts Violinkonzert auf, über das ich beim Einstellungsgespräch gesprochen hatte. Ein seltsames Thema in einer solchen Situation, aber ich hatte es mir nicht ausgesucht. Mozart wirkte beruhigend auf mich, wenn ich nervös war. Ich hatte nämlich seit einiger Zeit das Gefühl, dass mich jemand beobachtete. Aber wer und warum? Ich lauschte der Geige, um nicht darüber nachzudenken.

Aber jetzt glänzte der nasse Asphalt auf dem Hof und es war warm. Die Mittsommerwoche schien regnerisch zu werden. Gut so, dann dürfen die Leute ihre Johannisfeuer anzünden. Kauko Saarenmaa kam am anderen Ende des asphaltierten Hofs zur Tür heraus und schlug den Weg zu seinem Auto ein. In seiner Begleitung war Ville Dahlberg, den ich bei mir immer Windel-Ville nannte, denn er hatte noch in den ersten Schuljahren nachts eingenässt. Er war ein ehemaliger Schulkamerad von mir.

Dahlberg ist kein fester Mitarbeiter, er erledigt nur einen Auftrag für die Firma. Er hat Sprachen studiert und arbeitet als freiberuflicher Dolmetscher. Sprachen sind sein Gebiet. Er spricht mindestens fünf fließend; für *Systec* dolmetscht er hauptsächlich Schwedisch und Englisch. Zurzeit war eine größere Lieferung nach England im Gespräch. Ich glaube, *Systec* hat sich auf verschlungenen Wegen einen Anteil am Hawk-Handel gesichert. Jetzt versuchen die Eierköpfe in der Firma, weiteren Nutzen daraus zu ziehen, indem sie den Briten ihre Produkte aufschwatzen. Dahlberg war als Dolmetscher mit von der Partie.

Es mochte nützlich sein, auch mit ihm zu reden. Man kann nie zu viel Informationen haben.

Ich ging zu den beiden hin.

»Hallo Dahlberg, wie geht's?«, erkundigte ich mich und beobachtete gleichzeitig Saarenmaas Reaktion.

Er nahm mein Erscheinen gelassen auf. Keine Spur von Unsicherheit.

Dahlberg antwortete: »Danke, bestens. Und dir?«

»Nicht schlecht. Gar nicht schlecht«, sagte ich und sah immer noch Saarenmaa an. »Kein Grund zur Klage.«

Nun spielte Saarenmaa den Eiligen: »Ich muss jetzt los. Bis heute Abend, Antero.«

»Bis dann«, sagte ich unbekümmert und sah nun Dahlberg an. Saarenmaa stieg ein, ruckelte an der Schaltung, schaffte es endlich, den Rückwärtsgang einzulegen, und fuhr erleichtert davon.

Dahlberg fragte: »Hast du es eilig?«

»Nicht im Geringsten.«

»Dann lass uns doch ein paar Bierchen zischen.«

»Klar, warum nicht.«

Wir gingen los. Ich wohnte zu nahe, um mit dem Auto zu fahren, und Dahlberg hatte keins. Er konnte Pkws nicht ausstehen.

Dahlberg war ein Koloss. Auf den ersten Blick wirkte er nicht besonders groß, denn er wies auch in horizontaler Richtung imposante Maße auf. Genauer gesagt, er war dick, enorm dick. Er konnte Unmengen von Bier in sich hineinschütten. Als er gerade von ein paar Bierchen gesprochen hatte, wusste ich, dass er fünf meinte, was aber nicht hieß, dass wir den ganzen Abend in der Kneipe verbringen würden. Ich selbst konnte in derselben Zeit höchstens zwei

›zischen‹. Dahlberg ging leicht zurückgeneigt, weil er andernfalls vornübergekippt wäre. Auch geistig war er einer der interessantesten Menschen, die zurzeit für die *Systec* arbeiteten. Seine Fröhlichkeit war unverwüstlich. Eine Frau hatte einmal versucht, seinen Frohsinn zu zerstören, doch sie hatte es lediglich geschafft, ihm sein Auto abzuknöpfen, auf das er ohnehin keinen Wert gelegt hatte. Nun war Dahlberg wieder Junggeselle und äußerst zufrieden mit sich und seinem Leben. Er war ein sorgloser Kumpan und ein glänzender Gesellschafter, sofern man seinen rauen Humor mochte.

Ich kannte ihn seit langem und verband eigentlich nichts Negatives mit seinem Spitznamen Windel-Ville. Er war mir aus der Schulzeit im Gedächtnis geblieben. Damals nannten ihn alle so, denn Schulkindern bleibt nichts verborgen und Schuljungen sind die grausamsten Lebewesen. Ich hatte den Spitznamen nicht vergessen, obwohl er in den höheren Klassen natürlich nicht mehr verwendet worden war. Öffentlich nannte ich Dahlberg nie mehr Windel-Ville, aber ich war stolz auf mein gutes Gedächtnis. Während der Schulzeit hatte er sein Schicksal tapfer getragen, er war bestimmt heldenhafter gewesen als seine Peiniger. Wenn diejenigen, die sich über ihn lustig machten, denselben Sticheleien ausgesetzt gewesen wären wie er, hätten sie auch angefangen, ins Bett zu machen.

Dahlberg lachte dröhnend: »Guck dir die an!«

Er zeigte auf zwei Typen, die auf dem Rasen hockten.

Ich habe Betrunkene nie besonders witzig gefunden. Dennoch stimmte ich höflich in sein Lachen ein.

Dahlberg meinte belustigt: »Der Mensch soll nur so viel Bier trinken, wie er verträgt, ohne dass er anfängt zu singen. Was darüber hinausgeht, ist eine Überdosis, die lediglich humoristische Folgen hat.«

»Du hast gut reden, du kannst grenzenlos saufen.«

»Grenzenlos nicht. Bis zu meiner eigenen Grenze.« Er lachte wieder.

»Wie läuft's arbeitsmäßig?«, erkundigte ich mich mit höflichem Interesse.

»An sich gut, ich hab nur zu viel zu tun.«

»Ein interessantes Projekt?«

»Für manche Leute schon. Mich interessiert es nur deshalb, weil es mir vermutlich noch lange Geld einbringt.«

»Es hat mit dem England-Geschäft zu tun?«

»Ja.«

»Du willst nicht darüber reden, oder?«

»Du weißt doch, dass wir Übersetzer unsere Vorschriften haben. Wenn Informationen durchsickern, versickern auch bald die Aufträge.«

Wir näherten uns der Kneipe, und ich schlug vor, dass wir uns auf die Terrasse setzten.

»Da ist die Bedienung so langsam. Außerdem kann es jeden Moment anfangen zu regnen«, wandte Dahlberg ein. Ich musste ihm in beiden Punkten Recht geben.

An der Theke bestellte Dahlberg zwei Flaschen Bier für sich und eine für mich. Wir mochten beide kein frisch gezapftes Bier; es hat zu viel Kohlensäure.

Die anderen Gäste waren hauptsächlich Männer mit leerem Blick, die von der Arbeit kamen und nicht viel Freude am Leben hatten. Sie stierten in ihre Gläser, grübelten vor sich hin oder quasselten mit ihresgleichen über Banalitäten wie Leichtathletik oder Fußball. Im Winter ging es um Eishockey. Auch das Wetter war in diesem gottgesandten, verregneten Sommer ein dankbares Thema. Die diesjährige Hitzewelle war in einer knappen Woche über das Land hinweggezogen, eine zweite war nicht in Sicht. Niemand baute in diesem Jahr mehr auf den finnischen Sommer, stattdessen waren die Reisebüros voll von Optimisten, die auf Restplätze hofften.

Dahlberg trank seine beiden Flaschen aus und holte sich das dritte Bier, das er etwas langsamer genoss.

Er sagte: »Was hat es mit dem verschwundenen Geld auf sich?«

Ich fiel aus allen Wolken. »Wieso? Ist Geld verschwunden? Wo?«

»Na, bei unserem Superrechnerproduzenten. Du müsstest es doch wissen, immerhin bist du für die Bücher zuständig.«

»Wo zum Teufel hast du das her?«

»Von Saarenmaa.«

»Von Saarenmaa?«

Das passte nicht ins Bild, aber überhaupt nicht. Warum erzählte Saarenmaa die Geschichte herum? Offenbar lagen seine Nerven restlos blank, wenn er derartige Gerüchte verbreitete, noch dazu gegenüber einem, der eigentlich gar nicht zur Firma gehörte.

Ich verbarg meine Verblüffung, indem ich einen langen Zug aus dem Glas nahm, und kehrte dann zur Tagesordnung zurück. Gelassen sah ich Dahlberg in die Augen.

»Ja, von Saarenmaa«, bestätigte er.

»Was genau hat er gesagt?«

»Dass es womöglich um eine große Summe geht. Irgendwie hatte ich den Eindruck, er hätte es von dir erfahren.«

»Ich weiß nichts von der Sache«, sagte ich mit der Selbstsicherheit, die man nur dann aufbringt, wenn man lügt.

Dahlberg sah mich zweifelnd an. Er war ein intelligenter Mann, der sich nicht so leicht hinters Licht führen ließ.

Ich sah interessiert zu, wie der Türsteher einen eigensinnigen Kunden abwimmelte. Meine Gedanken rasten. Wie konnte Saarenmaa so dumm sein, über den Fehlbestand zu sprechen?

Ich hatte nicht geahnt, dass er eine derartige Plaudertasche war. Bald würde die ganze Geschichte aus dem Ruder laufen. Allerdings konnte ich seine Behauptungen immer noch abstreiten, da es für unseren kleinen Wortwechsel keine Zeugen gab.

Der Kunde gab klein bei, entweder hatte er endlich akzeptiert, dass er betrunken oder zu leger gekleidet war, oder ihm war plötzlich eingefallen, dass er dem Türsteher irgendwann einmal ins Gesicht gespuckt hatte. Der Zerberus rückte sich das Jackett zurecht, bis die Schulterpolster wieder an der richtigen Stelle saßen. Er sah so zufrieden aus, als hätte er gerade eine Jungfrau angebohrt. Seine Selbstzufriedenheit widerte mich an, ich musste den Blick abwenden und mir einen neuen Fluchtpunkt suchen.

Stattdessen landeten meine Augen wieder bei Dahlberg, der ein zweifelndes Grinsen aufgesetzt hatte.

»Glaub mir, Saarenmaa hat dich angelogen«, beharrte ich.

Sein Grinsen erlosch, das Misstrauen nicht. »Offen gestanden, ich glaube dir nicht. Saarenmaa war ganz harmlos. Es ist ihm versehentlich herausgerutscht.«

»Saarenmaa sagt alles aus Versehen.«

»Du scheinst ihn nicht zu mögen.«

Das war nicht ganz der richtige Ausdruck: Ich hasste ihn. Doch ich sagte lediglich: »Er redet zu viel.«

»Ich verstehe.«

»Du kannst verstehen, was du willst, ich habe nichts zugegeben. Ich sage nichts aus Versehen.«

Dann kam mir eine Idee. Als Dahlberg mit den nächsten zwei Bierflaschen vom Tresen zurückkam, sagte ich: »Okay, machen wir ein Tauschgeschäft. Du erzählst mir von dem Auftrag aus England und ich erzähle dir von dem Geld, das es nicht gibt.«

Dahlberg grinste wieder. Nicht mehr zweifelnd, sondern verschlagen. Er fragte: »Warum interessiert dich der England-Auftrag? Was springt dabei für dich raus?«

»Ich lege Wert darauf, alles Mögliche zu wissen. Wissen ist Macht. Ein alter Spruch, aber immer noch wahr.«

»Alt ist er, das stimmt«, sagte Dahlberg, der es als seine Aufgabe betrachtete, auch philologische Fragen zu kommentieren. Eine Berufskrankheit. Er setzte hinzu: »Ich wusste gar nicht, dass du machthungrig bist. Mir scheint allerdings, da bist du in der falschen Branche.«

»Bleib beim Thema«, bemerkte ich trocken und feuchtete mir die Kehle mit Bier an.

»Ich weiß nicht viel. Und was ich weiß, ist nicht sonderlich interessant. Ein ganz normales Geschäft. Sie verkaufen den Engländern irgendwelche Rechner und veraltete Büromaschinen. Die Engländer schicken uns ihre Hawks.«

»Das reicht nicht. Natürlich verkaufen sie Rechner und Büromaschinen, was anderes stellen sie ja gar nicht her. Welches Volumen hat das Geschäft?«

»Erst bist du dran«, sagte Dahlberg. Er strich sich über den Bart, und ich sah, dass an seiner Jacke unter der Achsel die Naht aufgerissen war. Er lief herum wie ein Penner, das war sein Fehler. Hatte seine Frau jedenfalls behauptet. Nun ja, die Frau war auch sein Fehler gewesen.

»Bleib beim Thema«, sagte Dahlberg, als hätte er die Phrase selbst erfunden. Er hörte gar nicht mehr auf zu grinsen. Wahrscheinlich interessierte ihn die Sache überhaupt nicht. Sie war ihm völlig egal, er wollte sich nur über irgendetwas unterhalten. Im Diskutieren war er groß, aber ihm war kein passendes Thema eingefallen und über das Wetter wollte er auch nicht reden.

»Was kann ich dafür, dass du so verdammt misstrauisch bist!«, parierte ich.

»Ich und misstrauisch? Ich bin gutgläubig wie ein Kind und mein Gesicht verrät mich sowieso.«

Grinsen.

»Na, dann hör auf, mich auszufragen. Über irgendwelche Gelder weiß ich erst dann etwas, wenn du Informationen über einen großen Auftrag hast.«

Ich hatte mein Bier ausgetrunken und widmete mich dem zweiten, das Dahlberg mir mitgebracht hatte, als wollte er mich bestechen. Er holte sich das fünfte.

Aus der Jukebox ertönte der schöne Schlager *Ich will zärtlich zu dir sein* und so weiter. Der Mann hatte eine tiefe maskuline Stimme, die Frau eine helle melodische. Der Text war finnische Schlagerlyrik vom Feinsten: Liebe und Zärtlichkeit – aber mit Verstand. Wenn ich es mir hätte leisten können, hätte ich den Automaten zertrümmert, die Platte herausgeholt und dem in den Hals gestopft, der sie gewählt hatte. Nicht mal in der Kneipe bleibt man von der Banalität mancher Menschen verschont.

Ich teilte meinen Gedanken Dahlberg mit, der mit der nächsten Flasche zurückkam: »Pass auf, wer das Lied als Nächster drückt, dann treten wir ihm auf dem Klo in die Eier.«

»Einverstanden«, sagte Dahlberg, fügte als Perfektionist jedoch hinzu: »Und wenn es eine Frau ist?«

»Was ist das Schlimmste, was man einer Frau antun kann?«, fragte ich.

Ich glaubte, Dahlberg wüsste es und hätte es gelegentlich auch praktiziert. Er hatte zu vielen Dingen eine Meinung. Ich auch.

»Ihre Jungfräulichkeit intakt lassen und ihr auf dem Totenbett verraten, dass es keinen Gott gibt.«

Dahlberg lachte und ich sagte: »Das geht nicht.«

»Nein. Was schlägst du vor?«

»Wir könnten uns ihren Mund ansehen und sagen, hübsche Fotze, nur die Zähne stören. Und dann reißen wir ihr die Zähne aus.«

Eine alte Geschichte, aber immer noch effektiv.

Dahlberg wechselte das Thema: »Mir scheint, für finnische Schlagermusik hast du nicht viel übrig.«

»Magst du sie denn? Mag sie überhaupt jemand?«

Dahlberg grinste mal wieder und antwortete: »Ich mag Musik.«
»Genau das meine ich.«
»Aber Beethoven ist auch kein Gott.«
Ich sagte: »Nein. Aber wenn ich einen Gott wählen müsste, dann doch lieber Beethoven als Armi Aavikko. Beethoven würde Gott für seine Taubheit danken, wenn er heute leben müsste.«
»Wer ist Armi Aavikko?«, fragte Dahlberg, und ich glaubte einen spöttischen Beiklang zu erkennen.
»Mach keine Witze.«
»Im Ernst.«
»Die Franzosen glauben, sie ist die Tochter von Paavo Haavikko, stand in der Zeitung. Vielleicht ist sie es wirklich.«
»O bitte, klär mich auf«, sagte Dahlberg. »Je mehr Wissen, desto größer die Qual. Und ich bin ein fröhlicher Masochist.«
Ich trank einen Schluck, doch dann knallte ich das Bierglas auf den Tisch und rief: »Da, da ist sie wieder!«
»Wer?«, fragte Dahlberg harmlos.
»Armi Aavikko! Wer war das? Du solltest doch aufpassen.«
»Armi Aavikko ist die, die singt *Ich will zärtlich zu dir sein?*«
»Genau die.«
»Meine Aufmerksamkeit hat vorübergehend nachgelassen. Es tut mir Leid.«
»Das sollte es auch.«
Dahlberg kniff die Augen zusammen und sah nun so verschlagen aus, wie er war. Er erklärte: »Um die Wahrheit zu sagen, ich habe gesehen, wer es war.«
»Und wer?«
»Erzähl mir von den Geldern, dann erzähl ich dir von dem Typen, der sein Geld an der Jukebox verschwendet hat.«
»Von welchen Geldern?«, fragte ich und bewies damit,

dass auch ich verschlagen sein konnte. »Der Handel ist mir zu einseitig. Ich kann schließlich rechnen.«

Dahlberg wurde das Spielchen leid. Mit seiner Ausdauer war es nicht weit her. Er sagte: »Ich finde, es wird Zeit zu gehen.«

»Ja«, stimmte ich zu und trank mein Bier aus.

Bald war Mittsommer, ein Tag, von dem ich mir viel erhoffte.

»Was hast du an Mittsommer vor?«, fragte ich.

»Ich denke, ich werde aufs Land fahren«, sagte Dahlberg.

»Und wohin?«

»Nicht weit. Nach Aitolahti.«

Sieh an, dachte ich.

Ich beobachtete den Türsteher, der bereitstand, die Kollekte einzusammeln. Die einzige Aufgabe (vornehmer ausgedrückt: Funktion) der Türsteher in unserem Land ist es, massenhaft Kleingeld einzusammeln und am Tresen gegen Scheine einzutauschen. Das ganze System ist vermutlich nur erfunden worden, damit immer Wechselgeld in der Kasse ist.

Ich blickte dem Türsteher kühl in die Augen und ging hinaus, ohne ihm ein Trinkgeld zu geben. Dahlberg bildete sich ein, er würde beim nächsten Mal zuvorkommender empfangen, wenn er dem Mann ein paar Mark in die Hand drückte. Aber er sah eben aus wie ein Penner und hatte solche Tricks nötig.

»Danke verbindlichst, mein Herr«, sagte der Türsteher zu ihm.

»Werden Leute mit schwedischem Namen immer noch besonders höflich behandelt?«, fragte ich leichthin.

»Er weiß ja gar nicht, wie ich heiße. Es liegt sicher nur an meinem majestätischen Auftreten.«

Dahlbergs Gehabe ging mir langsam auf die Nerven. Der Kerl führte sich auf wie ein Geheimnisträger. Er bildete sich zu viel auf sich ein.

»Also dann, mach's gut, Windel-Ville«, sagte ich. Ich konnte der Versuchung nicht widerstehen. Lächelnd sah ich ihn an.

Sein Gesichtsausdruck veränderte sich. Er sah ernst aus, vielleicht auch überrascht. Dann brach er in Lachen aus, seine typische Reaktion auf alles. Er sagte: »Du erinnerst dich also noch.« Wieder lachte er. »Tschüss.«

Dahlberg ging über die Brücke, ich schlug den Weg durch den Park ein, drehte mich um und sah ihm nach. Er ging nach hinten gelehnt, mit langsamen, watschelnden Schritten.

Über die Handelsabschlüsse hatte er mir nichts gesagt.

Windel-Ville, dachte ich.

Vier

Ich ging quer durch den Park. Auf dem Kinderspielplatz hatten die Erwachsenen irgendwelche Gerätschaften aufgestellt, von denen sie glaubten, Kinder hätten Spaß daran. Als wären Schaukeln Wunderdinger, über die die Kleinen vor Begeisterung kreischen würden. Die Kinder kreischten.

Ein Hotel aus rotem Backstein beherrschte die Parklandschaft, davor stand als Blickfang ein Springbrunnen, den ich auch von meinem Fenster aus sehen konnte. Auf dem Teich schwammen Schwäne. Sie glitten ruhig und stolz dahin, mit der Selbstsicherheit, die die Bewunderung der Menschen ihnen gegeben hat. Schön mögen sie ja sein, aber als Braten sind Enten besser.

Das Eckhaus an der Ojankatu und der Pellavatehtaankatu, in dem ich wohnte, nannte ich das Dreieckshaus, weil sein Grundriss an ein Dreieck erinnerte. In Finnland findet man diese Hausform selten, aber in den alten Vierteln von Paris hatte ich viele Häuser dieser Art fotografiert. Das Haus war alt, aber hübsch, und die Wohnungen waren geräumig. Meine Wohnung bestand nur aus einem Zimmer und der Küche, hatte aber trotzdem über sechzig Quadratmeter. Menschen, die in Eigenheimen mit vierhundert Quadratmetern wohnen, mögen vielleicht glauben, ich lebe beengt. Aber da irren sie sich. Ich war mit meiner Wohnung sehr zufrieden.

Ich hatte das Zimmer komplett renoviert und in drei Bereiche geteilt. Nicht mit Wänden, sondern mit Möbeln. Von dieser Art zu wohnen hatte ich immer geträumt. In irgendeinem amerikanischen Film hatte ich eine solche Wohnung gesehen, die die Amerikaner *studio* nennen. Damals waren romantische Vorstellungen in meinem Kopf aufgekeimt, und als ich meinen Traum verwirklicht hatte, merkte ich, dass er mir immer noch gefiel. Meiner Meinung nach war die Lösung ausgesprochen praktisch. Und was die anderen dachten, kümmerte mich nicht.

Auf der Schwelle stehend, bewunderte ich eine Weile mein Heim und begab mich dann in die Küche, um das Essen zuzubereiten. Ich hatte in der Mittagspause ein Rumpsteak gekauft, das ich nun ein paarmal mit der Faust traktierte und dann in die Pfanne legte. Am Morgen hatte ich Salat zubereitet und mit Folie abgedeckt in den Kühlschrank gestellt. Ich wusste, wie albern das war, wusste aber auch, dass ich mit entsetzlichem Hunger von der Arbeit kommen und keine Lust mehr haben würde, den Salat zu machen. Das Steak war nach wenigen Minuten gar.

Ich stand mit dem Teller in der Hand an der Küchentür und betrachtete zufrieden mein Studio, während ich aß.

(Bevor Sie jetzt einwenden, es sei unmöglich, mit dem Teller in der Hand dazustehen und ein Steak zu essen, möchte ich anmerken, dass ich das Fleisch in mundgerechte Bissen zerlegt hatte.) Beim Essen spazierte ich gern durch meine Wohnung.

Doch heute hatte ich Wichtigeres zu tun, als zu essen und durch die Wohnung zu gehen.

Ich musste einen Mord planen.

Ich legte Mozarts Klavierkonzert auf und setzte mich an den Schreibtisch.

Als Erstes machte ich mir eine Liste der Personen, die vermutlich zur Mittsommernachtsparty in Mitrunens Sommerhaus eingeladen waren. Ich hatte ein ziemlich klares Bild von den persönlichen Beziehungen im Firmenbüro.

Heikki Mitrunen, Direktor der Planungsabteilung, Besitzer des Sommerhauses. Er würde auf jeden Fall anwesend sein. Mitrunen ist ein großer, schlanker Dreiundvierzigjähriger mit angenehmen Umgangsformen. Er ist Junggeselle und offenbar ein Genie in seinem Fach, obwohl ich mich immer schon gefragt habe, wie ein derart vorprogrammierter Mensch etwas Neues entwerfen kann. Anscheinend weiß er seine Fähigkeiten zu verbergen.

Virpi Hiekkala, die Sekretärin, hatte mir bereits gesagt, dass sie dort sein würde.

Kein Wort mehr über sie.

Kauko Saarenmaa hält sich vermutlich auch für eine Art Boss, obwohl er lediglich mit anderer Leute Geld Rechnungen bezahlt. Auch er ist groß, aber seine Umgangsformen sind alles andere als angenehm. Ich hoffe, er ist der Mörder. Seine Frau wird ihn vermutlich begleiten, Hilkka heißt sie, soweit ich mich erinnere. Ich hatte sie ein paarmal ganz zufällig gesehen. Sie ist attraktiv, aber allem Anschein nach dumm und steht unter der Knute ihres Mannes.

Auch bei den weiteren Gästen muss ich spekulieren.

Erik Ström, der Verwaltungsdirektor, ist ein dreiundfünfzigjähriger fetter Säufer. Aber sein Direktorenposten beruht darauf, dass er die Firma besitzt, steht also auf einem soliden Fundament. Mitrunen ist seine Entdeckung, daher glaube ich nicht, dass Mitrunen es wagen würde, ihn zu übergehen. Hanna Ström ist seine Frau. Auch eine Säuferin, aber wesentlich schlanker als ihr Mann. Die beiden führen sicher eine gute Ehe – sie haben ein gemeinsames Hobby. Hanna Ström ist eine verführerische Frau, sehr verführerisch.

Ville Dahlberg hatte zwar nicht ausdrücklich gesagt, dass er bei Mitrunen eingeladen war, aber irgendwie hatte ich das Gefühl, er würde dabei sein. Sicher waren halboffizielle Beratungen geplant, denn meines Wissens zählte er nicht zu Mitrunens Freunden. Er würde garantiert eine Frau mitbringen. Ich hatte längst den Überblick über seine Frauengeschichten verloren, hatte also nicht die geringste Ahnung, wer seine Begleiterin sein würde.

Etwa zehn Leute musste ich zusammenbekommen, nach dem, was Virpi angedeutet hatte. Obwohl man sich nicht unbedingt auf ihr Wort verlassen konnte.

Wenn ich nur noch einmal raten darf, ist vollkommen klar, wen ich wähle.

Jaakko Vaskilahti ist ein Mann, der auch irgendetwas für die Firma tut, und allem Anschein nach soll dieses Mittsommerfest im Zeichen der Firma gefeiert werden. Vaskilahti leitet die Exportabteilung. Meistens ist er unterwegs; die Direktionsmitglieder glauben, das liege ihm am meisten. Er ist ein Berufsreisender, achtunddreißig Jahre alt. Wahrscheinlich haben seine Reisen eine entfernte Verbindung zum Auslandsumsatz der Firma, jedenfalls scheint die Direktion von seiner Kompetenz überzeugt zu sein.

Vaskilahti kommt nie ohne seine Künstlerin, Eeva Sorjonen. Sie ist fünfundvierzig und produziert Gemälde. Sie malt gute Bilder, die sich gut verkaufen. Eine Neurotikerin, sehr boshaft und sehr selbstsicher.

Die Liste war fertig.

Eine ziemlich bunte Liste. Männer aus der Firma und ihre Frauen. Die obersten Chefs fehlten, aber ich glaube, auch diese Schar wird den Polizisten genug Rätsel aufgeben, wenn sie darangehen, den Mord aufzuklären.

Zeit zum Spülen. Beim Geschirrspülen kann ich besonders klar denken. Ich tat den Abfall in eine Plastiktüte und ließ Spülwasser einlaufen. Meine Gedanken strömten wie das Wasser aus dem Hahn, wirbelten mit ihm und sammelten sich in idyllischer Ruhe, bis keine Bewegung mehr zu erkennen war. Dann war die Idee komplett. Und ich musste sie nur noch in ihre Einzelteile zu zerlegen.

Ich stellte den Teller in den Abtropfschrank und schnellte herum. Warum? Was war das? Ich hatte plötzlich das Gefühl gehabt, jemand stünde hinter mir und wollte mir etwas antun. Ich trocknete mir die Hände ab und trat an die Tür. Im Zimmer war niemand. Die Mozartplatte lief immer noch.

Ein seltsames Gefühl. Die Gewissheit, dass jemand in deiner Nähe ist, obwohl du ganz allein bist.

Das Telefon klingelte.

Was tun die Menschen im Allgemeinen, wenn das Telefon klingelt? Sie haben nur zwei Möglichkeiten: abheben oder nicht abheben. Eine dritte Alternative gibt es nicht. Und ich war ein Mann der dritten Alternative, ich wollte mich nicht mit konventionellen Lösungen zufrieden geben. Aber dies war eine Zwangslage.

Ich nahm den Hörer ab.

»Ich fürchte, Sie sind falsch verbunden«, sagte ich in die Sprechmuschel.

»Lass den Quatsch. Saarenmaa hier.«

»Ach, du bist es.« An mir ist ein großer Schauspieler verloren gegangen, ich weiß.

»Ja, ich«, sagte Saarenmaa und sein Ton war nicht im Geringsten poetisch. Er hatte kein Gespür für Nuancen.

»Aha, und was willst du?«, fragte ich. Im Gegensatz zu ihm verstand ich mich auf Nuancen.

»Hör mal, Kartano, du bist nicht bloß ein Scheißkerl, sondern auch ein totaler Clown. Du bringst die Leute dazu, Dinge zu sagen, die du längst weißt. Aber egal. Erinnerst du dich, dass ich dich heute besuchen wollte?«

»Natürlich. Warum bist du denn nicht gekommen?«

»Aber ich komme doch. Ich wollte nur sichergehen, dass du zu Hause bist. Damit ich den Weg nicht umsonst mache. Ich habe genug anderes zu tun.«

»Inwiefern verschafft dir dieser Anruf die Gewissheit, dass ich zu Hause bin? Jetzt bin ich hier, aber wer weiß, wo ich in einer halben Stunde sein werde.« Ich sprach, als meinte ich es ernst. Man darf den Hohn nie zu deutlich durchscheinen lassen, sonst erkennt ihn womöglich selbst ein Schwachkopf wie Saarenmaa.

Ich spielte mit dem Gedanken, ihm tatsächlich nicht zu öffnen.

»Eben das ist der Zweck meines Anrufs«, sagte Saarenmaa geduldig, aber schon leicht nervös. »Ich bitte dich, in einer halben Stunde, wenn ich eintreffe, zu Hause zu sein. Geht das?«

»Mal sehen.«

»Na schön. Dann erledigen wir die Sache eben ein andermal.«

Saarenmaa verlegte sich also auf Drohungen. Er bildete sich ein, ich wäre daran interessiert, ihn zu sehen. Das stimmte zwar, doch ich gab es nicht zu erkennen. Außerdem hatte mein Interesse einen ganz anderen Grund, als er glaubte.

»Wie du willst«, erwiderte ich höflich, allerdings nicht so höflich, dass Saarenmaa irgendeine verborgene Bedeutung hätte herauslesen können.

»Ich bin in einer halben Stunde da«, sagte er und beendete das Gespräch.

Ich legte den Hörer auf die Gabel und spülte das restliche Geschirr. Das Mozartkonzert war zu Ende, ich suchte stattdessen etwas Halbkultiviertes aus. Chopin. Klingt schön und inhaltslos.

Meine Geschirrspülgedanken ordneten sich allmählich.

So sehr es mich auch gereizt hätte, nicht zu Hause zu sein,

wenn Saarenmaa kam, es ließ sich mit meinen Plänen nicht vereinbaren. Ich hatte nämlich vor, mit ihm einen Ausflug zu machen. Mein Escort, den ich selten benutzte, stand in der Garage bereit. Er glänzte in makellosem Rot und war in erstklassigem Zustand. Sofern ein Escort je in erstklassigem Zustand sein kann.

Ich trocknete mir die Hände ab und holte eine mit Eiswürfeln gefüllte Schale aus dem Kühlschrank. Im Wohnzimmer (so nannte ich es, obwohl ich es ebenso gut als Schlafzimmer bezeichnen könnte) stand ein unauffälliger Schrank, dem ich eine Flasche Gin entnahm. Ich goss etwas Gin in ein Glas, gab Eiswürfel und Tonic dazu und wartete.

Bequem im Sessel sitzend, trank ich meinen Gin Tonic und hörte mir Chopin an. Als es klingelte, hatte ich das Glas und meinen Mund bereits ausgespült.

Ich ließ Saarenmaa ein paar Minuten warten, bevor ich öffnete. Geduld ist eine erstrebenswerte Tugend.

Saarenmaa stand mit leidender Miene vor der Tür. Nun bildete er sich auch noch ein, er wäre ein Heiliger.

»Komm rein«, sagte ich und lächelte freundlich. »Ich war gerade auf dem Lokus. Deshalb hat es gedauert.«

Saarenmaa trat ein und sah sich um. Er war noch nie in meiner Wohnung gewesen. Ich lud sehr selten Männer zu mir ein. Dahlberg hatte mich allerdings ein paarmal besucht und das war immer ganz amüsant gewesen. Auf Saarenmaas Gesicht breitete sich die Miene aus, die die meisten Menschen machen, wenn sie ihre Verwunderung zu verbergen suchen. Er sagte: »Eine schöne Wohnung hast du. Ein wenig extravagant ist sie allerdings.«

»Danke. Wieso extravagant?«

Er blickte sich wortlos um und meinte dann: »Irgendwie ungewöhnlich.«

Ich ließ ihm Zeit, mein Zimmer zu betrachten. Natürlich war es in seinen Augen ungewöhnlich. Seiner Meinung nach war jede Abweichung vom Konventionellen extravagant und obendrein potenziell gefährlich. Er war einer von denen, die sich Sorgen um die Unabhängigkeit Finnlands machten und nicht die Atombombe, sondern lange Haare für die größte Gefahr hielten. Leute wie ihn gab es selbst in den Siebzigerjahren wie Sand am Meer.

Ich fragte: »Möchtest du einen Drink?«

»Nein danke. Ich bin mit dem Wagen da.«

Was sagte ich gerade über seine Konventionalität? Er lehnte nicht etwa ab, weil er fürchtete, nach einem Glas im Graben zu landen. Nein. Er hatte Angst, die finnische Lebensweise zu untergraben, wenn er gegen das Gesetz verstieß.

»Was hat das eine mit dem anderen zu tun?«, fragte ich, als wollte ich es wirklich wissen.

Saarenmaa sah mich an und sagte in scharfem Ton: »Du versuchst permanent, mit deinem extravaganten Stil Eindruck zu schinden. Aber bei mir verfängt das nicht. Du weißt genau, was ich meine, und wenn du mit deiner Selbstbeweihräucherung fertig bist, könnten wir vielleicht mal zur Sache kommen.«

»Zur Sache?«, fragte ich und begann nun tatsächlich, mich selbst zu bewundern.

Er verlor beinahe die Beherrschung, aber letzten Endes ist er doch ein aufrechter finnischer Mann, der sich in jeder Situation zusammenreißt und lieber ein psychisches Trauma in Kauf nimmt als zuzulassen, dass die Fassade bröckelt. Er setzte sich in den Sessel, in dem ich vor kurzem meinen Gin genossen hatte.

Mit bewundernswerter Ruhe sagte mein Besucher: »Ich habe über das nachgedacht, was du mir heute erzählt hast. Jetzt möchte ich die ganze Geschichte von dir hören. Wann hast du es herausgefunden und wer ist der Schuldige?«

»Ja, wer ist der Schuldige?«, fragte ich zurück.

»Wenn du in diesem Stil weitermachst, kommen wir keinen Schritt voran«, sagte Saarenmaa, der bereits die Beine übereinander geschlagen und eine Stellung eingenommen hatte, die zeigte, dass er sich beinahe zu Hause fühlte.

Vielleicht war es Zeit für den nächsten Schritt.

Ich sagte: »Ich schlage vor, wir machen eine kleine Spazierfahrt und unterhalten uns unterwegs.«

»Warum? Wieso nicht hier?«

»Ich möchte ein Stück fahren, darum. Autofahren beruhigt die Nerven und steigert die Laune. In deiner Gegenwart fällt es mir schwer, gut gelaunt zu bleiben.«

Saarenmaa hockte immer noch in meinem Sessel. Das gefiel mir gar nicht, es war nämlich ein guter Sessel. Er sagte: »Deine Laune ist mir egal. Ich will lediglich eine Erklärung für dein Gerede.«

»Dann lass uns fahren«, erwiderte ich. »Aber ich glaube, du hast mir etwas zu erklären. Nicht umgekehrt.«

Es blieb ihm eigentlich nichts anderes übrig als mitzukommen. Er war neugierig. Wer wäre das nicht, wenn er der Unterschlagung bezichtigt wird. Da ist Neugier das Mindeste.

Draußen war es bewölkt, doch selbst die Wolken konnten nicht verhindern, dass die nachtlose Nacht näher rückte.

Wir gingen von der Ojankatu aus über die Rongankatu, und ich klappte den kleinen Metallkasten auf, in dem sich die Anlage befindet, mit der man die Garage öffnet. Langsam und surrend hob sich das Tor.

»Warte hier«, sagte ich und ging die Rampe hinunter.

Am oberen Ende der Rampe stieg Saarenmaa in den Escort und ich schloss das Garagentor.

»Wohin fahren wir?«, fragte er.

»Ins Blaue«, antwortete ich und wusste, dass es mir erneut gelungen war, ihn zu ärgern.

Ich fuhr durch den Bahnhofstunnel, dann die Straße der Unabhängigkeit entlang und von dort auf die Landstraße

Richtung Teisko. Dabei hielt ich exakt die Geschwindigkeit, die die Gesellschaft zum Höchsttempo erklärt hat. Wir passierten das Krankenhaus, nun war zu beiden Seiten der Straße Wald, und als die Schnellstraße begann, beschleunigte ich auf hundert.

Wir hatten noch kein Wort gewechselt.

Ich pfiff leise vor mich hin, denn ich hatte keine Eile. Ich hatte nicht die geringste Absicht, Saarenmaa etwas zu erzählen. Was hätte ich ihm auch erzählen können!

Es fing an zu regnen. Der Verkehr war nicht besonders dicht, aber es gibt ja immer irgendeinen Trottel, der sich im Recht wähnt, auch wenn die Verkehrsregeln anderer Meinung sind. Der liebevoll gepflegte Starrsinn der Finnen gelangt im Straßenverkehr zur schönsten Blüte.

Wäre ich ein nervöser Typ, hätte ich geflucht und die Faust geschüttelt. Aber ich bin kein nervöser Typ. Ich wünschte mir nur, der Mann neben mir hätte zu dieser Sorte gehört.

»Na, hast du dich so weit beruhigt, dass wir endlich zur Sache kommen können?«, fragte Saarenmaa. Er nuckelte an seiner Zigarette und betrachtete die vorbeiziehende Landschaft mit totalem Desinteresse. Zufrieden stellte ich fest, dass nach einem kleinen Ruckeln des Wagens Asche auf seiner hellen Sommerhose gelandet war.

»Du hast Asche auf deiner messerscharf gebügelten Gabardinehose«, machte ich ihn aufmerksam.

»Sie ist nicht aus Gabardine«, sagte Saarenmaa, dem der Sinn meines Satzes offensichtlich entgangen war.

»Egal. Asche ist es jedenfalls.«

»Hör mal, hast du mir überhaupt irgendwas zu sagen? Oder hast du die ganze Geschichte erfunden? Ist das alles nur ein dummer Scherz, wie ich schon vermutet hatte?«

Jetzt wischte er über die Hose, doch die Asche hinterließ einen Fleck. Seine Frau konnte einem Leid tun.

Ich erwiderte: »Ich habe dir nichts zu sagen. Du bist es doch, der dieses Treffen vorgeschlagen hat.«

»Meine Geduld ist bald am Ende«, sagte Saarenmaa mit einer Stimme, die verriet, dass seine Geduld beinahe erschöpft war.

»Schade«, sagte ich tiefernst.

Saarenmaa wurde rot. Ich war zu weit gegangen.

Ich hielt am Straßenrand und fragte beiläufig: »Ist Mitrunens Sommerhaus hier in der Nähe?«

Nun sah er völlig konsterniert aus. Ich erklärte: »Wir könnten hinfahren und die Sache zu dritt besprechen.«

Saarenmaa sah mich misstrauisch an. Ein bisschen Verstand hatte er also doch, und ich hatte ihm bereits eine Lehre erteilt. Oder eine Warnung. Ich konnte ihm nicht verübeln, dass er an meinen redlichen Absichten zweifelte.

Aber er ging mir in die Fänge: »Von hier aus sind es nur fünf Kilometer.«

Ich fuhr wieder an, jetzt mit einer Zigarette im Mund, und hoffte von ganzem Herzen, dass Mitrunen sich nicht in seinem Sommerhaus aufhielt. Andernfalls müsste ich Farbe bekennen. Aber kein Spiel ist ohne Risiko.

Nach einer Weile sagte Saarenmaa: »An der nächsten Abzweigung rechts. Es ist ein schmaler Waldweg. Fahr vorsichtig.«

Ich bog ab und schaltete herunter.

Plötzlich tauchte ein Blockhaus vor uns auf. Es war ein imposantes Gebäude, doch das interessierte mich im Moment nicht. Das Wichtigste war der leere Vorplatz. Kein Auto, also vermutlich auch kein Mitrunen.

Ich fuhr auf den huckligen Hof und hielt an. Da der Besitzer nicht anwesend war, konnte ich mir die Umgebung etwas genauer ansehen.

»Hier ist niemand«, sagte Saarenmaa.

Er hatte eben keine Fantasie. Ich sah sehr viele Menschen.

Alles in allem zehn. Neun von ihnen standen im Kreis um den zehnten herum. Die zehnte Person lag mit blutigem Kopf auf der Erde. Vielleicht war sie vom Dach gefallen? Sie schien tot zu sein. Es war Virpi Hiekkala.

Ich meinte: »Sehen wir uns trotzdem mal um. Vielleicht ist er in der Sauna.«

Saarenmaa konnte es nicht lassen, mir zu widersprechen: »Hier ist kein Auto. Mitrunen kommt immer mit dem Wagen her.«

»Vielleicht ist er diesmal getrampt«, gab ich fröhlich zurück und ging auf Erkundungstour.

Mitrunens Refugium war von stattlicher Größe. Vor dem Blockhaus breitete sich eine Rasenfläche aus, natürlich mit Gartenschaukel und Grill. Mitten auf dem Rasen standen ein Tisch und einige Korbsessel. Es schien Mitrunen nicht zu kümmern, dass seine Gartenmöbel nass wurden. Das Anwesen grenzte an ein Kiefernwäldchen, das dummerweise nicht sehr dicht zu sein schien. Etwa zwanzig Meter weiter befanden sich eine Art Nebengebäude, vermutlich ein Geräte- oder Holzschuppen, und ein Plumpsklo. Auf der freien Fläche neben dem Schuppen hatte Mitrunen zwei Stangen aufgestellt und zwischen ihnen ein Netz gespannt. Er war ein getreuer Hüter der Tradition: Sportliche Betätigung an der frischen Luft gehört zum Sommerurlaub. Von der Treppe des Sommerhauses führte ein gepflasterter Weg zu dem Kiefernwäldchen. Ich folgte ihm und gelangte nach kurzer Zeit zu einer Saunahütte am See. Sie war weitaus bescheidener, als das Hauptgebäude vermuten ließ, eine Standardsauna aus Fertigbauteilen, völlig unpersönlich. Was mich jedoch viel mehr interessierte, war das Ufer zum See. Auf der Höhe der Sauna war es säuberlich gerodet, doch gleich dahinter begann dichtes Erlengebüsch, das fast bis zu dem Nebengebäude reichte.

Ich ging zurück zum Sommerhaus.

Saarenmaa saß rauchend auf der Gartenschaukel und sah amüsiert aus.

»Es ging dir also nur darum, dir das hier anzugucken. Ganz schön clever«, empfing er mich.

»Niemand zu sehen«, sagte ich, als hätte ich nicht verstanden, was er meinte.

Ich trat ans Haus, spähte durch ein Fenster und sah ungefähr das, was ich erwartet hatte. Als ich mich umdrehte, lächelte Saarenmaa noch immer. Er sagte: »Du wolltest also, dass dir jemand den Weg zeigt, damit du einmal siehst, wie die besseren Leute den Sommer verbringen.«

»Wie meinst du das?«

»Du hast ganz richtig gehört. Ob du mich verstanden hast, weiß ich nicht.«

»Nein, ich verstehe wirklich nicht, was du meinst. Ich dachte, wir könnten die Angelegenheit mit Mitrunen besprechen, da wir sowieso in der Gegend sind.«

Ich setzte mich in einen Korbsessel und starrte Saarenmaa unverwandt an, denn ich hielt ihn für einen Mann, der einem starren Blick nicht standhält.

Saarenmaa sagte: »Ich bin gekommen, um mit dir über die Unterschlagung zu reden, die du angeblich entdeckt hast. Allmählich neige ich aber dazu, die ganze Geschichte als Produkt deiner Fantasie zu betrachten.«

»Nun hör mal, ich habe doch gar keine Fantasie«, log ich dreist. »Du kannst dich nicht herauswinden. Du weißt, dass ich einen guten Riecher für Zahlen habe.«

Saarenmaas Miene veränderte sich. Er lächelte nicht mehr. Überhaupt nicht. Seine Augen waren kalt. Er ahnte, dass seine Taktik versagt hatte. Er warf die Zigarette weg und stand auf. Dann sah er mich von oben herab an und kam sich wahrscheinlich vor wie ein Riese, obwohl er gerade mal zwanzig Zentimeter größer war als ich. Doch ich ließ mich nicht bluffen.

Was tut ein Betrüger, dem Entdeckung droht? Ich bekam es ein wenig mit der Angst zu tun, als ich seine Stimme hörte. Sie knarzte, als hätte er eine Schachtel Eisennägel verschluckt.

Doch so drohend sein Ton war, er sagte lediglich: »Damit du ganz klar siehst: Entweder sagst du mir jetzt, was du mir vorwirfst, und zwar ganz genau, mit allen verdammten Zahlen, oder du hörst mit dem Gelaber auf und meldest dich zur Therapie an.«

»Wie meinst du das?«, fragte ich und kam mir allmählich vor wie mein eigenes Echo. Alles, was ich sagte, kam mir bekannt vor.

»Und zwar sofort!« Seine Stimme klang immer noch knarzend.

Aber ich hatte nicht die Absicht, ihm etwas zu erzählen. Ich hatte ihm eine Warnung zukommen lassen und geglaubt, er wolle mich treffen, um mir einen Kuhhandel vorzuschlagen. Stattdessen spielte er den Unschuldigen.

Ich sagte: »Du willst also die ganze Summe allein einstecken?«

»Aha, daher weht der Wind. Du spekulierst auf einen Anteil an der Millionenbeute.«

»Eine Million?«

Saarenmaa geriet aus dem Konzept. Er fischte eine Zigarette aus der Tasche und sagte: »Du hast doch von einer Million gesprochen.«

»Habe ich das?« Ich konnte rätselhaft sein, wenn es nötig war.

»Das hast du.«

»Nein, von einer Million habe ich nichts gesagt. Ich habe nur von Nullen geredet.«

Saarenmaa zündete die Zigarette an und blickte zum Himmel hoch, als erwarte er von dort eine Antwort. Doch es kam keine.

Folglich musste er sich selbst eine ausdenken. Und im Antworten war er nicht besonders gut.

Er sagte nämlich: »Dir fehlt das Verständnis für bildhafte Sprache. Ebenso gut hätte ich von anderthalb oder zwei Millionen sprechen können. Ich wollte dich nur dazu bringen, mir die Summe zu verraten. Und das ist mir gelungen.«

Er versuchte zu lächeln. Aber in dem Metier war ich ihm überlegen.

»Von einer Million habe ich nichts gesagt. Was glaubst du denn, aus mir herausgeholt zu haben? Im Einbilden bist du groß, aber herausgekriegt hast du gar nichts. Im Gegenteil, du hast zugegeben, dass es um eine Million geht. Ich weiß ja nicht einmal, welche Summe fehlt.«

Alles, was ich sagte, war die reine Wahrheit.

»Nun, dann können wir wohl nach Hause fahren«, meinte er überraschend nachgiebig.

Ich marschierte los, denn es lohnte sich nicht, ihn zu weiteren Äußerungen zu provozieren. Saarenmaa hatte seine Schuldigkeit getan. Er war ein guter Führer gewesen, dachte ich zufrieden. Meine Furcht war restlos verschwunden, er würde mir nichts tun.

Schweigend folgte er mir zum Auto. Er schlug die Tür mit unnötiger Heftigkeit zu und mir lag bereits eine bissige Bemerkung auf der Zunge, doch ich behielt sie für mich.

Ich hatte keine Verwendung mehr für Saarenmaa. Abgesehen davon, dass er noch als Mordverdächtiger herhalten konnte. Ich hasste ihn und hoffte, meinen Beitrag zu seiner Verurteilung leisten zu können. Welch exquisiter Gedanke: Ich ermordete meine Feindin und mein Feind musste dafür büßen.

Und so fuhr ich das Auto in die Garage und verabschiedete mich von meinem Feind.

Fünf

Der Plan.

Donnerstag.

Als ich von meiner Erkundungsfahrt zu Mitrunens Sommserhaus zurückgekehrt war, war es kurz nach acht. Ich hatte es noch ins Kino Olympia geschafft, bevor der *Glöckner von Notre-Dame* anfing, und zwar die Version, in der Anthony Quinn den Buckligen spielt. Meine Enttäuschung war nicht größer gewesen als nach allen anderen Kinobesuchen. Filme haben den Nachteil, dass sich die Bilder zwar bewegen, aber irgendwie träge. Sie haben nichts Lebendiges.

Ich war nach Hause gegangen, hatte einen Mozart und einen Vivaldi gehört und mich dann ins Bett gelegt.

Unmittelbar vor dem Einschlafen bin ich in Höchstform. Dann habe ich die besten Ideen, wie zum Beispiel die, dass ich Virpi mit einem Stein erschlagen werde und dass man nie herausfinden wird, wer es getan hat. Zumindest würde man nie herausfinden, dass ich es war. Kurz vor dem Wegdösen überlegte ich mir noch, wie schwer der Stein sein sollte; es muss ein Optimalgewicht geben. Wenn er zu leicht ist, tötet er nicht, ist er dagegen zu schwer, kann man ihn nicht heben. So viel zu den Extremwerten – aber was war das ideale Gewicht für meinen Zweck? Ein Brocken von einem Kilo würde sicher schon einiges bewirken. Andererseits waren zwei Kilo wohl nicht zu schwer. Das heißt, eigentlich wusste ich es gar nicht so genau.

Es gibt überraschend viele Dinge, über die man im Unklaren ist. Ein Menschenleben hat so ungeheure Dimensionen, dass man nicht jedes Problem auf Anhieb lösen kann. Und nicht alles lässt sich allein durch Nachdenken klären, empirische Forschung ist nach wie vor notwendig.

Meine Idee zwang mich, noch einmal aufzustehen. Ich ging zum Kühlschrank, in dem ein Pfund Butter lag. Ich nahm es heraus und holte ein Paket Bohnen aus dem Schrank, ebenfalls ein Pfund schwer. Dann band ich beides zusammen, sodass ich ein Paket von einem Kilo Gewicht erhielt. Es war natürlich größer als ein gleich schwerer Stein, lag aber dennoch gut in der Hand. Ich hatte den Eindruck, dass ein Stein von einem Kilo durchaus ausreichen mochte, um die Sache zu einem glücklichen Abschluss zu bringen. Andererseits tötete es sich mit dem doppelten Gewicht womöglich leichter. Wie soll man das wissen, bevor man es ausprobiert hat? Vielleicht wäre im Kriminalmuseum Näheres zu erfahren, aber dort hat nicht jeder Zutritt.

Ein Knacken ließ mich herumfahren. Wieder dieses Gefühl, dass mich jemand beobachtet, jemand, der mir schaden will. Es war ein sehr intensives und sehr reales Gefühl. Ich zitterte.

Nach einer Weile ging ich ins Wohnzimmer und knipste alle Lampen an. Natürlich war meine Furcht unbegründet. Es war niemand da. Ich atmete tief durch und wartete, bis das Herzrasen nachließ.

Trotzdem war ich zufrieden mit meinem Experiment.

Ich ging zu Bett und versuchte, mich zu beruhigen. Allmählich sank der Adrenalinspiegel, mein Herz schlug wieder gleichmäßig.

Wie gesagt, die besten Einfälle kommen mir unmittelbar vor dem Einschlafen. Ich hatte meinen Einfall gehabt und schrieb ihn auf einen Notizblock: *Stein darf ruhig zwei Kilo wiegen. Kann man noch gut schwingen. Ein Kilo reicht aber auch.*

Ich knipste das Licht aus.

Eine Weile dachte ich über meine Zukunft nach, dann schlief ich ein.

Ich hatte einen wunderschönen Traum. Ich sah Virpi auf

dem Rasen liegen, in der Nähe der Sauna bei Mitrunens Sommerhaus. Dann erblickte ich einen Herrn in Uniform, der allerdings eher an einen Feuerwehrmann erinnerte als an einen Polizisten, oder jedenfalls an meine Vorstellung von einem Feuerwehrmann. Gerade als der Uniformierte auf Saarenmaa zutrat – zweifellos in der Absicht, ihn zu verhaften –, brach der Traum ab und ich erwachte mit trockenem Mund.

Ich verfluchte den Durst, der mich des Vergnügens beraubt hatte, Saarenmaa in Handschellen zu sehen. In Wirklichkeit hatte ich nämlich nicht vor, mich in der Nähe aufzuhalten, wenn Virpis Leiche gefunden wurde.

Ich trank ein Glas Orangensaft gegen den Durst.

Damit genug von meinen nächtlichen Abenteuern.

Den Rest der Nacht schlief ich friedlich und erwachte erst, als der Wecker klingelte. Der große Zeiger stand auf der Zwölf, der kleine auf der Acht. Also hatte ich exakt eine Stunde, bis ich am Arbeitsplatz antreten musste. Ich beschloss, noch eine Viertelstunde zu schlafen, fand aber keinen Schlaf mehr.

So stand ich auf, um Frühstück zu machen. Mit anderen Worten, ich kochte eine Kanne Kaffee und löffelte einen Becher Jogurt.

Um meine Handlungen an diesem Donnerstag, dem Planungstag, vollständig zu registrieren: Ich entleerte meinen Darm, rasierte mich, putzte mir die Zähne und schlug die Zeitung auf, um die Börsenkurse zu überprüfen. Es hatte keine größeren Schwankungen gegeben. Weder nach oben noch nach unten.

Bewölkt, aber nicht regnerisch. Ein normaler finnischer Sommertag: Man konnte ohne Jacke gehen, aber ohne Hemd hätte man gefroren.

Es dauerte gar nicht lange und ich stand wieder auf dem Flur, von dem an der einen Seite mehr Türen abgehen als an der anderen. Allerdings hatte ich beschlossen, ihn bald zu verlassen. Sobald der Fall Virpi erledigt war, würde ich mir eine neue Stelle suchen, weit weg von hier und besser bezahlt. Leute, die sich auf Zahlen verstehen, werden immer gebraucht, und sei es, um Steuern zu umgehen. Auch darin war ich geschickt.

Virpi schritt mit schwingenden Hüften den Flur entlang. Irgendein Betriebswirt gab eine Plattitüde von sich, über die sie lächelte.

Zwei weitere Betriebswirte tauschten wissende Blicke aus und gestikulierten hinter ihrem Rücken. Dummköpfe.

»Wer kommt sonst noch zu Mitrunens Mittsommerfest?«, fragte ich Virpi, die mir den Rücken zuwandte und nicht gemerkt hatte, dass ich ihr in ihr Büro gefolgt war. Sie zuckte zusammen.

»Wieso?«, fragte sie, vermutlich ohne selbst genau zu wissen, was sie meinte.

»Was meinst du mit ›wieso‹?«, erkundigte ich mich und wusste sehr genau, was ich meinte.

»Ich meine, wozu willst du das wissen?«

Sie glaubte, sie hätte eine clevere Frage gestellt, die mir signalisierte, die Sache ginge mich nichts an. Virpi schien sehr energisch zu sein am vorletzten Morgen ihres Lebens. Sie wuselte herum, als gäbe es kein Morgen, wenn Sie mir die Wendung gestatten. Dann fiel ihr nichts mehr ein, was sie tun konnte.

Ich sagte: »Ich dachte mir, ich rechne für alle Gäste das letzte Gehalt und die Versicherungssumme aus. Du weißt doch, dass für alle Angestellten so eine Gruppenlebensversicherung abgeschlossen worden ist. Für dich auch.«

»Warum willst du die denn ausrechnen?«, fragte Virpi. Sie war noch dümmer, als ich vermutet hatte.

»An Mittsommer kommen immer wieder Menschen ums Leben. Du weißt doch, was alles passiert. Ertrinken, Kohlenmonoxydvergiftung, Messerstechereien. Jemand kriegt eine Flasche über den Kopf gezogen. Und so weiter.«

»Furchtbare Sachen erzählst du.« Virpi sah aus, als wäre sie wirklich entsetzt. Doch dazu hatte sie vorläufig noch keinen Grund.

»Ich bin eben Realist«, sagte ich und fingerte wieder an dem Ascher herum. Er war schön. Er wog etwa ein Kilo. Wie war das noch? Der Stein darf auch zwei Kilo wiegen.

Virpi räumte nun mit zerstreuter Miene ihren Schreibtisch auf. An unserem Gesprächsthema zeigte sie kein Interesse, obwohl sie gerade behauptet hatte, es sei schrecklich. Sie betrachtete sich in einem kleinen Taschenspiegel. Ihre rosarote Zungenspitze schob sich zwischen die Lippen, um den rechten Zeigefinger zu befeuchten, mit dem sie sich anschließend über die Augenbrauen strich. Sie spitzte den Mund wie die Nymphen, die ich kürzlich im Kino gesehen hatte.

Ich hasste sie. Nein, doch nicht. Ich empfand nichts. Ein Henker hat sicher auch keine Gefühle; ich glaube nicht, dass er effektiv arbeiten könnte, wenn er nach jeder Hinrichtung Albträume bekäme. Aber was hat das heute noch zu bedeuten, es gibt ja kaum mehr Hinrichtungen.

Virpi blickte vom Spiegel auf und fragte: »Bist du immer noch hier?«

Natürlich antwortete ich: »Nein, ich bin nicht hier.«

»Witzbold.«

»Nun sag schon, wer eingeladen ist, damit ich endlich weiterarbeiten kann. Es ist angenehmer, alles zu berechnen, bevor etwas passiert ist. Hinterher ist man immer so traurig.«

Ich hatte mich vor das Fenster gestellt, sodass mein Schatten auf Virpis Gesicht fiel. Sie musste die Spiegelei sein lassen. Sich im Dunkeln zu spiegeln lag ihr offenbar nicht.

»Würdest du bitte vom Fenster wegtreten?«, moserte sie.

»Sobald du mir gesagt hast, was ich wissen will.«

»Ich habe keine Ahnung, wer eingeladen ist«, erklärte sie plötzlich. Es stand ihr jedoch ins Gesicht geschrieben, dass sie log.

Warum wollte sie es geheim halten?

»Weshalb willst du es mir verheimlichen?«, fragte ich sie, als sei mir das gerade eingefallen.

»Ich will gar nichts verheimlichen«, beharrte Virpi. »Ich weiß eben nicht, wer eingeladen ist.«

»Aber du kannst es dir sicher denken. Du warst doch schon auf solchen Partys?«

Virpi seufzte. Sie spielte eine Erwachsene, die von einem quengelnden Kind die Nase voll hat und es auf die einfachste Weise loswerden will: indem sie ihm gibt, was es verlangt.

Vielleicht ist das demütigend für mich, aber ihr Strafmaß kann nicht mehr erhöht werden.

Heute kann ich sehr tolerant sein. Heute darf sie mit mir umspringen, wie sie will, denn morgen existiert sie nicht mehr.

Sie sagte: »Außer Mitrunen kommen die Saarenmaas und die Ströms. Dazu noch irgendein Übersetzer und vielleicht Vaskilahti.«

Ich lächelte, denn ich war ganz schön schlau gewesen. Alle Namen standen auch auf der Liste, die ich selbst angelegt hatte.

»So?«, machte ich gleichgültig, als hätte ich schon vor Tagen jedes Interesse an der Sache verloren.

»Na also, jetzt weißt du es, nun geh schon und rechne die Versicherungssummen aus.« Mitrunen rief Virpi in sein Büro.

Virpi ging. Und diesmal blieb sie nicht an der Tür stehen.

Obwohl sie das Zimmer bereits verlassen hatte, hörte ich ihre Stimme. Sie hatte vergessen, die Sprechanlage abzustellen.

»Ein seltsamer Typ, dieser Kartano«, sagte sie zu Mitrunen.

»Wieso?«, hörte ich Mitrunen fragen.

»Andauernd stellt er mir komische Fragen. Oder begrapscht mich.«

Begrapschen? Ich? Ich hatte sie kaum angefasst. Aber immer noch empfand ich nichts. Ich hasste Virpi nicht, denn was sie tat, hatte kaum Bedeutung. Der Umstand, dass sie morgen nicht mehr leben würde, machte alles belanglos. Ich würde Gerechtigkeit walten lassen.

»Jeder Mann würde dich gern begrapschen«, drang Mitrunens Stimme aus der Sprechanlage.

»Tatsächlich? Ich würde ihnen aber raten, ihre Fantasien nicht in die Tat umzusetzen.«

»Du scheinst diesen Kartano nicht zu mögen.«

»Wahrhaftig nicht.«

»Warum ist er dir denn so zuwider? Er macht doch einen ganz netten Eindruck, außerdem leistet er gute Arbeit.«

»Ich finde ihn ekelhaft.«

Ich habe nie verlangt, dass man mich mag, hätte ich gern gerufen. Morgen liefere ich dir einen Grund für deinen Abscheu. Doch ich schwieg. Ich kann mich gut beherrschen.

Dann hörte ich schmatzende Geräusche. Sie küssten sich.

Ich verdrückte mich.

Ich hatte nicht viel zu tun. Genau genommen hatte ich vor, den ganzen Tag zu faulenzen.

Der Plan.

Ich brauchte keinen ausgefeilten Plan. Alles war ganz einfach. Ich würde mit dem Auto zu Mitrunens Sommerhaus fahren. Oder in die Nähe. Das letzte Stück musste ich zu Fuß zurücklegen. Ich würde im Gebüsch hocken, bis meine Chance kam, bis ich Virpi sah. Irgendwann würde sie allein sein. Zum Beispiel, wenn sie zum Plumpsklo ging. Bis dahin hätte ich den passenden Stein längst gefunden. Ich würde einmal fest zuschlagen. Und dann noch einmal, sicherheitshalber. Die Leiche würde ich liegen lassen. Danach würde ich seelenruhig zu meinem Wagen zurückgehen und nach Hause fahren.

Wenn ich nach Mittsommer von dem Ereignis erfuhr, würde ich sehr überrascht sein. Wie vor den Kopf geschlagen wäre ich und sogar ein wenig traurig.

Die einfachen Pläne sind die besten.

Natürlich musste ich noch die Zeit festlegen. Je betrunkener die Gesellschaft war, desto besser standen meine Chancen, unbemerkt aufzutauchen und wieder zu verschwinden. Das wiederum bedeutete, dass es ziemlich spät werden würde. Selbst wenn sie schon am Vormittag anfingen, war sicher ein Spaßverderber dabei, der nicht vor Mitternacht umkippte. Also würde ich mich gegen sechs Uhr auf den Weg machen.

Ist je einer mit einem derart vagen Plan ausgezogen, einen anderen Menschen zu töten?

Nein!

Werden Morde meist genauer geplant?

Ja!

Wie viele dieser Mörder werden gefasst?

Die meisten!

Keine weiteren Fragen.

Das war mein innerer Monolog. Ich verließ mich oft auf indirekte Beweisführung. Wenn sorgfältig geplante Morde meist doch aufgeklärt und die Täter überführt wurden, musste gerade die Planlosigkeit der Tat die Ermittlungen ins Leere laufen lassen. (Aber waren meine Informationen korrekt?)

Eine derartige Logik ist insofern amüsant, als sie aus einer bestimmten Perspektive folgerichtig erscheint, ohne es wirklich zu sein. Es ist eine ähnliche Situation, wie wenn jemand sagt, er fühle sich auf dem Land nicht wohl, und die Zuhörer prompt annehmen, er lebe gern in der Stadt – eine nicht unbedingt falsche, aber definitiv voreilige Schlussfolgerung.

Ich saß eine Weile in meinem Büro mit dem modernen Schreibtisch und den dreizehn Mineralwasserflaschen im Kleiderschrank und überlegte, wie ich möglichst bequem durch diesen Tag kam.

Damit keine Missverständnisse aufkommen: Ich bin nicht faul. Im Gegenteil, ich bin ein guter Mitarbeiter, aber heute hatte ich anderes und Wichtigeres zu tun, als Zahlen hin und her zu schieben. Oder würden Sie sagen, dass eine Arbeit, die man jeden Tag tun kann, wichtiger ist als ein Mord, den man vielleicht nur einmal im Leben begeht? Na also.

Ich spitzte ein halbes Dutzend Bleistifte.

Danach stand ich wieder vor der Frage: Was soll ich jetzt tun?

Da fiel mir etwas ein. Ich begann, die Versicherungssumme zu berechnen, die nach Virpis Tod ihren Eltern zufallen würde. Die Firma hatte für alle Angestellten eine Gruppenlebensversicherung abgeschlossen, die sich ursprünglich auf fünfzehntausend Mark pro Person belief. Die Summe war jedoch an den Index gebunden, und ich rechnete nun aus, wie hoch sie in Virpis Fall am vierundzwanzigsten Juni sein würde. Natürlich hätte ich das auch bei der Lohnbuchhaltung erfahren können, aber ich rechne gern. Da ich einmal dabei war, kalkulierte ich auch gleich Virpis Gehalt samt den entsprechenden Zulagen für die Zeit bis zu ihrem Tod.

Aber auch das nahm mich nicht lange in Anspruch.

Als ich Virpi in der Mittagspause sah, kam mir natürlich der Ausdruck Henkersmahlzeit in den Sinn.

Die Kantine war, wie alle Kantinen in Finnland, ein absichtlich ungemütlich eingerichteter Saal. Zum Vergnügen hielt sich hier niemand auf. Sobald man seine Mahlzeit verzehrt hatte – sofern man sie trotz der zweifelhaften Qualität hinunterbrachte –, verzog man sich so schnell wie möglich. Im schlimmsten Fall auf die nächste Toilette, um das Essen wieder von sich zu geben. Selbst die Büros waren gemütlicher und die Toiletten ebenfalls, wenn ich es mir recht überlege.

Unter Berücksichtigung der Qualität des Essens haben viele Firmen zum Ausgleich ein System eingerichtet, das sie als betriebliche Gesundheitsfürsorge bezeichnen. Ich bin überzeugt, dass diese Institution nur einen einzigen Zweck hat, nämlich die Mitarbeiter bis zur Pensionierung am Leben zu halten. Der ideale Angestellte stirbt, sobald er das Rentenalter erreicht hat. Andernfalls ergibt die ganze Einrichtung keinen Sinn; sie produziert nichts und ein ordentlicher Kapitalist finanziert nichts Unproduktives. In der Sowjetunion war auch das anders: Dort lohnte es sich, die Menschen möglichst lange gesund zu halten, denn pensioniert wurden sie nie. Allenfalls bekamen sie einen Posten als Fahrstuhlführer.

Na, Virpis Schicksal kann man jedenfalls nicht der Gesundheitsfürsorge anlasten.

Am Nachmittag feilte ich mir zum Zeitvertreib die Nägel, denn bei meinen Fähigkeiten hatte ich nicht lange gebraucht, um die Versicherungssumme und das Gehalt auszurechnen. Dennoch leistete ich die ganze Zeit harte Arbeit. Immerhin ist ein Mord für eine Privatperson nicht ganz alltäglich. Der legalisierte Mord ist ein Monopol der Gesellschaft.

Zunächst die Kleidung. Wenn ich zum Beispiel Jeans und ein einfarbiges, unbedrucktes T-Shirt trüge und in der Nähe des Tatorts gesehen würde, wäre ich absolut unauffällig. Andersherum gesagt, wenn auf dem T-Shirt zum Beispiel *Ovanon* stünde (was ich auch schon gesehen habe), wäre ich sofort als kinderfeindlich abgestempelt und damit identifizierbar.

So viel zur Kleidung.

Das heißt, eins noch: die Schuhe. Sie konnten zum Problem werden, falls die Polizei es sich in den Kopf setzte, nach

Fußabdrücken zu suchen. Das Gelände hatte ich kaum erforscht. Ich wusste nicht, ob irgendein besonders heller Polizist fähig war, den Abdruck des *Nokia*-Zeichens zu entdecken, das eine andere Intelligenzbestie in der Gummifabrik in die Sohle gestanzt hatte. Andererseits war ich nicht willens, barfuß durch den Wald zu laufen. Vielleicht sollte ich übergroße Gummistiefel kaufen und auf diese Weise den Verdacht auf Saarenmaa lenken. Wie Sie sehen, gelingt es mir nicht, dieses Problem ernst zu nehmen: Woher sollte ich wissen, ob Saarenmaa in Gummistiefeln zur Party gehen würde? Nein, ich werde mich für die einfachste Lösung entscheiden und Schuhe anziehen. Unbeschuht läuft keiner herum.

Und dann.

Die Transportfrage. Ich hatte ein Auto und mein Auto hatte ein polizeiliches Kennzeichen. Da ich kein Berufskrimineller war, wusste ich nicht, wie man an gefälschte Nummernschilder kam. Ich selbst konnte sie jedenfalls nicht herstellen. Fuhr ich mit dem Bus, würde womöglich irgendein Perverser versuchen, mich anzubaggern. Auch das wäre fatal. Ich war nicht so dumm zu glauben, dass die Polizei mir keine einzige Frage stellen würde. Und auf eine Frage folgt immer die zweite und nach zwei wahrheitsgemäßen Antworten kommt eine Lüge, und auf eine Lüge folgt etwas sehr Unangenehmes – ein Verdacht. Dann nämlich, wenn man beim Lügen erwischt wird. Ein Taxi konnte ich nicht nehmen, wenn ich nicht auch den Fahrer umbringen wollte. Und gegen Taxifahrer hatte ich nichts. Das erste wirkliche Risiko bestand also darin, dass ich meinen Wagen irgendwo abstellen musste, während ich im Gebüsch auf meine Chance wartete.

Die Lösung.

In Aitolahti gibt es ein Restaurant und einen Vergnügungspark, wo am Mittsommerabend Unmengen von Autos stehen. Von dort hatte ich etwa drei Kilometer zu gehen. Aber ich war ja kein Krüppel.

Der nächste Punkt.

Die Tatmethode. Sie ist allen bekannt, die bis hierher aufmerksam gelesen haben. Andererseits muss ich sagen, dass es mir Spaß machen würde, Virpi zu erwürgen. Es wäre ein Vergnügen, das jedoch fatale Folgen haben könnte: Fasern unter den Fingernägeln, Kratzer im Gesicht ... Ich bin kein Narzisst, ein paar Kratzer machen mir nichts aus, aber die Polizei könnte ihre Schlüsse daraus ziehen. Nicht dass ich die Polizei hasse und ihr unbedingt das Leben schwer machen will. Aber Sie verstehen mein Dilemma.

Die Sache ist also entschieden.

An einem Stein bleiben keine Fingerabdrücke haften. So viel weiß selbst ich über die Arbeit der Polizei. Das ist allerdings auch schon alles, was ich darüber weiß.

Das einzige wirkliche Problem.

Die Wahl des Zeitpunkts. Darauf habe ich nicht den geringsten Einfluss, das hängt ganz von Virpi ab.

Ich finde diese Situation geradezu genial. Sie hat genau die Ironie, die ich so liebe. Und doch ist es nur Zufall. Das Opfer wählt den Zeitpunkt seines Todes. Ich füge mich der Wahl und das gefällt mir.

Der nächste Punkt.

Das Alibi. Wie bringe ich es fertig, anderswo gewesen zu sein, als der Mord geschah? Es ist anzunehmen, dass das Opfer bald gefunden wird. Ich will kein Alibi, aber ich brauche es. Mein Alibi würde zwangsläufig schwach sein. Ich musste den Abend im Vergnügungspark verbringen, wo das Fernsehen zur gleichen Zeit eine miserable Sendung aufzeichnet, eine Liveübertragung vom Mittsommerfest. Sogar eine Hochzeit war vorgesehen, richtig was für's Herz. Ich musste mich irgendwie bemerkbar machen, aber eben da lag der Hund begraben: Im entscheidenden Moment konnte ich mich nicht bemerkbar machen. Eine andere Möglichkeit bestand darin, zwar anwesend zu sein, aber jedes Aufsehen zu vermeiden und später der Polizei gegenüber zu behaupten, ich hätte den ganzen Abend zu Hause vor dem Fernseher gesessen und mir die bewusste Sendung angesehen. Allerdings konnte ich mich nicht darauf verlassen, dass mich wirklich niemand sehen würde.

Fazit.

Ein Alibi hatte ich nicht. Aber schließlich brauchte ich keins. Welchen Grund sollte ich haben, Virpi Hiekkala zu töten, eine Frau, die ich kaum gekannt hatte. Ich hatte sie nicht ermordet. Das war jemand anders gewesen. Vielleicht Saarenmaa. Egal wer, das konnte mir gleichgültig sein. Ich würde der Polizei in jeder Weise behilflich sein. Genau, ich würde der Polizei in jeder Weise behilflich sein.

So macht man einfache Dinge kompliziert. Einen Stein gegen den Kopf und dann ab nach Hause, so war es vorgesehen. Und nun sitze ich hier und feile mir die Nägel und überlege, welche Schuhe ich anziehen soll.

Warum ist nichts so einfach, wie es anfangs scheint?

Warum?

Sechs

Die Verwirklichung.

Freitag.

Wie soll ich die Schilderung dieses ungewöhnlichen Tages beginnen?

Wenn jemand wissen will, wie das Wetter am vierundzwanzigsten Juni war, soll er in der Zeitung nachlesen oder glauben, was er will. Denn die Wahrheit schreiben die Zeitungen nicht mal über das Wetter. Die Presse – die edelste Quelle der Geschichtsfälschung.

Wenn jemand wissen will, ob irgendwo eine Bombe hochging, kann ich es ihm sagen: Ja.

Wenn jemand wissen will, ob irgendwo Menschen verhungerten, kann ich es ihm sagen: Ja.

Wenn jemand wissen will, ob irgendwo ein Flugzeug entführt wurde, kann ich es ihm sagen: Höchstwahrscheinlich.

Wenn jemand wissen will, was ich darüber dachte, kann ich es ihm sagen: Nichts.

Ich hatte andere Dinge im Kopf.

Wenn jemand wissen will, woran ich dachte, soll er nochmal auf Seite eins anfangen.

Wenn jemand wissen will, was ich an diesem Tag als Erstes tat, kann ich auch darauf Antwort geben: Ich las die ersten dreißig Seiten von Oscar Wildes *Das Bildnis des Dorian Gray*.

Vielleicht fange ich damit an.

Nachdem ich die ersten dreißig Seiten von Oscar Wildes *Das Bildnis des Dorian Gray* gelesen hatte, stand ich auf. Ich ging nackt ins Bad und hatte Stuhlgang. Diese Information dürfte nicht besonders interessant sein, denn ich vermute, die meisten Menschen machen es genauso.

Dann widmete ich mich dem Frühstück. Schon interessanter, vielleicht. Obwohl natürlich die meisten Menschen frühstücken. (Bitte halten Sie mich nicht für beschränkt, ich weiß sehr wohl, dass es Menschen gibt, die nie essen. Ich wollte nur sagen, dass die meisten Menschen in dem Kulturkreis, in dem sich die hier aufgezeichneten Ereignisse zutragen, morgens frühstücken oder wenigstens eine Tasse Kaffee trinken, um die Augen aufzukriegen.) Aber da es ein besonderer Tag war, gönnte ich mir ein außergewöhnliches Frühstück. Ich öffnete eine Flasche Champagner und ließ den aufsteigenden Schaum auf den Tisch laufen. Dann goss ich das edle Nass in ein Glas und schaute zu, wie die Bläschen nach unten sanken und die Oberfläche glatt wurde. Anschließend schenkte ich noch ein wenig Champagner nach und schaute zu, wie die Bläschen nach unten sanken und die Oberfläche glatt wurde. Zum Schluss goss ich Orangensaft dazu und stellte das Glas auf den Tisch.

Der Tag hatte noch nicht begonnen.

Ich nahm das Glas und trank es leer.

Nun hatte der Tag begonnen.

Ich wiederholte den Prozess, ließ diesmal aber den Orangensaft weg.

Jetzt wusste ich, dass nichts schief gehen konnte. Dies war mein Tag.

Wer den Tag mit Champagner beginnt, dem kann nichts fehlschlagen. Das ist der Kern der westlichen Philosophie.

Und ich glaube an die westliche Philosophie.

Der nächste Höhepunkt des Tages ist natürlich das Mittagessen, doch es ist nicht ratsam, so rasch voranzuschreiten; warum sollte ich gleich nach dem Frühstück zu Mittag essen?

Zwei Stunden lang saß oder lag ich auf dem Sofa, hörte Musik und leerte, nun schon langsamer, die Champagnerflasche.

Mozart führte mich weit fort. Bis in die Antike. Zu Ikarus, der durch seine Dummheit scheiterte. Und zu Dädalus, der dank seiner Klugheit und Geschicklichkeit so erfolgreich war, wie ich es sein würde. Mozart brachte mich auch wieder zurück. Er holte mich zurück in die Fabrikstadt, in ihr Zentrum, wo die Menschen rastlos umherliefen in Erwartung des Abends und der Nacht, die heute nicht kommen würde. Die exotische nachtlose Nacht, an deren Existenz die Menschen im Süden nicht glauben, selbst wenn sie davon gehört haben sollten. Diejenigen, die nie davon gehört haben, sind ohnehin in der Mehrheit. Aber das tut nichts zur Sache.

Ich jedenfalls wartete nicht unruhig auf den Abend und die nachtlose Nacht. Mir würde sie keine Überraschung bringen, anders als all den Mädchen, die den Fehler begehen, sich ins warme Moos legen zu lassen und etwas in sich aufzunehmen, nach dem sie sich gesehnt haben, nur um es später zu bereuen.

Als Nächstes säuberte ich mich. Ich rasierte mich, wusch mir die Haare und putzte die Zähne. Ich legte mich in die Badewanne und las *Dorian Gray* zu Ende, oder vielmehr nicht ganz zu Ende, denn ich kannte den Schluss und er interessierte mich überhaupt nicht. Es war nicht der richtige Schluss für diesen Tag.

Ich hörte an der Stelle auf, an der Lord Henry sagt: *Meine Jugend zurückzubekommen, würde ich alles auf der Welt tun, außer mir Bewegung machen, früh aufstehen oder ein ehrbares Leben führen.* Ich wusste, dass ich zu weit gelesen hatte. Obwohl ich mir über die Jugend und ihre Vergänglichkeit keine Gedanken machte. Was mich bekümmerte, war Dorians Schicksal.

Wilde war doch nicht der richtige Anfang gewesen. Ich bin nicht abergläubisch, aber ich musste eine zweite Flasche Champagner köpfen, um meinen Mut wiederzufinden. Schon ein Glas tat mir gut. Mehr würde ich heute nicht brauchen, das wusste ich.

Ich frottierte mich mit einem rauen Handtuch und ließ es dann zu Boden fallen.

Unschlüssig sah ich mich um. Ich wusste, was ich suchte, musste aber meine Wahl treffen. Schließlich ging ich in die Küche und öffnete den Geschirrschrank. Ich entschied mich für einen Fleischklopfer aus Metall, packte ihn am oberen Ende des Stiels und schlug mit aller Kraft gegen die Wand.

Die Tapete riss, Mörtel fiel herunter. Ich legte den Fleischklopfer auf die Spüle und betrachtete das Loch. Ich hatte keine Vorstellung von der Härte eines menschlichen Schädels im Vergleich zu einer Wand, aber das Loch beeindruckte mich dennoch.

Aber ein Stein hat keinen Stiel.
Egal. Mein Arm ist Stiel genug.
Der Arm begann zu schmerzen.
Dann zog ich mich an. Ich wählte eine blaue Jeans, ein rotes T-Shirt und blaue Socken. Die Füße steckte ich in leichte Sommerschuhe. Ich stellte mich vor den Spiegel und kämmte mich. Eine ganze Weile stand ich mit prüfendem Blick vor dem Spiegel. Empfand ich etwas? Furcht? Nein. Zweifel? Nein. Zuversicht? Ja. Bewunderung? Ja.

War ich bereit?

Ja.

Ich steckte den Schlüssel in die Tasche. Aus der Schreibtischschublade nahm ich Geld und steckte es ebenfalls ein. Dann holte ich einen Pullover aus dem Schrank. Die Autoschlüssel lagen auf dem Tisch im Flur. Ich nahm sie mit, denn ich wusste, dass ich nicht in diese Immobilie, in meine Wohnung, wenn Sie wollen, in mein Heim, wenn Sie wollen, zurückkehren würde, bevor vollbracht war, was ich vor fünf Jahren beschlossen hatte.

Ich empfand einen gewissen Stolz darauf, Planungs- und Produktionsabteilung in meiner Person zu vereinigen, auch wenn das einzige Produkt der Tod war. Einige würden davon profitieren, zum Beispiel ein Bestattungsunternehmer und der Totengräber. Anderen brachte der Produktionsprozess einen Verlust, so etwa einer gewissen Versicherungsgesellschaft. Er sei ihr gegönnt.

Ich schlug die Tür hinter mir zu, weil ich wusste, dass sich mein Nachbar darüber ärgern würde, und ging pfeifend die Treppe hinunter, wobei ich den Autoschlüssel um den Finger kreisen ließ.

Die Straße lag vor mir und lud mich zum Spaziergang ein, egal in welche Richtung. Ich hatte nämlich nicht die Absicht, mich der Garage zu nähern, bevor ich sicher sein konnte, dass der Champagner, oder besser gesagt der darin enthaltene Alkohol, aus meinem Organismus verschwunden war. Vielleicht irre ich mich, aber ich glaube zu spüren, wann der letzte Tropfen dieser heimtückischen Substanz meinen Körper verlässt.

Ich ging in Richtung Hauptstraße, denn ich wollte möglichst viele Kaufhäuser aufsuchen, um das hysterische Gedränge noch hysterischer zu machen.

Im Gewühl beobachtete ich alternde Frauen mit voll gepackten Einkaufswagen. Vielleicht hoffte eine jede von ihnen, durch ihre Einkäufe noch einmal jung zu werden, für eine einzige nachtlose Nacht, und ihren Mann zu verführen, sodass er sich neben sie und auf sie legte, obwohl ihr Körper ihn seit Jahren nicht mehr interessierte. Ich betrachtete die jungen Mädchen, die von ihren missmutigen Freunden zur Kasse gedrängt wurden. Auch sie hatten ihre Hoffnungen, auch sie stolperten in der Schlange an der Kasse und auch sie würden altern und eines Tages dieselbe Demütigung ertragen müssen.

Ich sah alternde Frauen, die ihre Einkaufswagen ebenfalls voll beladen hatten, aber keine Eile zu haben schienen, sich zur Kasse zu begeben. Auch sie hatten eine Hoffnung: Es sollte niemandem auffallen, dass sie Kaufhausdetektivinnen waren.

Ich beobachtete Männer, die verzweifelt alle möglichen Waren betasteten, weil sie noch nie Lebensmittel eingekauft hatten. Einkaufen und Kochen war seit Jahren die undankbare Aufgabe ihrer Frauen. Und diese Männer hatten immer noch nicht begriffen, dass daran irgendetwas falsch sein sollte.

Es hatte sich nur dummerweise ergeben, dass ihre Frauen ausgerechnet heute zur Arbeit mussten.

Ich beobachtete Frauen, die frisch vom Frisör kamen und sich in weit schwingende Capes gekleidet hatten, damit jeder sah, dass sie nicht Fleischwurst, sondern Filetsteaks kauften, und die vor Wut kochten, weil sie das Filet selbst einkaufen mussten.

Ich betrachtete Männer, die diesen Frauen nachschauten. Und Männer, die das Einkaufen zu verachten schienen und denen es egal war, wie lange sie Schlange stehen mussten. Diese Männer hasste ich. Denn in einem großen Supermarkt sollte sich jeder unwohl fühlen. Das ist meine Meinung.

Es war bereits nach Mittag. Ich war früh aufgewacht, hatte früh mein flüssiges Frühstück zu mir genommen. Dann hatte ich das Treiben in den Kaufhäusern betrachtet.

In den vollen Kaufhäusern plagte mich wieder das unbestimmte Gefühl, beobachtet zu werden. Es war ein unangenehmes Gefühl, denn die Rolle des Beobachters hatte ich für mich reserviert. Dass mich jemand beobachtete, war nicht vorgesehen. Die Selbstsicherheit, die mir der Champagner verschafft hatte, wurde brüchig. Natürlich konnte ich mir einreden, dass mich niemand observierte. Aber so leichtgläubig bin ich nicht. Ich wartete nun auf die leeren Stunden am Nachmittag, wo ich mit mir allein sein konnte. Außerdem wartete ich auf Regen. Nicht aus Bosheit, sondern weil ich Regen mag.

Dann bekam ich Hunger. Ich musste mir überlegen, wo ich essen wollte. Ein besonderer Tag verlangt besondere Speisen. Die Entenjagd begann erst im Herbst, aus reiner Missgunst mir gegenüber, glaube ich. Um diese Jahreszeit gab es selbst in erstklassigen Restaurants keinen Entenbraten. Aber bei dem Gedanken an Enten fielen mir der Entenpark und das dortige Restaurant ein, wo zumindest die Preise Spitze waren. Wenn ich heute kein gutes Essen bekam, konnte ich immerhin so viel dafür ausgeben, dass ich mir einbilden durfte, das Essen sei, wenn schon nicht besonders delikat, so doch nicht alltäglich.

Ich ging in Richtung Bahnhof. Unter ihm führte ein Tunnel hindurch, über den jeder in dieser Stadt eine Meinung hatte. Ich selbst hatte oft überlegt, ob man, wenn man einen halben Tag dort zubringen müsste, an Kohlenmonoxydvergiftung sterben oder vom Verkehrslärm verrückt werden würde. Rasch ging ich auf die andere Seite und verlor weder das Leben noch den Verstand.

Dann schritt ich die Straße der Unabhängigkeit entlang, die noch vor einigen Jahren von Holzhäusern gesäumt war. Diese Idylle hatte ihre Fürsprecher gehabt: Leute, die nicht in den Häusern zu wohnen brauchten. Diejenigen, die dort lebten, wären liebend gern ausgezogen, wenn sie es sich hätten leisten können. Je pittoresker das Elend aussieht, desto eifriger setzen sich die Intellektuellen für seine Erhaltung ein. Denn sie selbst haben sich ein komfortableres Nest gebaut, in einem der Hochhäuser, die sie so verabscheuen.

Inzwischen waren die Holzhäuser jedoch größtenteils abgerissen. Neben den alten, heruntergekommenen und in enge Wohnungen aufgeteilten Steinhäusern standen nun modernere, aber ebenso einfallslose Etagenhäuser, über deren Bewohner ich nichts wusste. Das einzige auffällige Gebäude war das Arbeitsamt – dazu könnte man durchaus einen Kommentar abgeben. Über irgendetwas müssen sich ja auch die Arbeitslosen freuen können.

Der Entenpark ist recht nett. Vor einigen Jahren, in dunklen, warmen Spätsommernächten, war ich dort mit einem Mädchen herumgezogen, das später geheiratet hatte und aus unerfindlichen Gründen im Kindbett gestorben war; die Zeiten von Doktor Semmelweis sind immer noch nicht ganz passé.

Es gibt nur eine Plage im Entenpark, nämlich die Pfauen, die ihre Brunst oder ihren Weltschmerz gellend herausschreien.

Da ich nicht zwischen plärrenden Kindern und jaulenden Hunden auf der Terrasse sitzen mochte, betrat ich das Restaurant.

Der Türsteher war höflich, und ich weiß auch, warum. Für Geld ist jeder höflich. Allerdings schien er nicht damit zu rechnen, dass ein Gast in Jeans ihm ein dickes Trinkgeld zustecken würde.

Der Oberkellner war ein unfreundlicher, halsstarrig wirkender Mann, der es jedoch nicht wagte, mir den Platz zu verweigern, den ich wollte.

Sorgfältig studierte ich die Speisekarte, genauer gesagt die Spalte, in der die Zahlen standen. Immerhin liebe ich die Zahlen. Ich bestellte drei Gänge vom Teuersten und ignorierte eiskalt die Empfehlung des Obers, gebeizter Hering sei die Spezialität des Hauses. Als Getränk wählte ich Mineralwasser.

Ich speiste gut. Aber noch besser hätte ich gegessen, wenn ich anders angezogen gewesen wäre. Irgendwie scheint ein enger Zusammenhang zwischen Kleidung und Essen zu bestehen.

Dann ging ich.

Ich fuhr mit dem Bus in die Innenstadt zurück. Jetzt war die Hauptstraße bereits menschenleer. Nur ein paar Betrunkene kamen mir schwankend entgegen und ein Mädchen, das ich kannte. Ich hatte ihr nichts zu sagen, deshalb dürfen Sie jetzt, wenn Sie wollen, ein Paradebeispiel für banale Konversation lesen.

»Hallo«, sagte das Mädchen, dessen Namen ich noch in derselben Nacht vor gar nicht langer Zeit vergessen hatte.

»Hallo, wie geht's?«, erwiderte ich.

»Ich kann nicht klagen.«

»Nicht? Schön für dich.«

Verlegenes Schweigen.

»Wohin gehst du?«, fragte sie.

»Nirgendwohin. Und du?«

»Heute ist Mittsommer.« Sie sagte es, als hätte es eine besondere Bedeutung.

»Und?«

»An Mittsommer wird gefeiert. Freunde von mir nehmen mich im Auto mit auf eine Insel.«

Ich wollte schon einwenden, dass man nicht mit dem Auto auf eine Insel fahren kann, hielt mich aber zurück. »Auf eine Insel, wie schön. Macht ihr ein Feuer und all das?«

»Ja, es gibt da ein altes Ruderboot, das wir um Mitternacht verbrennen wollen.«

Wir sahen uns eine Weile an. Das Mädchen in dem peinlichen Bewusstsein, dass sie noch etwas sagen musste. Ich in dem peinlichen Bewusstsein, dass ich die Banalität der Situation nicht durch eine boshafte Bemerkung zerstören durfte.

Das Mädchen trat von einem Fuß auf den anderen und ich fand, es sei nun genug mit dem Zirkus. Ich sagte: »Na dann, ich muss jetzt los.«

»Wohin?«

»Nirgendwohin.«

Und damit ließ ich sie stehen, ohne sie beleidigen zu wollen. Beleidigen wollte ich allenfalls die Situation, die einfach zu banal war. Die Menschen haben sich kaum etwas zu sagen und doch müssen sie reden.

Ich spazierte ziellos herum und betrachtete die leeren Straßen. Niemand verfolgte mich. Ich wartete.

Die Zeit war gekommen.

Ich öffnete das Garagentor, ging die Rampe hinunter und fuhr dieselbe Rampe wieder hinauf. Dann schloss ich das Tor, denn Tore muss man immer schließen.

Ich fuhr los und hielt mich wieder genau an die von der Gesellschaft aufgestellten Regeln, die man nur verletzen darf, wenn man sicher ist, nicht dabei erwischt zu werden. Ich hatte Wichtigeres zu tun, als mich wegen Verstoß gegen die Verkehrsregeln anhalten zu lassen.

Es war kein Polizist mit Radargerät zu sehen. Auch keiner ohne.

Ich nahm die linke Hand vom Lenkrad und spreizte die Finger. Sie zitterten nicht, aber das hatte ich auch nicht erwartet. Ich fühlte mich ganz ruhig, so ruhig wie seit langem nicht mehr. Wenn ich zu Extremen neigen würde, würde ich sagen, ich fühlte mich so ruhig wie nie zuvor. Aber erst kürzlich hatte eine Frau mich belehrt, man dürfe nie *nie* sagen und man dürfe nie *immer* sagen. Ich weiß nicht, ob sie begriff, welches Paradox sich in ihrer Äußerung verbarg. Vermutlich ja, denn sie war eine intelligente Frau. Aber warum hatte sie so ernst gesprochen? Sie hatte keinen Spott mit mir getrieben, sie hatte geweint und ihre Tränen waren echt gewesen. Das wusste ich, aber ich war nicht für sie gemacht. Ich war für mich gemacht.

Und nun war ich auf dem Weg zum Endpunkt einer extremen Erfahrung.

Ich erinnerte mich an die Worte, die Lord Henry an Dorian Gray richtet: *Dennoch bin ich der Meinung, dass der Mord immer ein Fehler ist. Man sollte nie etwas tun, worüber man nicht nach dem Essen reden kann.* Der arme Lord Henry hatte keine Ahnung. Wie von jeher spricht man nämlich auch heutzutage sehr oft nach dem Essen über Mord. Nicht über einen abstrakten Völkermord, der auf der anderen Seite der Erde passiert ist, das meine ich jetzt nicht, sondern über einen Mord, den man selbst begangen hat. Die Frage ist nur, in welcher Gesellschaft man darüber redet. Lord Henry bewegte sich in den falschen Kreisen; er glaubte, über den anderen zu stehen, weil er ›kultiviert‹ war. So blieb ihm eine Erfahrung versagt.

Ich will mit niemandem nach dem Essen über meinen Mord reden, aber ich weiß, dass ich es könnte, wenn ich wollte.

Mit Mühe fand ich einen Parkplatz einige hundert Meter von dem Lokal, das ich besuchen wollte. Ebenso viel Mühe kostete es, ein Bier zu bestellen, aber den im Verhältnis zum

Niveau des Lokals weit überhöhten Preis konnte ich mühelos bezahlen. Der Preis war mir egal, ich war nicht zum Saufen hier. Nach dem zweiten Bier brach ich auf.

Ich bin kein Orientierungsläufer, doch immerhin wusste ich, wohin ich zu gehen hatte.

Unterwegs begegnete ich Menschen, die mir ebenso wenig Aufmerksamkeit schenkten wie ich ihnen. Sie glaubten sich unter ihresgleichen, denn ich hatte mich als einer von ihrer Art maskiert.

Ich sah auf die Uhr. Acht. Hoffentlich war ich nicht zu spät dran. Nein, wohl nicht. Wahrscheinlich war Saarenmaa sturzbesoffen und der Rest der Gesellschaft leicht angeheitert. Nicht einmal Virpi konnte so dumm sein, jetzt schon abzusacken. Der Reiz einer Mittsommernachtsparty liegt darin, mindestens bis Mitternacht durchzuhalten und danach so lange weiterzufeiern, bis man umkippt. Darin sehen jedenfalls die Finnen den Sinn der Mittsommernacht. Zumindest einige Finnen. Auch ich. Ich hatte viele Mittsommerfeste erlebt, ich hatte sie genossen. Aber diesmal konnte ich nicht feiern.

Bedauerlich, vielleicht. Aber dafür war es mal eine Abwechslung.

Ich näherte mich dem bewussten Ort.

Ich verließ den schmalen Waldweg und zog mich seitwärts in den Wald zurück. Anfangs fand ich keinen Pfad. So schlug ich einen weiten Bogen nach rechts, um mich dem Sommerhaus von der Seite zu nähern, wo der Schuppen und die Sauna standen.

Die leichten Sommerschuhe waren nicht optimal, denn der Boden war feucht und die Feuchtigkeit drang in die Socken. Allmählich war mir die bloße Existenz meiner Füße zuwider. Ich stolperte und beschmutzte mir auch noch die Hände. Als ich aufstehen wollte, sah ich einen Stein unter dem Moos hervorragen. Eine rasche Lagebeurteilung: Es konnte sich um Grundgestein handeln oder auch um einen losen Stein in genau der richtigen Größe und Form. Bisher war ich ja unbewaffnet. Kurz entschlossen kratzte ich das Moos ab und versuchte mein Glück. Der Stein ließ sich mühelos anheben. Ich stand auf und wog ihn in den Händen. Er erinnerte beinahe an einen Hammer: An dem einen Ende war er ziemlich klobig, am anderen Ende so schmal, dass man ihn gut packen konnte. An Gott glaube ich nicht, aber ich glaube fest an eine natürliche Ordnung, die mich gerade an dieser Stelle über eine Wurzel stolpern ließ.

Ich war bewaffnet. Jetzt war ich ein Scharfrichter.

Als ich mich dem Ziel näherte, drosselte ich das Tempo. Ich schlich mich an. Fast wie im Kino: Schleichender Mond nähert sich, den Tomahawk griffbereit.

Zuerst hörte ich sie.

Vorsicht. Vorsicht.

Am Graben wuchs dichtes Weidengebüsch, das am Ufer in Erlengebüsch überging.

Ich legte mich bäuchlings zwischen die Weiden und kam mir kindisch vor. Aber so musste es gemacht werden.

Dann sah ich sie. Nicht alle, aber einige.

Der fette Erik Ström saß in der Gartenschaukel. Vor ihm stand ein Tisch. Ihm gegenüber saßen zwei Frauen. Die eine war seine Frau Hanna, die andere die Malerin Eeva Sorjonen. Sie schien sich über irgendetwas zu ereifern, wie es ihre Art war. Erik Ström schmunzelte wohlwollend und stellte sich die Malerin nackt vor. Hanna Ström saß da, wie es sich für eine kultivierte Frau gehört, mit geschlossenen Knien und geradem Kreuz. Sie fühlte sich unsicher, denn als kultivierte Frau verstand sie nichts von Kunst.

Das sind keine bloßen Vermutungen. Ich weiß, dass Hanna Ström nichts von Kunst versteht, wie ich auch weiß, dass Erik Ström alle Frauen in Gedanken auszieht. Er hat es selbst gesagt.

Offenbar ging es noch ziemlich ruhig zu. Erik Ström würde sich Eeva Sorjonens Gelaber mit wohlwollendem Lächeln anhören, bis er wusste, ob er sie flachlegen konnte. Danach würde er sich auf den Schnaps konzentrieren.

Vaskilahti kam aus dem Haus. Ein Mann, der sich für nichts interessiert. Also entschied er sich für Pfeilwerfen. Seine schlaffe Gestalt näherte sich meinem Versteck, denn die Dartscheibe hing am Schuppen.

Doch er sah mich nicht.

Dann erschien Dahlberg. Kraftstrotzend wie immer, mit wirren Haaren. Er lachte dröhnend und trank Rotwein direkt aus der Flasche.

Aber all diese Leute waren mir egal. Ich wollte Virpi.

Ich überließ mich meinen Gedanken, denn obwohl die Stimmen zu mir herübergetragen wurden, waren die Worte nicht klar genug zu verstehen, um dem Gespräch zu folgen. Besonders interessant konnte es ohnehin nicht sein.

Ich ließ einige Zeit verstreichen, bevor ich auf die Uhr sah. Es war halb zehn.

An meiner Aufmerksamkeit war nichts auszusetzen. Jedes Mal, wenn sich einer von ihnen dem Schuppen näherte, achtete ich darauf, welchen Weg er einschlug. Wenn sie alle auf direktem Weg zurückgingen, hatte ich keine Chance, denn das Gelände vor mir war völlig offen. Irgendwer hielt sich immer draußen auf dem Rasen auf. Er lag zwar nicht vor dem Eingang des Sommerhauses, aber selbst wenn alle im Haus gewesen wären, hätte mich jemand vom Fenster aus sehen können.

Am Saunapfad hatte ich vielleicht doch bessere Chancen. Ich schlich mich zum Ufer hinab.

Eine gemischte Sauna würde es heute sicher nicht geben, dafür würde Hanna Ström sorgen.

Ich konnte nur hoffen, dass sich die Frauen nicht gut verstanden und deshalb lieber einzeln in die Sauna gingen.

Allmählich erschien mir die Lage aussichtslos.
Die Sauna wurde geheizt.
Ich hatte alle bereits mindestens einmal gesehen. Auch Virpi, die ich kaum beachtet hatte. Und eine junge Frau, die ich nicht kannte, aber interessant fand. Sie war vermutlich die Begleiterin des massigen Dahlberg. Was sah sie nur in Windel-Ville, dessen riesiger Bierbauch über den Gürtel quoll wie ein Hefeteig? Vielleicht war sie eine passionierte Bäckerin. Bei dem Gedanken hätte ich beinahe laut gelacht. Dann nahm ich sie genauer in Augenschein.

Sie hatte lange blonde Haare, große Brüste und eine Figur, die sie unbedingt im Bikini zur Schau stellen musste, obwohl es nicht besonders warm war. Es tut mir Leid, dass ich keine genauere Beschreibung liefern kann. Mit meinen Fähigkeiten hat das nichts zu tun, ich war einfach zu weit entfernt, um ihr Gesicht sehen zu können. Da ich ihr nie zuvor begegnet war, kann ich auch nicht sagen, ob sie intelligent, dumm, klug oder vorlaut ist. Meiner Überzeugung nach hatte Dahlberg eine relativ dumme Frau gewählt, mit der er bei passender Gelegenheit problemlos Schluss machen konnte. Dahlberg hielt es bei keiner Frau lange aus.

Schon jetzt wusste ich, dass ich diese Frau haben musste.

Ich betrachtete ihre Beine. Sie waren schön. Leider musste ich noch warten, aber meine Zeit würde kommen, da war ich ganz sicher.

Ich ließ die Zeit verstreichen.

Gegen zehn schien es, als würden die Frauen sich bald in die Sauna begeben.

Mitrunen erteilte mit der Autorität des Hausherrn seine Befehle. Ich hörte, wie er die Frauen in die Sauna kommandierte.

Die langhaarige Blonde ging an meinem Versteck vorbei und ich geriet ins Träumen.

Hanna Ström folgte ihr. Sie war betrunken und die schöne

junge Frau verdarb ihr die Laune. Es war ihr deutlich anzusehen. Ich war in Sicherheit. Und doch nur fünf Meter entfernt.

Virpi und Eeva Sorjonen kamen gemeinsam an.

»Am besten gefällt mir immer noch Dalí«, sagte Virpi.

Am besten gefällt mir immer noch Dalí, dachte ich angewidert. Virpi war genauso leer wie Dalís Kommodenfrauen.

»Schätzchen, rede nicht von Dalí. Wir leben im Zeitalter des Realismus«, erwiderte Eeva Sorjonen herablassend. Sie verhöhnte Virpi allein mit ihrem Tonfall. Das geschah Virpi ganz recht, nur begriff sie es leider nicht.

Dieses Gespräch war mein Glück, denn es riss mich aus meinem Tagtraum und erinnerte mich an meine Aufgabe. Für die langhaarige Blonde würde ich später noch Zeit haben.

Ich wartete.

Nach einer Weile hörte ich, wie die Frauen schwimmen gingen. Ich vernahm entzückte Ausrufe, die ich nicht verstehen konnte. Wieder die langhaarige Blonde.

Dann.

Endlich.

Der Moment war da. Ich hatte mehr Glück als erwartet.

Hanna Ström kam zurück. Ihre Frisur war haargenau dieselbe wie vor dem Saunabad. Sie gehörte nicht zu den Frauen, die ihr Äußeres von volkstümlichen Traditionen beeinträchtigen lassen. In die Sauna zu gehen, fand sie eigentlich ein wenig vulgär. Das Ganze hatte keinen Stil. Und überhaupt, bei der Rauchsauna konnte es sich nur um die Erfindung eines stupiden Torfkopfes handeln.

Als Nächste passierten Eeva Sorjonen und die langhaarige Blonde mein Versteck.

»Aber in der Kunst liegt die Wahrheit«, sagte die Sorjonen.

»Meiner Meinung nach ist die Kunst nur ein Mittel, mit dem einige Menschen, vor allem die Kunsthändler, ihren

Lebensunterhalt verdienen. Die Wahrheit liegt im Geld«, erwiderte die Blonde kühl.

Ich war verliebt in diese Frau. Sie hatte Stil.

Eeva Sorjonen schwieg. Wahrscheinlich war sie außer sich. Aber sie interessierte mich jetzt nicht. Denn Virpi war nicht bei ihnen. Sie würde später kommen, allein.

Mein Glück schien sich zu wenden, denn bald darauf trat Mitrunen aus dem Haus und schlug den Weg zur Sauna ein. Natürlich. So musste es ja kommen. Da rief Vaskilahti plötzlich vom Haus her und Mitrunen machte kehrt.

Wieder ließ ich die Zeit dahingehen. Nun waren alle im Haus. Nur Virpi war in der Sauna, und ich war bewaffnet. Erst jetzt merkte ich, wie steif mein Arm war. Ich hatte meine Waffe die ganze Zeit über krampfhaft umklammert.

Von der Sauna her waren Geräusche zu hören.

Ich sah eine dunkle Gestalt vor dem immer noch blauen Himmel.

Virpi.

Sie war etwa dreißig Meter von mir entfernt. Noch.

Dann kehrte sie mit unsicheren Schritten um. Trunkenheit oder unbekannter Weg. Wahrscheinlich Trunkenheit.

Aber sie hatte nur etwas vergessen. Bald würde sie zurückkommen.

Gleich hatte ihre Stunde geschlagen.

Nein, nicht gleich.

Jetzt.

JETZT?

Dritter Teil

Sieben

»Mein Name ist Hanhivaara. Lauri Hanhivaara«, sagte Hanhivaara lächelnd zu seinem Spiegelbild. »Mein Name ist Temple, Paul Temple ... Mein Name ist Templar, Simon Templar ... Mein Name ist Masterson, Bat Masterson«, fuhr er fort. Er hatte sich gefragt, wieso die amerikanischen und englischen Fernsehserien, deren Folgen noch in den Sechzigerjahren durch die Bank eine halbe Stunde lang waren, heutzutage fast ebenso regelmäßig eine ganze Stunde oder noch länger dauerten. Und nun glaubte er die Antwort gefunden zu haben. Die doppelte Menge Dialog war in der einfachen Menge Zeit schlicht nicht unterzubringen. Warum mussten all diese Männer sich immer auf die gleiche Weise vorstellen? Hanhivaara beschloss, von nun an nur Hanhivaara zu sein. Nichts weiter.

Immer noch betrachtete er sein Spiegelbild. Kein Rasierwasserhersteller hatte ihn je für eine Werbekampagne verpflichten wollen. Er kam zu dem Schluss, die Sachlage gereiche sowohl ihm als auch *Tabac* zum Vorteil. Ihm hätte auch reiner Spiritus genügt, der nach der Rasur ebenso angenehm auf der Haut prickelte. Andererseits wusste er, dass er den Sprit vermutlich getrunken und dann doch nach *Tabac* geduftet hätte. Hanhivaara bereitete sich darauf vor, Mittsommer zu feiern. Er hatte null Bock, war aber nicht melancholisch gestimmt. Es gab drei Tage im Jahr, an denen er sich standhaft weigerte, alkoholische Getränke zu sich zu nehmen: Silvester, den Tag vor dem ersten Mai und Mittsommer. Er schüttelte sich bei dem Gedanken, dass die Finnen sich an diesen Tagen zwingen, Alkohol zu trinken, nur weil man an diesen Tagen saufen muss. Seiner Ansicht nach war das kein ausreichender Grund für ein Besäufnis. Ein merkwürdiger Zirkelschluss. Hanhivaara verabscheute die Bauchspeicheldrüsenentzündungen in der Walpurgisnacht und die Todesfälle durch Ertrinken in der Mittsommernacht. An Neujahr hatte er zu oft Dienst gehabt, um entscheiden zu können, was er speziell an diesem Fest hasste, aber es war jedenfalls keine Bagatelle.

Kurz und gut, Mittsommer widerte ihn an, aber traurig war er nicht.

Er hatte Sommerurlaub.

Die Woche vor Mittsommer war in diesem Jahr regnerisch gewesen, sodass die Leute ihre Johannisfeuer anzünden durften. Hanhivaara war das gleichgültig. Er hatte beschlossen, in der Stadt zu bleiben. Er wollte herausfinden, wie die Stadt aussah, wenn alle Einwohner sie verlassen hatten, um an die Ufer der berühmten finnischen Seen zu pilgern. Hanhivaara hatte ausgerechnet, dass auf jeden See fünfundsiebzig potenzielle Wasserleichen kamen. Am Saimaa-See waren es sicher wesentlich mehr. Andererseits mochte es sein, dass irgendein winziger Sumpftümpel selbst an Mittsommer unbehelligt blieb.

Hanhivaara hatte bereits früher am Tag eingekauft. Schweinskotelett, Leberauflauf und tiefgekühlte Erbsensuppe. Die Mahlzeiten für drei Tage. Außerdem hatte er sechs Flaschen Bier gekauft, die er am Sonntag nach Mittsommer trinken wollte.

Er mochte die gewaltigen Supermärkte nicht besonders, aber einer von ihnen lag in der Nähe. Und Hanhivaara war so flexibel, dass er seine Lebensmittel überall einkaufen konnte, solange er dafür kein unnötiges Opfer zu bringen brauchte. Essen war nichts weiter als eine der Notwendigkeiten des Lebens, eine der wenigen.

Er hatte beobachtet, wie junge Leute Unmengen von Würstchen zu ihren Autos schleppten, die bereits mit Bierkisten voll geladen waren. Er hatte die glühenden Gesichter gesehen, die zu sagen schienen, Mittsommer sei der Sinn des Lebens. Er hätte gern gesagt: »Mittsommer ist nicht der Sinn des Lebens.« Denn er war zu der Überzeugung gelangt, dass die einfachsten Aussagesätze letzten Endes am besten verstanden wurden. Subjekt, Prädikat und Objekt. Da der Satz jedoch dazu noch ein Attribut enthielt, hatte Hanhivaara ihn für sich behalten.

Er hörte auf, sein Spiegelbild anzustarren. Für männliche Gesichter hatte er nicht viel übrig.

Hanhivaara setzte sich auf das Sofa, das seine Frau bei ihm zurückgelassen hatte. Seine Frau hatte ein besseres, neueres, feineres, schöneres, eleganteres Sofa gewollt. Sie hatte sich ein Sofa gewünscht, das Hanhivaara nicht besaß, das er nicht anzuschaffen gedachte und von dessen Existenz er nicht gewusst hatte. Am Sofa war seine Ehe allerdings nicht gescheitert. Es hatte noch andere, vielleicht weniger wichtige Gründe gegeben.

Nun saß er auf dem Sofa, das er hatte, und steckte sich zum Zeitvertreib eine Zigarette an. Nachdenklich betrachtete er die Rauchkringel und überlegte, ob es Dinge im Leben gab, die er nicht verstand. Er kam zu dem Ergebnis, dass er tatsächlich nicht alles verstand, und beließ es dabei.

Eines der Rätsel, die er nie begriffen hatte, war seine Frau gewesen. Aber er wollte nicht an seine Frau denken, denn es gab viele Menschen, die für ihn aktueller waren und die er auch nicht verstand. Einige waren hässlich, andere schön. Andere sahen nichts sagend aus.

Hanhivaara seufzte und trat wieder vor den Spiegel.

War das Gesicht, das ihm entgegenblickte, nichts sagend? Viele Menschen hätten die Frage bejaht. Hanhivaara wusste es nicht. Er wollte jedem seiner Gesichtszüge eine Bedeutung geben. Die Narbe zum Beispiel, die sich von seinem Kinn bis fast zum Ohr zog, bedeutete etwas Konkretes, nämlich eine drei Zentimeter lange Wunde, die ein Messer gerissen hatte. Aber es gab auch anderes. Es gab Falten, die auf beiden Seiten der Nase zu den Mundwinkeln liefen und die Mundwinkel leicht nach unten zogen. Obwohl Hanhivaara nicht verbittert war, schrieb er diese Falten gern seiner Frau zu. Er betrachtete seine Nase, ein Erbteil seines Vaters, der durchaus kein nichts sagender Mann gewesen war. Auf die Fältchen in den Augenwinkeln war Hanhivaara beinahe stolz, denn sie waren der Beweis für einige Momente des Lachens und der Freude. So wollte er sie jedenfalls verstehen. Ein anderer hätte vielleicht gesagt, sie bedeuteten nur, dass Hanhivaara gealtert sei. Einen Teil dieser Freudenfalten schrieb Hanhivaara Maija zu, ebenso die Tatsache, dass die drei Falten auf der Stirn viel weniger tief waren als noch vor einem Jahr. Er betrachtete seine Augen und erkannte sich in ihnen wieder.

Kann man ein solches Gesicht nichts sagend nennen?

Nein, meinte Hanhivaara. Mochten die anderen denken, was sie wollten.

Das Telefon klingelte.

Hanhivaara ging ins Schlafzimmer. Er setzte sich auf das niedrige Doppelbett und nahm den Hörer ab.

»Hanhivaara«, meldete er sich. Er erwartete nicht viel von dem Anruf.

»Hallo, hier ist Maija.«

»Hallo, Maija«, seufzte Hanhivaara.

»Was soll das Seufzen?«

Hanhivaara hörte auf zu seufzen und sagte: »Du brauchst es gar nicht erst zu versuchen. Ich habe mir vorgenommen, Mittsommer in der Stadt zu verbringen. Durch die leeren Straßen zu spazieren. Vielleicht bis in die Vorstädte, nach Pyynikki oder sogar bis Kauppi, aber nicht über die Stadtgrenze hinaus.«

»Hanhivaara ist ein Scheißkerl«, sagte die Stimme.

Hanhivaara mochte ein Scheißkerl sein, aber jetzt schwieg

er. Beleidigt war er nicht. Er saß einfach auf dem Bettrand und wartete auf den Beginn des Überredungsversuchs.

Aus dem Hörer drang verständnisvolles Lachen. »Du brauchst die Stadt nicht zu verlassen. Wenn ich dir verspreche, dass du die Stadtgrenze nicht zu überschreiten brauchst, sagst du dann Ja?«

Hanhivaara schwieg immer noch. Er wusste, dass es sich um eine Falle handelte. Aber selbst er war romantisch genug, in die Falle laufen zu wollen, die die Frau ihm stellte.

»Daraus wird nichts«, sagte er dennoch.

»Doch!«, sagte Maija, die Stimme im Telefon.

»Na schön, anhören kann ich mir deinen Vorschlag ja.«

»Mein Bruder ist, wie du weißt, ein wohlhabender Mann. Und er verwöhnt seine kleine Schwester, weil sie so nett ist.«

»Und so bescheiden«, sagte Hanhivaara.

»Und bescheiden und schön. Aber unterbrich mich nicht.«

»Ich unterbreche dich nicht. Ich sage dir nur, dass nichts daraus wird.«

Maija Takala kümmerte sich nicht um sein Gerede. Sie wusste, dass sie nichts darauf zu geben brauchte. Hanhivaara konnte ihrem Charme nicht widerstehen.

Sie fuhr fort: »Mein Vorschlag ist folgender. Mein Bruder hat ein Sommerhaus – nun sei doch mal still – innerhalb der Stadtgrenzen. Da ist an Mittsommer niemand. Absolut keiner. Wir könnten hinfahren, nur wir beide, in die Sauna gehen, schwimmen und schlafen.«

»Schlafen?«, fragte Hanhivaara.

»Du sagst also Ja?«, fragte Maija zurück.

»Das war keine Zustimmung, sondern lediglich eine Frage.«

Hanhivaara wollte nicht zustimmen, obwohl er zunehmend das Gefühl hatte, das Spiel bereits verloren zu haben. Bis zum heutigen Tag hatte Maija kein Wort über Mittsommer verloren. Und Hanhivaara hatte gesagt, er wolle diesen Tag in aller Ruhe in der Stadt verbringen. Er hatte geglaubt, Maija würde sich etwas anderes vornehmen.

»Nun komm schon. Wir könnten eine Flasche Kognak mitnehmen und der Lüsternheit frönen.«

»Nein!« Jetzt war Hanhivaara verärgert. Maija musste doch wissen, dass er an Mittsommer nie trank.

»Reg dich nicht auf, ich hab nur Spaß gemacht. Was den Kognak betrifft. An der Lüsternheit wäre ich immer noch interessiert.«

Am anderen Ende der Leitung herrschte tiefe Stille. Hanhivaara war versucht, das Gespräch abzubrechen. Aber es schien ihm, als habe er sich verliebt. Dieses überraschende Gefühl faszinierte ihn, denn er war noch nie verliebt gewesen. So kindisch war er nicht.

Maija redete unbekümmert weiter, ausdauernd, unbesiegbar: »Machen wir es so: Ich hole dich gegen acht Uhr ab. Ich bin überzeugt, bis dahin hast du dir in deinen geliebten leeren Straßen die Füße wund gelaufen.«

Hanhivaara kapitulierte: »Na gut, was für eine Ausrüstung brauche ich?«

»Meinst du Verhütungsmittel?«, fragte sie ernsthaft.

Hanhivaara musste lächeln, ließ sich seine Belustigung aber nicht anmerken. Er war ein zurückhaltender Mann.

Bierernst präzisierte er seine Frage: »Liegt das Sommerhaus in einem weglosen Sumpfgebiet? Soll ich Gummistiefel mitnehmen, ja oder nein?«

»Wie viele weglose Sumpfgebiete gibt es im Stadtgebiet?«, kam die schlagfertige Antwort. Und es ging noch weiter: »Der Weg ist fast bis zum Haus asphaltiert.«

»Ich mag keine asphaltierten Höfe.«

»Fast, habe ich gesagt.«

»Das habe ich gehört. Ich sage ja nur, ich mag keine asphaltierten Höfe. Ich sehe nämlich gerade einen vor mir.«

Hanhivaara war längst bereit, mitzufahren. Je länger er der Frau zuhörte, desto größer wurde sein Verlangen, sie wiederzusehen.

Sie hatten sich seit einer Woche nicht gesehen. In dem knappen Jahr, seit sie einander kennen gelernt hatten, hatte keiner von beiden irgendwelche Forderungen gestellt. Sie waren sehr unterschiedlich. Hanhivaara erinnerte sich, wie er die Frau bei ihrer ersten Begegnung mit einer Schwalbe verglichen hatte. Sie waren sich zufällig begegnet, zufällig aneinander geraten. Eine mädchenhafte Frau und ein Mann, der an nichts mehr glaubte, seit er einen sechzehnjährigen Jungen aus einem Schornstein gezogen hatte, Stück für Stück, wie ein gegrilltes Hähnchen. Der junge Einbrecher, der durch den Lüftungskanal einsteigen wollte, war stattdessen im Schornstein stecken geblieben und butterweich gegart worden.

Die Frau war eine Idealistin, die an das Gute im Menschen glaubte. Den Mann konnte man am ehesten als resignierten Fatalisten bezeichnen. Aber sie hatten miteinander geschlafen und es hatte ihnen gefallen.

Hanhivaara erinnerte sich an das erste Mal. Er hoffte, dass auch die Frau sich daran erinnerte, obwohl er nicht zu übermäßiger Sentimentalität neigte. Aber er war auch kein Weltmeister in Sachen Resignation. An einen einzelnen Menschen konnte er durchaus eine Weile glauben. Er war sogar bereit, einige Lügen für wahr zu halten, aber das Ende kam immer früher, als er oder irgendwer sonst es sich gewünscht hätte.

Hanhivaara hatte sich in seinen Gedanken verloren und musste nachfragen: »Was?«

»Was, was, blöder Hanhivaara. Ich habe nur gefragt, ob du nun mitkommst oder nicht. Hör auf, an andere Frauen zu denken. Ich bin Frau genug für dich.«

»Ich habe an dich gedacht«, sagte Hanhivaara zerstreut.

»Um acht also«, erwiderte Maija und legte auf.

Hanhivaara konnte förmlich sehen, wie die Frau gut gelaunt den Hörer auflegte. Ihr Optimismus war unverwüstlich. Nach dem tragischen Tod ihrer Freunde war sie ein wenig schwermütiger geworden. Zwei ihrer Bekannten waren ermordet worden, jedenfalls war das Gericht zu diesem Schluss gekommen. Hanhivaara hatte einen ganz anderen Verdacht gehabt, aber nichts ausrichten können. Doch das war Vergangenheit. Bei Maija Takala hatte das Ereignis Spuren hinterlassen. Eine anhaltende Traurigkeit, die ihre Lebensfreude brüchig machte. Aber sie war darüber hinweggekommen. Maija Takala war eine starke Frau. Hanhivaara wusste, dass er verlieren würde. Gegen Frauen verlor er immer, denn die Frauen nahmen alles wichtiger als er. Auch das Materielle, wohlgemerkt. Wieder musste er an seine Frau denken.

Er legte den tutenden Hörer hin und stand vorsichtig auf, wacklig wie ein Fohlen. Die Vergangenheit drohte ihn umzuwerfen, doch dann dachte er: Jetzt ist Mittsommer und ich habe eine Sommernachtsflamme. Er brach in schallendes Gelächter aus. Er schlug die Hände zusammen und lachte. Er war achtundvierzig, demnächst würde er zwanzigjährigen Studentinnen nachstellen. Aber jetzt interessierte er sich für eine vierunddreißigjährige Werbegrafikerin.

Warum?

Hanhivaara stellte sich diese Frage, ließ sie aber offen, weil er keine Antwort wusste. Außerdem war es eine dumme Frage.

Hanhivaara war Polizist und Polizisten sollten nur intelligente und scharfsinnige Fragen stellen. Polizisten hatten die Aufgabe, die Widerstandskraft der Kriminellen zu brechen, wobei viele Verbrecher auch ihre Persönlichkeit verloren. Das war eine der Schattenseiten des Berufs. Man kann nicht alles haben.

Er ging langsam in die Küche und bereitete das Schweinskotelett zu. Er hatte keinen Grill und war auch kein Grillfreund. Er besaß jedoch eine Bratpfanne und einen Kochtopf für Kartoffeln.

Eine solche Mahlzeit ist schnell zubereitet und ebenso schnell gegessen.

Am Vormittag hatte Hanhivaara das Buch *Der schlechte Hirte* von Jens Bjørneboe gelesen. Nicht aus speziellem Interesse für Literatur, die sein Arbeitsgebiet tangierte. Er hatte einfach irgendwann festgestellt, dass Bjørneboe ein guter Schriftsteller war. Pathetisch, aber absolut von seinem Anliegen überzeugt. Hanhivaara mochte Menschen, die sich voll und ganz für eine Sache engagieren konnten. Egal was man tat, man sollte es ordentlich machen oder gar nicht, meinte er. Deshalb hatte er sich ganz und gar seiner Arbeit verschrieben, auf seine eigene Art, die Außenstehenden mitunter unsachlich oder phlegmatisch erscheinen mochte, aber zu Resultaten führte. Hanhivaara war erst dann zufrieden, wenn unumstößliche Ergebnisse zu erkennen waren. Aus dem Grund nagte der letzte komplizierte Mordfall immer noch an ihm. Das Gericht hatte sein Urteil gefällt. Es war Berufung eingelegt worden, doch erfolglos. Dennoch hatte Hanhivaara das Gefühl gehabt, das Bild sei unvollständig geblieben. Irgendetwas war nicht restlos aufgeklärt worden.

Bisher war Hanhivaara in Shorts und ohne Hemd herumgelaufen. Jetzt zog er eine lange Hose und ein Hemd über. Er kümmerte sich nie besonders um seine Kleidung. Es ging ihm nur darum, die Forderungen des Anstands zu erfüllen. Er war kein Konformist, aber ständig nackt herumzulaufen schien ihm kindisch. Außerdem würde man vermutlich frieren. Wer Hanhivaara deshalb für einen hoffnungslos angepassten Menschen hielt, irrte sich, denn er war durchaus fähig zu denken.

Das wiederum kann man nicht von allzu vielen Menschen sagen, ohne als Lügner dazustehen – oder als naiver Dummkopf.

Nun noch Strümpfe und Schuhe, und Hanhivaara war bereit für die leeren Straßen.

Hanhivaara liebte die Stadt. Nicht nur aus Gewohnheit oder Bequemlichkeit. Außerdem war diese Stadt nicht die einzige, die er liebte. Er liebte große Städte und untergegangene Städte. Über die untergegangenen hatte er gelesen, die großen hatte er besucht. Da er anspruchslos lebte, blieb ihm Geld für Reisen. Er war durch zahllose Straßen flaniert, durch brechend volle Alleen und einsame nächtliche Boulevards.

Hanhivaara war ein Flaneur.

Die Hämeenkatu lag fast menschenleer da. Einige wenige Wagen, einige Menschen, einige Betrunkene, um die Hanhivaara sich nicht zu kümmern brauchte.

Er hatte Urlaub und war als Mensch verkleidet, er war kein Polizist.

Hanhivaara beobachtete einen jungen Mann und ein Mädchen, die beim Kiosk auf dem Markt standen und sich unterhielten. Beide wirkten peinlich berührt, als hätten sie sich nichts zu sagen, müssten aber trotzdem miteinander reden. Niemand findet mehr Kontakt zu anderen Menschen.

Darauf legte Hanhivaara im Moment allerdings auch gar keinen Wert.

Er ging an dem jungen Paar vorbei. Vielleicht ein verkrachtes Liebespaar, vielleicht zufällige Bekannte, die krampfhaft ein paar Worte wechselten, um sich zu beweisen, dass sie nicht allein waren.

Hanhivaara setzte seinen Spaziergang fort, wohl wissend, dass er kein Ziel hatte. Das große Kaufhaus hatte seine Tore geschlossen. Im Pressehaus, in dem Hanhivaara erst ein Mal gewesen war, war es still geworden. Morgen würde keine

Zeitung erscheinen. Er dachte an die Redakteurin, die dort gearbeitet hatte und nun im Gefängnis saß.

Im Kino gab es heute keine Vorstellung. Auch nicht im nächsten oder im übernächsten, die er auf seinem unaufhaltsamen Weg nach Nirgendwo passierte.

Die Alexanderkirche war ein schönes Backsteingebäude; eine Backsteinkirche passte gut in die aus demselben Stein errichtete Fabrikstadt. Aber Hanhivaara hatte einmal den Fehler begangen, die Kirche zu betreten. Er war zutiefst enttäuscht gewesen, denn Kargheit gefiel ihm nur dann, wenn sie nicht bewusst angestrebt, sondern von selbst entstanden war.

Auch im Park hielt sich niemand auf, was er nie für möglich gehalten hätte. Doch es war so. Er lungerte eine Weile dort herum und las die Inschriften auf den uralten Grabsteinen. Dann setzte er sich auf eine Bank und zündete eine Zigarette an. Er war zufrieden mit dem Sommer, dem Urlaub, der Ruhe. Irgendwie war er sogar zufrieden mit sich selbst.

Später setzte er seinen Weg zum Pyynikki-Hügel fort. Er ging leicht vornübergeneigt, wie ein Mann, der nachdenkt, oder auch wie ein Mann, dessen Wirbelsäule nicht ganz in Ordnung ist. Als er am Bischofshaus vorbeikam, dachte er bei sich, der Mann habe seinen Beruf klug gewählt: Nicht jeder hat ein Haus auf dem Pyynikki.

Er stieg den steilen Abhang zu dem weiter unten verlaufenden Sandweg hinab. Nun hatte der ziellose Wanderer ein Ziel gefunden. Er folgte dem Strom, der sich zum Freilichttheater wälzte. Es war kühl und doch konnte kein Zweifel daran bestehen, dass sich das Theater füllen würde, teils mit Masochisten, die frieren wollten, teils mit Menschen, die nicht wussten, was in Dreiteufelsnamen sie sonst an Mittsommer tun sollten, und teils mit Leuten, die es für kultivierter hielten, im Sommertheater zu sitzen, als sich zu betrinken. Auf ein Kunsterlebnis war vermutlich niemand aus, höchstens diejenigen, die nicht wussten, wo Kunst zu finden war, und deshalb am falschen Ort suchten.

Hanhivaara sah, dass die Bühnenfassung eines Romans von Kalle Päätalo auf dem Programm stand. Er wusste, dass Päätalo Romane geschrieben hatte, hatte aber nie einen gelesen.

Er bestellte eine Tasse Kaffee und zahlte widerspruchslos den unverschämt hohen Preis, denn er war einer der wenigen Menschen, die wissen, dass man nichts umsonst bekommt. Er wusste sogar, dass nichts billig ist. Er wollte keineswegs aus dem Rahmen fallen, hatte aber bemerkt, dass die Menschen umso lauter über hohe Preise und Geldmangel klagten, je reicher sie waren.

Hanhivaara sah auf die Uhr. Es war fast sieben. Die Zeit war schneller vergangen als erwartet, denn er war schon um halb fünf aufgebrochen.

Er hatte versprochen, um acht zu Hause zu sein. Und er war ein Mann, der Wort hielt.

Acht

Hanhivaara war um halb acht zu Hause.

Auf dem Rückweg war er zügig ausgeschritten und ins Schwitzen gekommen. Er betrachtete sich wieder im Badezimmerspiegel und sagte laut: »Eine halbe Stunde ist nichts im Angesicht der unendlichen Geschichte.« Dann lachte er sein stoßweises, ironisches Lachen, das alle, oder zumindest die meisten, hassten. Sie waren sich nämlich nie ganz sicher, ob das Lachen ihnen galt oder dem Lachenden selbst.

In einer halben Stunde kann man vieles tun, selbst wenn man sich nicht auf die Ewigkeit vorbereitet.

Hanhivaara beschloss zu duschen. Wieder redete er laut:

»Ich werde meine Liebste frisch geduscht empfangen. Vielleicht reibe ich mich auch noch mit Kräutercreme ein.« Dann lachte er wieder.

Er schaute in die Badezimmerschränke. Keine Kräutercreme. »Liebste, ich habe dich verloren«, sagte er und stellte sich unter die Dusche.

Anschließend schlang er ein Handtuch um die Lenden.

Er dachte darüber nach, dass er sich verändert hatte. Seit langem hatte er nicht mehr so viel gelacht, nicht einmal höhnisch. Die Frau hatte ihn verändert. Hanhivaara wusste nicht, ob das gut war.

Es klingelte. (Was hätte in dieser Situation sonst passieren können?)

Hanhivaara öffnete die Tür. (Was hätte er in der Situation anderes tun können?)

Vor der Tür stand Maija. (Wer sonst hätte es sein können?)

Maija Takala trug die obligatorische Jeans und eine gelbe Öljacke. Sie sah aus, als wolle sie aufs Land fahren, und das sagte Hanhivaara ihr auch.

Maija reagierte nicht darauf. Sie kam herein, nahm ein Buch aus dem Regal, setzte sich aufs Sofa und sagte: »Willst du dich nicht anziehen?«

Hanhivaara ging ins Bad und putzte sich die Zähne. Dann nahm er eine etwas größere Bürste und bürstete die Haare.

Er zog Hemd und Hose an, darüber einen Blouson. Seinen Pullover stopfte er in eine Tasche und legte ein Handtuch, Socken und Badehose dazu. Dann zog er noch Strümpfe und Schuhe an.

»Wollen wir?«

Maija sagte: »Moment, das hier ist interessant. Wieso hast du es so eilig?« Sie blätterte um und las weiter.

Hanhivaara seufzte und setzte sich neben sie aufs Sofa. Er küsste sie sanft. Sie erwiderte seinen Kuss. Zärtlichkeit lag Hanhivaara fern. Doch sie kam allmählich zurück, und ob das gut war, wusste er auch nicht. Man wurde so leicht verwundbar und empfindlich. Und die Welt war gnadenlos.

Maija warf einen Blick in Hanhivaaras Tasche. Sie sagte: »Stiefel, Mann, Stiefel.«

»Du hast mir was versprochen, erinnerst du dich? Wir bleiben in der Stadt, wir fahren nicht aufs Land. Der Asphalt reicht bis fast vors Haus.«

»Nimm deine Stiefel mit, wir fahren jetzt«, sagte Maija.

In der einen Hand die Stiefel, in der anderen eine jämmerliche Tasche mit Pullover, Socken, Badehose und Handtuch, stieß Hanhivaara mit dem Fuß die Tür ins Schloss.

Neun

Das Sommerhaus war stattlich, aber nicht protzig.

Das hatte Hanhivaara von Dr. Risto Takala, dem Besitzer, nicht erwartet. Nein, von diesem hyperenergischen Arzt, der eines Tages an seiner eigenen Wichtigkeit ersticken würde, hatte er etwas Angeberisches, unbeschreiblich Stilloses erwartet.

Als Maijas grüner Saab auf den nicht asphaltierten holprigen Hof einbog, hatte Hanhivaara das Gefühl, seine Entscheidung, Maija zu begleiten, sei doch richtig gewesen. Er würde noch lange genug allein sein müssen. Ein Optimist war er wirklich nicht.

»Da ist es. Unser Nest für die nächsten drei Tage«, sagte Maija.

»Die nächsten drei Tage?«, fragte Hanhivaara. Es war eine echte Frage, sogar eine, die eine Antwort erforderte, denn selbst er ließ sich nicht alles gefallen. Er wollte seine Entscheidungen selbst treffen. Das Gefühl, richtig gehandelt zu haben, als er Maija dem Alleinsein vorzog, war im Nu auf und davon.

»Ich habe Vorräte für drei Tage dabei. Aber wenn du meinst, es länger auszuhalten, holen wir Nachschub und bleiben noch eine Weile.«

»Andersrum. Drei Tage sind zu viel. Ich bin nur für diesen Abend mitgekommen.« Hanhivaaras Stimme war ruhig, fast sanft, aber er kochte.

»Du hast doch Urlaub. Ich auch. Und Risto kommt mindestens eine Woche lang nicht hierher. Er ist wieder auf einer seiner Tagungen. Du hast doch von diesen Ärztetagungen gehört, die angeblich der Fortbildung dienen, wo sich die Herren Ärzte aber spätestens am Nachmittag in den Pornokinos über den Weg laufen.«

Hanhivaara hielt seine Stimme unter Kontrolle: »Maija, Liebes, es geht nicht darum, was wir tun können, sondern darum, was ich möglicherweise beschlossen habe.« Dann wurde er bissig: »Du hast doch von diesen Frauen gehört, die dreimal mit einem Mann ausgehen, dann mit ihm schlafen, ihm anschließend am Sonntagmorgen die Socken waschen, ihn vor den Gefahren des Rauchens warnen, als Nächstes fordern, er solle nicht so krumm gehen, und schließlich beiläufig erwähnen, ihr Bruder wäre Pfarrer.«

Maija nahm seinen Ausbruch gelassen hin: »Ich rauche selbst, und dir könnte es nicht schaden, weniger krumm zu gehen. Und was den Pfarrer angeht, könnte ich mich zu Tode vögeln, ohne die Letzte Ölung zu verlangen.«

Hanhivaara starrte ausdruckslos vor sich hin. Vielleicht benahm er sich kindisch. Vielleicht wirkte sein Verhalten wie kindlicher Trotz. Aber er war es nicht gewöhnt, herumkommandiert zu werden, nicht mehr. Er war es nicht gewöhnt, dass andere für ihn entschieden, nicht mehr.

Maija nahm seine Hand. Er reagierte nicht auf die Berührung. Sie sagte: »Es tut mir Leid. Ich sollte mich nicht in anderer Leute Angelegenheiten einmischen. Ich mag es ja auch nicht, wenn jemand über mich bestimmt. Mir liegt genauso an meiner Selbstständigkeit. Aber ich bin eben ein impulsiver Mensch.«

»Darauf kannst du dich nicht rausreden.«

»Du weißt doch, ich bin ein Mensch, den alle mögen. Frisch, schlagfertig und gutmütig. Erinnerst du dich?«

Hanhivaara erinnerte sich an die Worte, mit denen Maija sich bei ihrer ersten Begegnung vorgestellt hatte. Er merkte, dass gegen ihre gute Laune schwer anzukommen war.

Sie schlug vor: »Einigen wir uns auf einen Tag. Einigen wir uns auf heute. Ja?«

Ihr kindlich begeistertes Ja gefiel ihm.

Er sagte: »Darauf hatten wir uns schon geeinigt.«

»Aber einigen wir uns jetzt nochmal darauf?«

»Abgemacht.«

Hanhivaara stieg aus und reckte seine Glieder, als hätte er tagelang im Auto gesessen, obwohl die Fahrt nur eine knappe halbe Stunde gedauert hatte. Vielleicht hatte er sich bei dem überraschenden Intermezzo auf dem Hof verkrampft. Sie waren in Aitolahti und doch auf städtischem Gebiet. Auf dem Land und in der Stadt zugleich. An zwei Orten zur gleichen Zeit, dabei las Hanhivaara nie Science-Fiction. Er hatte kein Vertrauen in die Technologie. Wenn er zwischen zwei Übeln wählen musste, würde er sich letztlich doch für die Menschen entscheiden.

Maija stieg auf der anderen Seite aus. Sie atmete die feuchte Luft ein und sah sich um, als wäre sie zum ersten Mal hier. Sie schauspielerte. Tatsächlich fühlte sie sich unsicher, weil sie sich Hanhivaaras noch nicht sicher war.

Mit fröhlicher Wärme sagte sie: »Na komm, gehen wir nach drinnen.«

Hanhivaara hatte den Blouson nicht zugeknöpft und fror. Das gab ihm einen Vorwand, ihrer Bitte nachzukommen.

In dem stattlichen Blockhaus fühlte er sich kleiner, als es ihm recht war. Er zählte die dreizehn dunklen Planken, die

die Treppe bildeten, und kam sich vor, als hätte er das Sommerhaus gekauft und die dreizehnte Stufe würde unter seinem Gewicht nachgeben. Er mochte die alten Komödien, in denen Menschen körperlich zu Schaden kamen, obwohl er auch die absurde Perspektive der modernen Komödien verstand. Irrsinn entsteht aus Irrsinn; eine irrsinnige Welt gebiert irrsinnige Komödien.

Natürlich gab es im Sommerhaus einen Fernseher, natürlich gab es dort einen Kühlschrank, natürlich gab es eine vollautomatische Kaffeemaschine, natürlich eine Stereoanlage (ein billiges Modell, Gott sei Dank) und natürlich gab es ein Telefon. Das Telefon würde Hanhivaara auf keinen Fall benutzen und er betete darum, dass es nicht klingeln würde.

Manchmal irrte sich Hanhivaara. Was das Telefon betraf, irrte er sich.

Maija räumte den Kühlschrank ein. Sie wusste selbst nicht, was sie hineinlegte, war sich aber sicher, dass es reichen würde. Heimlich versteckte sie eine Flasche Kognak im Küchenschrank.

Damit war fast alles bereit für die Mittsommernacht.

Maija ging erneut an den Kühlschrank und holte eine altmodische Milchkanne heraus. Sie schöpfte eine merkwürdige sahnegelbe Masse auf zwei Teller und trug sie in die Wohnecke, wo Hanhivaara in einem Korbsessel hockte.

»Probier mal«, forderte sie ihn auf.

Hanhivaara roch an der Speise, probierte sie aber noch nicht. »Das ist kein Kartoffelmus«, sagte er.

»Kartoffelmus?«

»Ja. Es ist kein Kartoffelmus. Man braucht kein Polizist zu sein, um das herauszufinden. Erstens sieht Kartoffelmus anders aus, zweitens riecht es anders und drittens ist das kein Kartoffelmus.«

»Glaubst du, dein Polizistenverstand könnte feststellen, was es ist? Ich weiß nämlich, dass du mühelos auch noch

Fleischklößchen, Brathering, gebeizten Lachs und *Cœur de filet* eliminieren kannst. Aber findest du heraus, was es ist?«

Hanhivaara probierte einen Löffel. Er sagte: »Es ist gut.«

»Schlaukopf. Natürlich ist es gut.«

»Eine Art Käse.«

»Richtig, richtig. Mittsommerkäse. In Ostbottnien macht man den in jedem Haus. Und ich mache ihn aus reiner Bosheit auch hier.«

Hanhivaara lächelte. »Du bist doch angeblich ein gutmütiger Mensch. Erinnerst du dich?«

»Auch meine Gutmütigkeit hat ihre Grenzen. Wenn sie dieses Zeug in Ostbottnien zubereiten dürfen, kann man es mir doch nicht verbieten.«

»In Norwegen dürfen die Leute sich ihren Schnaps selbst brennen. Bei uns ist das verboten«, sagte Hanhivaara.

»Ostbottnien ist nicht Norwegen. In Ostbottnien leben nur Pietisten und andere Fanatiker.«

»Ostbottnien ist nicht Norwegen«, gab Hanhivaara zu.

Manche bestrafte er, andere nicht. Er war ein wenig gereizt, aber das passiert allen tagtäglich. Genau genommen besteht das ganze Leben daraus, andere zu ärgern und selbst geärgert zu werden. Im Allgemeinen hassen die Menschen einander.

»Ich gehe die Sauna heizen«, sagte Maija.

Hanhivaara merkte, dass er ein Sklave der Konventionen geworden war. Er hatte sich untergeordnet. Er sagte: »Ich gehe schlafen.«

»Schlafen?« Maija sah ihn neugierig an. Dann ging sie hinaus. Hanhivaara sah vom Fenster aus, wie sie ans Ufer hinabstieg. Sklave der Konventionen, dachte er. Dann öffnete er eine Tür, hinter der er eine Art Schlafzimmer vermutete. Sein Instinkt hatte ihn richtig geleitet und er legte sich hin.

Mit offenen Augen lag er auf dem Rücken und dachte: Sklave der Konventionen.

Zehn

Hanhivaara wollte einen Spaziergang machen. Hanhivaara war ein Flaneur.

Auf dem Bootssteg zu sitzen hatte auch sein Gutes. Man konnte zum Beispiel den Sardinen beim Schwimmen zuschauen. Hanhivaara mochte Sardinen als Tiere. Als Speise waren sie wie jede andere Nahrung: Sie verwandelten sich früher oder später in Abfall.

»Lass uns spazieren gehen«, sagte Hanhivaara. »Ich bin eine romantische Seele. Ich möchte mit meiner Liebsten Hand in Hand durch die Nacht wandeln, während die Mitternachtssonne am nördlichen Firmament erglüht.«

Maija, die sich in einen übergroßen Pullover ihres Bruders gehüllt hatte, sah ihn an und sagte: »Mach dich nicht über die kleinen Leute lustig. Lass ihnen ihre Träume. Du weißt nicht, warum sich die Menschen Träume zurechtzimmern. Oft haben sie nichts anderes. Also lass ihnen ihre Träume.«

Hanhivaara mochte es nicht, wenn man ihn darauf aufmerksam machte, dass die Menschen ihre Träume brauchen. Deshalb sagte er: »Ich werde dir von einem Traum erzählen. Es waren einmal ein Vater und eine Mutter und zwei Töchter. Der Vater hatte die Töchter gezeugt, aber an einer Frau hatte er nicht genug – so geht es vielen Männern. Also vergewaltigte er seine zwölfjährige Tochter. Dann meinte er wohl, er hätte seine Frau vernachlässigt, brachte ein Pferd in die Stube und sagte, er werde seine Töchter vom Pferd der Mutter bespringen lassen. Wahrlich ein Traum vom Glück. Die Familie hatte eine kleine Pistole. Eines Tages legte eine der Töchter auf den Hinterkopf des Vaters an und drückte ab. Gemeinsam schleiften die Frauen den Kadaver in die Kartoffelgrube, um später ein besseres Versteck zu suchen.«

Hanhivaara verstummte.

Dann sagte er: »Das ist eine wahre Geschichte. Sie ist einer der Gründe, weshalb Polizisten nicht viele Träume haben. Darum gelingt es ihnen nicht, an das Gute im Menschen zu glauben. Die Wirklichkeit ist seltsamer, verzerrter, irrealer, kränker und abstruser als all die Kriminalromane, die du gelesen hast.«

Maija sah ihn mit großen Augen an. Und Hanhivaara fuhr fort: »Wenn ich dich bitte, mit mir spazieren zu gehen, rede dir ein, dass ich es ehrlich meine. Wirf mir nicht vor, ich würde mich lustig machen, auch dann nicht, wenn ich es tue.«

Maija schwieg und starrte auf den See.

Stille. Helle Nacht. Ein echtes Mittsommerfest hätte eine Flasche Schnaps erfordert, dazu zehn weitere Gäste, ein wenig Lärm, ein wenig Musik, Tanz und erotische Spiele mit der Frau des besten Freundes. Das waren die Zutaten für ein echtes Mittsommerfest. Oder aber viel Lärm, ausgiebiges Kotzen und viele Schlägereien.

Hanhivaara legte auf keine Spielart des echten Mittsommerfestes Wert. Ihm genügten ein unechtes Mittsommerfest, die helle Nacht, die Stille, das Wasser und das Land. Denn selbst an diesen zweifelte er. Er dachte an die Liebesschwüre, die in dieser Nacht zu tausenden abgelegt wurden, und hoffte, es würde sich kein einziger erfüllen. Denn es ist immer noch besser, in Einsamkeit und Verbitterung zu leben als in der Lüge.

Wieder spürte er, dass er sich verändert hatte, und das machte ihm Angst.

Die Situation erforderte eine Neueinschätzung.

Maija stand auf. Ihre Augen glänzten nicht mehr. Sie sagte: »Erst willst du mit mir spazieren gehen und dann klebst du auf dem Steg wie ein Spinnennetz am Arsch eines Toten.«

Hanhivaara schrak zusammen. Ja, offenbar bringe ich auch ihr etwas bei, dachte er und stand auf.

Sie gingen zum Sommerhaus hinauf und schlugen einen Pfad ein, der rechts in den Wald führte. Sie berührten sich nicht, gingen still vor sich hin.

»Hier hat jemand Raumspray mit Fichtennadelduft versprüht«, sagte Hanhivaara. »Verdammt nochmal, das war ein Fehler. Er hätte lieber Insektenspray nehmen sollen. Aber vielleicht war es ja ein Irrtum. Vielleicht hat er es nicht mit Absicht getan. Trotzdem. Die verdammten Mücken.«

Hanhivaara sprach mit sich selbst. Die Mücken plagten ihn, aber er fand, dass ihm das nur recht geschah. Warum hatte er einer unschuldigen, eigentlich sehr lieben Frau die Mittsommernacht verderben müssen?

Maija kam an seine Seite. Sie lächelte und sagte: »Du bist wirklich ein Witzbold, Hanhivaara.«

»Und wer spottet jetzt?«, fragte Hanhivaara, der wusste, dass niemand über seinen Witz lachte. Er hätte es gehört, wenn jemand gelacht hätte. Aber er hatte nichts gehört. Er musterte seinen Witz als unbrauchbar aus. Er klassifizierte ihn als dumm, sogar als lächerlich, nur leider im falschen Sinn.

Später schätzte er, dass sie etwa einen halben Kilometer auf dem Pfad zurückgelegt hatten, als sie ihn verließen und ins Gebüsch vordrangen. Aus keinem speziellen Grund. Es war ganz einfach das blödsinnige Pech des pessimistischen Hanhivaara.

Auch in der Mittsommernacht kann es in einem dichten Fichtenwald dunkel sein. Dennoch erkannte Hanhivaara sofort, dass er weder einen Erdklumpen vor sich sah noch sonst einen mäßig interessanten Haufen, der sich von den Naturelementen, von Steinen, Gestrüpp und Mooshügeln abhob.

Er wusste sofort, dass auf dem Waldboden ein Mensch lag.

»Eine Schnapsleiche! Zum Glück liegt sie hier und nicht auf dem Grund des Sees«, meinte Maija.

Hanhivaara wusste es bereits besser. Doch er sagte nur: »Trotzdem unangenehm.«

Maija fragte: »Was sollen wir tun? Ins Sommerhaus tragen, damit das arme Wesen seinen Rausch nicht unter freiem Himmel auszuschlafen braucht?«

Ausdruckslos betrachtete Hanhivaara die auf der Erde liegende Leiche. Dann fragte er: »Funktioniert das Telefon im Haus deines Bruders?«

»Glaubst du, wir müssen einen Arzt rufen?«

»Funktioniert das Telefon?«

»Ja, ja. Schrei doch nicht so!«

»Also kein Transport. Ich fühle jetzt nach der Halsschlagader und dann laufen wir – oder gehen, darauf kommt es nicht an – zum Haus zurück und alarmieren die Polizei und die Fleischkarre.«

Hanhivaara bückte sich und legte den Daumen auf die Halsschlagader des vor ihm liegenden Menschen. Er wusste bereits, dass er keinen Puls fühlen würde, denn die Wunde im Schädel war zu tief, um nur einen vorübergehenden Schlaf herbeizuführen. Dieser Schlaf war endgültig.

Er befühlte die Leiche. Sie war noch warm, der Tod war vor nicht allzu langer Zeit eingetreten. Allerdings war Hanhivaara kein Arzt. Die Feststellung der Todeszeit überließ er anderen. Jetzt sah er auf die Uhr: 0.15. Er dachte tatsächlich 0.15. Man hatte ihm beigebracht, so zu denken. Auf diese Weise brachte man die Tage nicht durcheinander. Jetzt war bereits Johannistag.

Hanhivaara geriet in eine Versuchung, in die ein Polizist nie geraten sollte: Tot ist tot – lass einen anderen die Leiche finden und erspar dir die Scherereien. Aber er wusste, dass er sich diese Idee sonst wohin stecken konnte. Gleich würde er brav bei der Bereitschaft anrufen. Bald würde er an den Ermittlungen teilnehmen. Bald war Mittsommer für ihn vorbei. Das heißt, es war jetzt schon vorbei.

Besser so.

»Also los, gehen wir«, sagte er zu Maija. Sonst sagte er nichts. Er war erschüttert, wie immer in diesen Situationen. Doch er ließ sich nichts anmerken. Glücklicherweise war die Leiche relativ sauber.

Maija bewahrte die Fassung. Sie fragte nur: »Tot?«

»Tot«, bestätigte Hanhivaara.

Sie brachen sich einen Weg durch das Dickicht auf den Pfad. Sie gingen zügig, aber nicht im Laufschritt. Hanhivaara wusste, dass sie eigentlich laufen müssten, obwohl das für die Leiche keine Rolle spielte.

Maija fragte: »Sollten wir nicht laufen?«

»Doch.«

»Warum tun wir es nicht?«

»Ich weiß nicht«, sagte Hanhivaara. Ein anderer hätte vielleicht gefaucht, lauf doch, wenn du unbedingt willst. Aber nicht Hanhivaara. Er überlegte. Irgendwie kam ihm die Leiche bekannt vor. So wie Menschen, die öfter in ein Restaurant gehen, bei einer zufälligen Begegnung in der Stadt den Impuls verspüren, den Kellner zu grüßen, den sie doch nur vom Sehen kennen. Ja, vielleicht war das so ein Fall.

Beide schafften die dreizehn Stufen in vier Sätzen.

Hanhivaara sah das Telefon. Er betrachtete es und drehte sich um.

Er packte Maija, umarmte sie, schob ihren Pullover hoch und fing an, ihr den Gürtel aufzuschnallen.

Maija begriff, was er vorhatte, und sah ihn verwundert an.

»Leichen bringen mich in Fahrt«, sagte Hanhivaara.

Sie gingen Seite an Seite ins Schlafzimmer. Und die Frau wartete lächelnd, bis der Mann kam, denn sie brachten Leichen nicht in Fahrt.

Maija stand hinter Hanhivaara und strich ihm über die Haare, während er den Hörer abnahm. Jetzt, endlich, verstand sie den Grund für seinen Zynismus. Sie begriff, dass jedes Extrem einen extremen Gegenpol haben musste. Der Gegenpol des Todes ist die Geburt, der Gegenpol der Brutalität die Zärtlichkeit. Tod und Geburt hatten für Hanhivaara ihre Bedeutung verloren, doch das Gleichgewicht von Brutalität und Zärtlichkeit wollte er wieder herstellen.

Deshalb war sie über Hanhivaaras Worte nicht entsetzt.

Sie war froh.

Ihre Finger gruben sich in seine Haare, als sich jemand meldete: »Kriminalpolizei, Bereitschaftsdienst.«

»Wer ist am Apparat?«, fragte Hanhivaara. Er wollte wissen, ob er es mit einem Grünschnabel zu tun hatte, dem er alles einzeln verhackstücken musste. Die Stimme kam ihm jedenfalls nicht bekannt vor.

»Kriminalmeister Salakari«, lautete die Antwort.

Salakari war ein erfahrener Mann. Hanhivaara sagte: »Hanhivaara hier. Ich bin in Urlaub, aber ich habe eine Leiche.«

»Wen hast du umgelegt?«, fragte Salakari.

Salakari war zu erfahren, dachte Hanhivaara bitter. Er baute sofort einen Schutzwall auf, wie alle Ermittler, die mit Gewaltdelikten zu tun hatten. Je grauenvoller die Geschichten waren, die man vom Stapel ließ, desto weniger Überraschungen hatte man zu erwarten. Desto leichter war es, sich dem zu stellen, was kam; desto leichter wirkte die Realität.

»Die Zeit für Witze läuft jetzt ab. Gleich werde ich Piep sagen und danach machst du alles genau so, wie du es gelernt hast, und schickst den vollen Service her. Es handelt sich nämlich nicht um eine Alkoholvergiftung, sondern um einen Schlag auf den Schädel, wie ich auch ohne Obduktion unschwer feststellen konnte. Glaubst du, du kannst eine Wegbeschreibung aufnehmen?«, fragte Hanhivaara. Dann sagte er Piep. Und danach folgte eine durch jahrelange Erfahrung ermöglichte Spitzenleistung an Exaktheit, was Fahranweisung, Fundort und -zeit anging. Nur die Fundzeit war nicht ganz korrekt, leider.

»Du bist präzise wie immer«, sagte Salakari. »Aber eins fehlt: Der Name der Leiche.«

»Woher zum Teufel soll ich den wissen? Ich bin nicht der Mörder«, gab Hanhivaara zurück und erzielte mit der letzten Bemerkung gewissermaßen einen Volltreffer.

Er legte den Hörer auf und sagte zu Maija: »Ein schönes Mittsommerfest hatten wir, oder?« Seine Stimme gab nichts preis, weder Verärgerung oder Müdigkeit noch Begeisterung. Zum Teil war sein Gleichmut vorgetäuscht und antrainiert, zum Teil ehrliche Resignation.

»Musst du an den Ermittlungen teilnehmen, obwohl du Urlaub hast?«, fragte Maija, die die Antwort bereits wusste.

»Es bleibt mir nichts anderes übrig, nachdem ich die Leiche gefunden habe«, sagte Hanhivaara. »Außerdem traue ich ihnen nicht zu, ohne meine Hilfe ein Kapitalverbrechen aufzuklären.«

Seine Resignation zog sich zurück und machte einem skeptischen Humor Platz.

»Du hast mir nicht gesagt, dass es sich um ein Verbrechen handelt.«

»Jetzt weißt du es.«

Hanhivaara wollte nicht unfreundlich sein. Zu Menschen, die er mochte, war er nie mit Absicht unfreundlich. Er hatte sich lediglich ein Mittsommerfest ohne Leiche gewünscht. Dennoch überraschte es ihn nicht, dass er nicht ohne Leiche davongekommen war. Denn er betrachtete sich als Realist.

Die anderen hielten ihn für einen Pessimisten.

Hanhivaara sagte: »Jetzt können wir nur warten. Ich habe angeordnet, dass sie hierher kommen. Das ist der sicherste Weg. Vielleicht gibt es noch einen anderen Zugang zur Leiche, wo auch der Abtransport leichter zu bewerkstelligen ist. Aber ich kenne die Gegend nicht. Ich führe sie lieber von hier aus zur Fundstelle. Bist du so lieb und kochst Kaffee?«

Maija stand auf und kochte Kaffee.

Sie tranken ihn und gingen dann hinaus, um auf die Ankunft des Polizeifahrzeugs zu warten.

Hanhivaara begann mit der Vernehmung.

Er fragte: »Gibt es in der Umgebung noch mehr Sommerhäuser? Dieses hier wirkt so abgeschieden. Ich habe auch keinen Lärm gehört.«

»Am Ufer stehen mehrere. Aber die Grundstücke sind ziemlich groß, daher bleibt man hier einigermaßen ungestört.«

»Wenn die Grundstücke so groß sind, müssen die Besitzer reiche Leute sein.«

Maija wusste, dass sie verhört wurde. Aber Hanhivaara hatte sie früher schon einmal vernommen und fast beiläufig mehr aus ihr herausgeholt, als es irgendeinem anderen gelungen wäre. Es machte Maija nichts aus, vernommen zu werden. Sie fasste den Vernehmungsbeamten bei der Hand und sagte: »Komm mit auf den Steg, dann zeige ich es dir.«

Die Sonne begann ihren Aufstieg. Die Luft war durchscheinend und klar und kühl.

Vom Bootssteg aus sah man andere Bootsstege. Auch einige Saunahütten waren zu sehen und im Tageslicht würde man vermutlich das eine oder andere Sommerhaus erkennen können.

Maija begann ihre freiwillige Aussage: »In ungefähr zweihundert Meter Uferlinie nach Osten liegt das erste Nachbarhaus. Dann kommen zwei weitere, die näher beieinander liegen. Zum dritten von hier aus gerechnet gehört ein rotes Schnellboot. Nur, damit du weißt, welche Sorte von Mann dort wohnt.« Sie lächelte und fuhr in ihrem Vortrag fort: »Nach Westen sind es etwa dreihundert Meter bis zum nächsten Haus. Dahinter verläuft die Landstraße, aber wie es auf der anderen Seite der Landstraße aussieht, weiß ich nicht.«

Hanhivaara stand rauchend am Ende des Stegs und ließ

die Asche zwischen den Planken ins Wasser fallen. Er sagte: »Seltsam.«

»Was?«

»Diese riesigen Entfernungen. Meine Frau und ich haben uns einmal ein Sommerhaus angesehen. Von der Wand waren es fünfundzwanzig Meter bis zur Grundstücksgrenze, ich habe es abgemessen. Und dreißig Meter bis zur nächsten Hütte, vor der ich drei Kinder gezählt habe.«

»Tja.«

Über die beiden Mittsommerurlauber senkte sich eine Stille, die nur vom gleichmäßigen Plätschern der Wellen durchbrochen wurde.

Hanhivaara stellte Berechnungen an. Das Ufer lag im Süden. Sie waren auf dem Pfad in nördlicher Richtung gegangen, vielleicht auch in nordwestlicher. Wenn das Opfer von einem der Sommerhäuser aus in den Wald gegangen oder getragen worden war, kam als erstes das Haus im Westen in Betracht. Aber Hanhivaara neigte nicht zu voreiligen Schlussfolgerungen, weshalb er vor sich hin murmelte: »Andererseits kann das Opfer aus dem ersten oder zweiten Sommerhaus im Osten gekommen sein oder direkt von Norden her, wo vermutlich überhaupt kein Sommerhaus steht; oder es ist womöglich in dem verdammten Fichtenwald geboren worden. Könnte auch sein, dass es den Kopf so lange auf einen Stein geschlagen hat, bis es tot war.«

»Was grummelst du denn da?«

»Ich teste Theorien«, meinte Hanhivaara düster. Dann fragte er: »Wer bewohnt eigentlich diese Sommerhäuser?«

»Das weiß ich nicht genau. Mir gehört dieses Haus ja nicht und ich bin auch nicht so oft hier. Das erste im Osten gehört jedenfalls einem Kollegen von Risto. Den Namen habe ich vergessen. Vom nächsten weiß ich gar nichts. Und vom dritten weiß ich, dass es einem langhaarigen blonden Mann mit einem roten Motorboot gehört. Das im Westen gehört einem Angestellten eines Industriebetriebs. Ich glaube aber, er zieht die Bezeichnung Direktor vor. Er arbeitet für ein Elektronikunternehmen.«

»Bestimmt hat er auch einen Namen.« Es klang, als sei Hanhivaara verärgert, doch das war er nicht.

»Natürlich hat er einen Namen. Mitrunen, soweit ich mich erinnere.«

»Sicher ein attraktiver Mann.« Hanhivaara bedauerte seine Bemerkung, noch bevor er sie ganz ausgesprochen hatte.

»Er ist ein attraktiver Mann, aber ich kenne ihn nicht näher, falls du das meinst. Er kam einmal vorbei, als ich mit Risto und ein paar Freunden hier war. Bei der Gelegenheit hat er sich höflich vorgestellt. Daher weiß ich, dass er sich gern als Direktor tituliert. Er wirkte freundlich und sogar ein wenig schüchtern. Dazu hatte er allerdings auch allen Grund, denn sein Anliegen war ziemlich abgeschmackt. Er habe Besuch, aber ihm sei der Schnaps ausgegangen, und da habe er sich gedacht, unter Nachbarn und so weiter ... Du kennst den Dreh.«

»Allerdings.«

»Er wirkte ernstlich besorgt. Wahrscheinlich war sein Besucher ein wichtiger Kunde, denn ich hatte nicht den Eindruck, dass er gewohnheitsmäßig bei den Nachbarn Schnaps schnorrt.«

»Woher weißt du, dass er einen Besucher hatte?«

»Er hat es gesagt.«

»Menschen können lügen.«

Maija sah auf den See hinaus und sagte dann mit leiser, flacher Stimme: »Meine Charakteranalyse war völlig falsch. Tatsächlich ist er ein Alkoholiker, der sich permanent bei den Nachbarn versorgt. Wahrscheinlich hatte er gar keinen Besuch, sondern nur einen entsetzlichen Kater.«

Hanhivaara schwieg.

Nach einer Weile stieß er hervor: »Ich habe nur gesagt,

dass Menschen oft lügen. Ich wollte dich nicht kritisieren. Es tut mir Leid.«

»Jedenfalls hat die bisherige Vernehmung ergeben, dass ich von einem Nachbarn die gesellschaftliche Stellung kenne, von einem den Namen und die Stellung und vom dritten die blonden Haare und das Motorboot. Das ist alles.«

»Du bist mit keinem von ihnen bekannt?«, fragte Hanhivaara.

»Nein. Selbst Ristos Kollegen kenne ich nur flüchtig. Wahrscheinlich würde ich ihn grüßen, wenn er mir auf der Straße entgegenkäme. Bestimmt fällt mir auch sein Name bald wieder ein.«

Hanhivaara dachte, die Aufklärung dieses Mordes würde ein Kinderspiel sein. Die Leiche war noch warm gewesen, also konnte der Mörder nicht weit sein. Aus dem Wald entkommt man nicht so leicht wie aus der Stadt. Dann erinnerte er sich daran, wie warm die Leiche in seinem letzten komplizierten Fall gewesen war, und kam schließlich zu dem Ergebnis, dass er es mit dem schwersten Fall seines Lebens zu tun habe. Seine Gedanken schlugen also einen perfekten Bogen, aus leicht wurde schwer und so weiter.

Aber dann ging die Wartezeit zu Ende und die Ermittlungen begannen.

Elf

Das erste Polizeifahrzeug schaukelte heran. Schließlich war die Zufahrt nicht bis ganz zum Haus asphaltiert.

Das Blaulicht blinkte, als wolle es den Beginn einer Party verkünden. Die Sirene war allerdings nicht angestellt. Eine rücksichtsvolle Geste, denn ein Martinshorn klingt nicht wie Albinonis Adagio und im Allgemeinen erscheinen die Polizisten als Erste zur Totenwache.

Kommissar Kari Kairamo hatte Bereitschaftsdienst. Dazu sei ihm gratuliert. Kairamo stieg aus und reckte sich zu seiner vollen Länge, als wolle er demonstrieren, dass ein großer Polizist besser ist als ein kleiner. In seinem hellen Sommeranzug wirkte er wie aus dem Ei gepellt; er bemühte sich um Eleganz, seit die Presse ihn zu einem kleinen Helden hochstilisiert hatte. Seine Miene strahlte Zufriedenheit aus und seine Brille reflektierte sachdienliche Rücksichtslosigkeit, Engagement für seine Arbeit. Kairamo hatte seit jeher den menschlichen Faktor eliminiert; er war ein Mann der Fakten, Indizien, Zeitpläne, der sauber getippten Berichte.

Manche meinten, er sei ganz einfach ein knochentrockener Typ.

Hanhivaara argwöhnte, dass Kairamo von ihm erwartete, in weiser Voraussicht Schreibmaschine und Papier zum Mittsommerfest mitgenommen und in der Wartezeit bereits einen wohl durchdachten Bericht über die bisherigen Ereignisse geschrieben zu haben.

Kairamo war stocksteif stehen geblieben, als fürchte er, mit jeder unbedachten Bewegung Spuren zu verwischen. Sein Blick streifte über das Grundstück wie auf der Suche nach einer Leiche. Kairamo wirkte immer geschäftig, doch was er dachte, wusste niemand so genau. Er wirkte nicht etwa rätselhaft; meist sah er aus wie ein Polizist bei der Arbeit, doch er hatte auch seine Geheimnisse.

Hanhivaara sagte vernehmlich: »Wegen eventueller Spuren brauchst du dir keine Gedanken zu machen. Falls hier überhaupt welche waren, haben wir sie längst zertrampelt.« Er brachte es nicht immer fertig, den Mund zu halten, legte aber auch gar keinen Wert auf Beförderung.

Kairamo winkte ihn zu sich. Folgsam wie ein abgerichteter Hund, den Nacken leicht gebeugt, setzte sich Hanhivaara in Bewegung. Er war ein Clown. Kairamo sagte: »Dieses Mädchen da. Ist das nicht dieselbe, die …«

»Ja, ja«, unterbrach Hanhivaara seinen Vorgesetzten. »Aber das hat mit der Sache nichts zu tun.«

Kairamo war nicht der Mann, sich unterbrechen zu lassen. Er sagte: »Dieses Mädchen war irgendwie in den Mordfall Koski verwickelt.«

Hanhivaara gab ihm keine Antwort. Denn er wiederum war kein Mann, der alles zweimal erklärte, jedenfalls nicht, wenn er der Ansicht war, sein Gegenüber verstehe das, was man ihm sagte, ebenso gut wie die meisten Menschen. Oder sogar noch etwas besser.

Kairamo fragte: »Was macht sie hier? Hat sie die Leiche gefunden?«

»Sie tut hier nichts Besonderes. Sie wohnt hier – vorübergehend.« Um eine überflüssige Nachfrage zu vermeiden, fügte Hanhivaara noch hinzu: »Mit mir.«

Kairamo verzog keine Miene. Er ärgerte sich, weil er über das Treiben seiner Untergebenen nicht auf dem Laufenden war, doch sein Gesicht strahlte unverändert Zufriedenheit aus. Er wandte sich ab.

Hanhivaara kehrte zu Maija zurück und setzte sich. Er wollte die Ereignisse aus der Distanz betrachten. Es machte ihm Spaß, beim Exerzieren zuzuschauen.

Huhtanen stand an den Saab gelehnt da und rauchte. Er sagte nichts. Er sagte nie etwas.

Ein Jüngelchen, das Hanhivaara nicht kannte, entpuppte sich als Arzt. Arztkoffer sehen immer wie Arztkoffer aus, sie sind genauso unverkennbar wie die Taschen der Fotografen.

Mauri Kivimaa wühlte im Kofferraum des Saab. Er war ein Wissenschaftler. Unter Ermittlungsarbeit verstand er dasselbe wie Kairamo: Er sammelte Indizien, füllte Plastikbeutel mit Zigarettenkippen, Knochensplittern, Bonbonpapierchen, gebrauchten Kondomen – oder unbenutzten, was das betrifft –, kurz und gut, mit allem, was in der unmittelbaren

Umgebung einer Leiche gefunden wurde. Kivimaa kratzte unter Fingernägeln herum und erkannte Fasern mit dem bloßen Auge, verließ sich jedoch nie darauf. Er setzte sein ganzes Vertrauen auf Labors, chemische Untersuchungen, Mikroskope, verschiedene Analysegeräte und -methoden.

Kairamo mochte ihn.

Hanhivaara hatte keinen Grund, Kivimaa zu verachten, immerhin hatte er selbst auch eine gescheiterte Ehe hinter sich. Aber niemand konnte ihn zwingen, Kivimaa zu mögen. Außerdem war die Scheidung höchstwahrscheinlich Kivimaas Schuld; in Hanhivaaras Fall konnte man das nicht behaupten.

Huhtanen lehnte am Saab.

Kairamo nahm Kommandohaltung an.

Hanhivaara betrachtete die Hilfstruppe, junge Kriminalmeister, von denen einige frisch von der Schulbank kamen und vielleicht noch nie bei der Arbeit gekotzt hatten.

Kivimaa trug eine Tasche und einen starken Scheinwerfer. Die nachtlose Nacht war in diesen Breitengraden nicht taghell. Der Fotograf stand abseits. Er war der Einzige, den der Mittsommermord offensichtlich fuchste. Die Leute sollten so viel Anstand besitzen, ihn wenigstens während des finnischen Sommerfestes in Ruhe zu lassen, schien er zu denken.

Kairamo hatte noch keine Befehle zu erteilen brauchen: Die besten Männer wussten, was sie zu tun hatten, und die es nicht wussten, waren ein Fall für sich. Doch nun war der Moment gekommen. Kairamo sagte zu Hanhivaara: »Gehen wir.«

Hanhivaara stand auf. Maija stand auf.

»Das Mädchen kann hier bleiben«, sagte Kairamo.

»Ich bin nicht dein Mädchen«, versetzte Maija, bevor Hanhivaara auch nur den Mund aufbrachte.

Aber auch Hanhivaara hatte in diesem Schauspiel einen Auftritt. Er wusste, dass er alles begründen musste, was er zu Kairamo sagte. »Das Mädchen, wie du sie nennst, hat die Leiche mit mir gefunden. Außerdem kennt sie die Gegend. Ohne sie könnte ich mich verlaufen.«

Also brachen sie auf. Kairamo, Huhtanen, Kivimaa, der Fotograf, der Arzt, Hanhivaara und Maija Takala, die mit der Sache nichts zu tun hatte.

Die Nachwuchsdetektive wurden vorläufig nicht gebraucht. Aber bald würden sie ausschwärmen, um die zweifellos betrunkenen Bewohner der benachbarten Sommerhäuser zu belästigen.

Als der Scheinwerfer die Leiche anstrahlte, hatte Hanhivaara erneut das Gefühl, sie zu kennen. Das Gesicht war tot. Tote Gesichter sehen anders aus als lebendige. Für Hanhivaara verband sich keine Stimme mit dem Gesicht. Wieder testete er die Kellnertheorie. Ergebnislos.

Verbissen durchforschte er sein Gedächtnis, während er den Ablauf der Spurensicherung beobachtete. Wieder und wieder zuckte das Blitzlicht auf: Die letzten Porträtaufnahmen von einem Menschen, der noch vor kurzem voller Leben gewesen war.

Kairamo beschloss, die Spurensicherung ganz und gar Kivimaa zu überlassen. Der Fotograf setzte seine Arbeit fort, ebenso der Arzt. Huhtanen sagte nichts und tat nichts. Maija durfte nichts tun.

Kairamo fragte sie: »Welches ist der kürzeste Weg, um die Leiche abzutransportieren? Kommt man mit dem Auto näher heran?«

Maija zögerte: »Ich bin nicht sicher, vielleicht ist es das Beste, sie zum Sommerhaus zu bringen.«

Kairamo sah Hanhivaara vorwurfsvoll an.

Hanhivaara machte sich achselzuckend auf den Rückweg.

Nun hatte Kairamo Gelegenheit, Kommandos zu erteilen. Er beorderte zwei der jungen Kriminalmeister mit einem zusätzlichen Scheinwerfer – das Dickicht hatte sich nämlich als überraschend dunkel erwiesen – zu Kivimaa an den Fundort.

Nachdem er von Maija eine ebenso vage Beschreibung der Umgebung erhalten hatte wie Hanhivaara eine Weile zuvor, teilte Kairamo seine Truppen ein.

Die jungen Detektive wurden nach Osten ausgeschickt, wo sie sich in kleinere Gruppen aufteilen und die dortigen Sommerhäuser aufsuchen sollten. Kairamo selbst wollte mit Huhtanen und Hanhivaara im Westen ermitteln. Vielleicht war das eine politische Entscheidung; vielleicht besaß Kairamo aber auch übersinnliche Fähigkeiten. Das ›Mädchen‹ musste zurückbleiben.

Die Leiche war noch nicht identifiziert. Kivimaa hatte zwar eifrig seine Plastikbeutel gefüllt, aber keine Ausweispapiere gefunden.

Wenn die Leiche erst einmal vor dem Sommerhaus der Takalas lag, würde man Leute hinschicken, die sie möglicherweise identifizieren konnten.

Kairamo hatte keinen Kompass und war auch sonst (in seinem makellosen Sommeranzug) nicht für eine Wandertour gerüstet, hielt sich aber für fähig, ein nicht allzu weit entferntes Sommerhaus auch ohne Hilfsmittel zu finden. Er traute sich einiges zu. Vielleicht nicht ohne Grund.

Hanhivaara war froh über seine Stiefel, als sie sich auf den Weg durch den Wald machten.

Nachdem sie etwa zweihundert Meter zurückgelegt hatten, wusste er, dass sie im benachbarten Sommerhaus jedenfalls keine Leichen finden würden. Leichen reden nicht laut und lachen nicht, obwohl man zugeben muss, dass sie Musik machen können, wenn sie zum Beispiel keine Zeit mehr hatten, das Tonband abzustellen.

Hanhivaara wusste, was ihnen bevorstand. Huhtanen wusste es ebenfalls, doch ihm war es gleichgültig. Er hatte kein Gesprächsthema parat. Er würde lediglich Fragen stellen und klare Antworten erwarten. Es trübte seinen Seelenfrieden nicht im Geringsten, dass er damit rechnen musste, ausgesprochen ungenaue Antworten zu erhalten.

»Ist Rimpiaho in Urlaub?«, fragte Hanhivaara seinen schweigsamen Kollegen.

»Ja.«

»Und wo?«

»Weiß ich nicht«, antwortete Huhtanen. Er hätte es sich leichter machen und das ›ich‹ weglassen können, dachte Hanhivaara. Der Mann wird auf seine alten Tage geschwätzig.

»Wo immer er ist, ich wünschte, ich wäre auch da«, sagte Hanhivaara, ohne eine Antwort zu erwarten. Er bekam auch keine.

Kairamo blieb am Waldrand stehen und verschaffte sich einen Überblick über die Situation. Sie war typisch. Zwei Männer saßen auf einer Gartenschaukel. Zwei Paare tanzten auf dem Rasen. Ein Mann lag mit aufgestützten Ellbogen auf der Wiese und lachte. Eine große blonde Frau hockte auf der Erde und versuchte, eine Sektflasche zu öffnen.

Die große Blonde sagte: »Verdammt nochmal, Dahlberg, bist du denn zu gar nichts fähig? Hilf mir doch mal!«

Der Mann, der auf die Ellbogen gestützt im Gras lag, lachte noch lauter.

Niemand bemerkte die drei Polizisten am Waldrand.

Aus dem Kassettenrekorder drang lauschige Tanzmusik. Eine Musik, zu der man sich an die Ehefrau eines anderen drücken und ihr unverbindliche Anträge machen kann. Für einige gibt es also doch ein Mittsommerfest im üblichen Stil, dachte Hanhivaara neidlos.

Kairamo setzte sich wieder an die Spitze seines Trupps und schritt energisch zum Ort der Veranstaltung, einer Veranstaltung, die in der Regel als Fest bezeichnet wird. Hanhivaara verstand unter einem Fest etwas anderes, aber ihm leuchtete ohnehin nicht ein, wieso man in unserer Welt Anlass zum Feiern haben konnte. Deshalb hatte er die sechs Flaschen Bier für Sonntag gekauft.

Die Tanzenden hielten in ihren Bewegungen nicht inne, aber einer der beiden Männer auf der Schaukel, ein großer Blonder, stand auf und verkündete: »Wir bekommen Besuch.«

Der Stimme nach war er völlig nüchtern.

Der auf der Erde liegende Mann klatschte laut in die Hände und rief: »Wir haben Besuch! Seid ihr schwerhörig?«

Die Tanzenden standen plötzlich still. Die Musik lief weiter, doch der große blonde Mann las offenbar etwas aus den Mienen der Ankömmlinge, denn er schaltete den Rekorder ab. Auf Kairamos Gesicht lag nichts als Zufriedenheit, die der große Blonde jedoch fälschlicherweise als Ungeduld verstehen mochte. Jedenfalls wusste er: Die Party ist vorbei.

Kairamo sagte in seinem sonoren Bariton: »Wir sind von der Polizei. Ich bin Kommissar Kairamo und das hier sind meine Kollegen Hauptmeister Huhtanen und Hauptmeister Hanhivaara.«

Nicht in alphabetischer Reihenfolge, ergo: Der Mann kann mich nicht leiden, dachte Hanhivaara. Er sagte: »Guten Morgen. Fehlt bei Ihnen jemand?«

Kairamo sah ihn an. Sein Gesichtsausdruck hatte sich verändert: Er war nicht mehr zufrieden, sondern säuerlich.

Huhtanen schwieg. Er war seiner Rolle ebenso treu wie Casanova, der noch auf dem Totenbett verkündete: Und er steht doch.

Der große blonde Mann sagte: »Ich heiße Mitrunen und bin der Besitzer dieses Hauses. Dies hier sind meine Gäste.«

So begann die Vorstellungsrunde. Mitrunen zählte Namen auf, die Huhtanen notierte. Erik Ström und seine Frau Hanna Ström.

Hanhivaara kombinierte: ein wichtiger Mann für Mitrunen, da er als Erster vorgestellt wird. Zuerst der Mann, dann die Frau, die nur als Gattin ihres Mannes etwas galt.

Kauko Saarenmaa und seine Frau Hilkka.

Hanhivaara fuhr mit seinen Schlussfolgerungen fort: Der Mann ist genauso groß wie Mitrunen. Empfinden hoch gewachsene Männer Respekt voreinander? Die Frau fast bedeutungslos, sie existiert nur als Anhängsel ihres Mannes.

Jaakko Vaskilahti. Dann fragte Mitrunen: »Wo steckt Eeva denn?«

Hanhivaara interpretierte: Vaskilahti und Eeva gehören zusammen. Vielleicht ein weiteres Ehepaar.

Der auf der Erde liegende Mann rief: »Eeva, ich sehn mich nach dir!«

»Schnauze! Darf man nicht mal in Ruhe aufs Klo gehen?«

Kairamo schrak zusammen. Die Stimme kam von hinten.

Die Frau blieb stehen.

Mitrunen fuhr fort: »Eeva Sorjonen.«

Hanhivaara korrigierte sich: Also kein Ehepaar, aber sie gehören irgendwie zusammen. Wie Mann und Frau, quasi.

Die Vorstellerei ging weiter. »Unser im Gras liegender, stimmgewaltiger Freund heißt Ville Dahlberg.« In Mitrunens Stimme lag nun leiser Spott. »Und unsere auf der Erde sitzende Freundin, die mit dem Sektkorken kämpft, oder jedenfalls noch vor kurzem gekämpft hat, ist Leena Kokkonen.«

Wenn die beiden zusammengehören, hat Mitrunen keine Partnerin, dachte Hanhivaara.

Kairamo fiel nichts dergleichen auf, denn er war ein allein stehender Mann. Das würde er auch bleiben.

Kairamo war zufrieden: »Danke.«

»Unser im Gras liegender Freund möchte einen Kommentar abgeben«, sagte Dahlberg. »Dort steht ein scharfsinniger Polizist«, fuhr er fort und deutete auf Hanhivaara. »Nämlich: Eine fehlt in unserer Runde. Die liebe Virpi. Ihr erinnert euch wohl.«

Mitrunens Stimme blieb unverändert freundlich. »Sie

schläft, um es höflich auszudrücken. Weniger hübsch gesagt: Sie ist voll wie eine Strandhaubitze. Ich habe sie seit einer ganzen Weile nicht mehr gesehen.«

Im selben Atemzug fügte er hinzu: »Worum geht es überhaupt? Wieso will die Polizei an unserem Mittsommerfest teilnehmen?«

Man konnte Kairamo manches vorwerfen, aber an Direktheit mangelte es ihm wahrlich nicht. Er sagte: »Im Wald wurde eine Leiche gefunden, die als Erstes identifiziert werden muss.«

Hanhivaara wunderte sich, wieso Kairamo nicht darauf bestand, zuerst die schlafende Frau zu wecken. Ihm selbst war sie egal. Ob sie schlief oder nicht, machte kaum einen Unterschied, vermutlich hatte die liebe Virpi keinen Mord begangen. Dann fiel ihm ein früherer Mordfall ein, bei dem er den Verdacht gehabt hatte, ein Betrunkener habe seinen Rausch nur vorgetäuscht. Vielleicht sollte man die Strandhaubitze doch wecken.

Kairamo verließ sich zu sehr auf die Aussagen der Leute.

Hanhivaara hörte seinen Vorgesetzten weiterreden: »Die Leiche dürfte inzwischen zu einem Sommerhaus hier in der Nähe gebracht worden sein. Einige von Ihnen kommen bitte mit und sehen sie sich an. Es ist nicht nötig, dass Sie alle gehen, denn vermutlich kennen zumindest die Ehepaare dieselben Menschen. Außerdem möchte ich übermäßigen Andrang vermeiden. Wenn die erste Gruppe die Leiche nicht identifizieren kann, versuchen wir es mit der nächsten.«

Man merkte, dass Kairamo nicht verheiratet war. Hanhivaara fand seine Äußerung über die gemeinsamen Bekannten von Ehepaaren zu optimistisch. Kairamo hatte recht altmodische Vorstellungen.

»Ich bin bereit, mitzukommen«, sagte Dahlberg, der immer noch lag, nun aber begann, seinen mächtigen Körper hochzustemmen.

»Ich bin immer betrunken, aber niemals so blau, dass ich einen Toten nicht erkennen könnte«, sagte er und lachte dröhnend.

Mitrunen blieb sachlich: »Wer von uns soll mitgehen?«
»Die Männer zuerst«, entschied Kairamo.
»Chauvi«, zischelte Leena Kokkonen.

Kairamos Stimme wurde eisig: »Auch Frau Kokkonen kann mitkommen, wenn sie ein Faible für Leichen hat. Vor allem für solche mit eingeschlagenem Schädel.« Kairamo hatte ein hervorragendes Gedächtnis. Er brauchte Huhtanens Notizbuch nicht, um von nun an jeden der Anwesenden mit Namen zu kennen. Die meisten haben den Namen eines Menschen schon drei Sekunden nach der Vorstellung vergessen, falls sie ihn überhaupt mitbekommen. So auf sich selbst bezogen sind die meisten Menschen. Oder schwerhörig. Es gibt aber noch einen dritten Grund: Im Allgemeinen murmeln die Leute ihren Namen so undeutlich vor sich hin, dass man ihn einfach nicht versteht.

Kairamo empfand es jedoch als Ehrensache, sich an jeden Namen zu erinnern, den er einmal gehört hatte.

»Leena, trink du deinen Sekt, während wir Männer tun, was Männer tun müssen«, sagte Dahlberg. »Ich mach dir die Flasche auf.«

Der Korken flog der Sonne entgegen und die Männer setzten sich in Bewegung.

Hanhivaara betrachtete Leena Kokkonens einsame Gestalt. Sie hielt die Sektflasche nachlässig in der Hand.

Als Letztes hörte Hanhivaara ihre Worte: »Scheiß drauf.« Dann setzte die langhaarige Blonde die Flasche an und trank.

Zwölf

Antero Kartano.

Wenigstens hatte man die Identität des Toten festgestellt. Immerhin ein Fortschritt.

Als Fortschritt war auch zu werten, dass alle Männer, die Kairamo, Huhtanen und Hanhivaara begleitet hatten, die Leiche übereinstimmend identifizierten.

Zumindest hatte die Ermittlung damit eine Richtung.

Die anderen, die zwecks Identifizierung herbeigeholt worden waren, wussten nichts über den Toten. Es handelte sich um ein älteres Ehepaar aus dem zweiten Sommerhaus im Osten. Im ersten und im dritten hatte man niemanden angetroffen und weiter war die Suche nicht ausgedehnt worden. War es ein glücklicher Zufall, dass die Häuser leer standen? Wurden die Möglichkeiten dadurch begrenzt, sodass sich die Polizei auf die systematische Überprüfung einer kleinen Gruppe von Verdächtigen konzentrieren konnte?

Oder war Kartanos Leiche in der Nähe seiner Bekannten deponiert worden, um die Ermittler zu täuschen?

Das Belastende an der Polizeiarbeit ist das Übermaß an Alternativen.

Dennoch hatte man nun einige Fragen, mit denen man den Anfang machen konnte. Es war nur vernünftig, vom Offensichtlichen auszugehen: Eine Reihe von Menschen, die Kartano offenbar ausnahmslos gekannt hatten, feierten Mittsommer rund fünfhundert Meter von der Stelle, an der seine Leiche gefunden worden war.

Zwar würde man auch das ältere Ehepaar überprüfen, doch es war nahe liegend, sich auf Mitrunen und seine Gäste zu konzentrieren.

Dahlberg hatte Kartano als Erster identifiziert, glaubte

Hanhivaara sich zu erinnern. Aber alle waren sich ihrer Sache vollkommen sicher gewesen.

Dann begann der Chor der Beteuerungen. Jeder hatte etwas über Kartano zu sagen.

»Schade um einen guten Mann«, meinte Saarenmaa. Es klang wie ein Zitat und das war es auch.

»Ich kannte ihn nicht persönlich, habe aber gehört, dass er gut rechnen konnte«, sagte Ström.

»Er war ein guter Kollege«, erklärte Mitrunen.

Dahlberg lachte und rief: »Keiner ist mit ihm ausgekommen. Außer mir.« Dann wurde er ernst und sagte: »Trotzdem eine Schande.«

»Ein trauriger Fall«, murmelte Vaskilahti, der Kartano nur vom Sehen kannte. Sie hatten gelegentlich ein paar Worte gewechselt; nichts von Belang. Behauptete er.

Dahlberg hätte gern angemerkt, dass Vaskilahti gar nicht fähig sei, etwas von Belang zu äußern. Banale Höflichkeiten waren das Fundament seiner Karriere.

Nach all dem war Kairamo der Ansicht, die Zeit der Banalitäten sei vorüber.

Er erklärte wie nebenbei, Hanhivaara sei ab sofort wieder im Dienst. Seinen restlichen Urlaub müsse er später nehmen.

Hanhivaara regte sich nicht weiter darüber auf. Er hatte bereits gewusst, was ihm bevorstand, als er kurz überlegt hatte, ob es ratsam sei, die Leiche gefunden zu haben. Die Entscheidung, den Fund zu melden, führte automatisch dazu, dass er seinen Urlaub verschieben müsste. Nach Hanhivaaras Ansicht war später so gut wie irgendwann einmal oder gerade jetzt.

Die Leiche wurde abtransportiert.

Später, vermutlich erst nach den Feiertagen, würde Vargas seinen sachkundigen und garantiert mit geschmacklosen Ausdrücken gewürzten Obduktionsbericht abliefern. Vargas war ein Wunderkind der Pathologie, einer der wenigen Experten im ganzen Land. Aus purer Bosheit zwang er Kairamo regelmäßig, sich am Telefon seine haarsträubenden Kommentare anzuhören, bevor er seinen sachlich-trockenen schriftlichen Bericht vorlegte.

Die ersten Ermittlungen.

Jeder Polizist wusste, dass die Aufklärung eines Verbrechens umso schwieriger wird, je mehr Zeit verstreicht. Es ging zwar nicht mehr um Minuten, doch man machte sich energisch ans Werk. Kivimaa begab sich mit Huhtanen auf die Suche nach dem Weg, auf dem die Leiche an den Fundort gebracht worden war. Oder aber sie brachen auf, um festzustellen, dass am Fundort ein Lebender in einen Toten verwandelt worden war. Mit anderen Worten: Der Wissenschaftler Kivimaa suchte nach abgeknickten Zweigen, Huhtanen nach der Tatwaffe, mit der irgendjemand Kartano den Schädel eingeschlagen hatte.

Die Polizisten, allen voran Kairamo, nahmen nichts für bare Münze: Es hatte den Anschein, als sei Kartano durch einen Schlag mit einem dieser berühmten stumpfen Gegenstände getötet worden. Und da es den Anschein hatte, musste die Polizei mit dieser Hypothese arbeiten, bis ihr eine andere Todesursache serviert wurde. Erschossen hatte man Kartano nicht, erwürgt auch nicht. So viel stand zumindest fest. Aber es gab diverse andere Möglichkeiten.

Kairamo schickte die Männer aus dem benachbarten Sommerhaus zurück und forderte sie auf, sich in einer halben Stunde zur Vernehmung bereitzuhalten.

Zwei der frisch gebackenen Ermittler beauftragte er mit der Befragung des Ehepaars, das man aus dem Sommerhaus im Osten herbeigeholt hatte und das nun wartend auf den Gartenstühlen saß.

Weitere Ermittler machten in der näheren Umgebung Jagd auf verdächtige Personen. Über Funk wurde Verstärkung angefordert.

Kairamo selbst lud sich in Takalas Haus ein und winkte Hanhivaara, ihm zu folgen.

Drinnen saß Maija Takala in einem Korbsessel und schaute zum Fenster hinaus auf den See.

Mit ausgesuchter Höflichkeit bat Kairamo sie, Kaffee zu kochen. Niemand hätte ihm nachsagen können, er wäre kein Gentleman.

Dann nahmen Hanhivaara und Kairamo an beiden Enden des Wohnzimmertischs Platz. Hanhivaara empfand es als angenehm, dass gerade er dort saß und kein anderer. Gleich darauf empfand er gar nichts. Kairamo wiederum fühlte sich wie ein Marathonläufer, der sich seines Sieges schon nach den ersten hundert Metern gewiss ist.

»Wie lauten die ersten Fragen?«, dröhnte Kairamo.

Hanhivaara streckte die Beine von sich und rückte sich bequem zurecht.

Dann begann er seine Aufzählung: »Wie ist Kartano hergekommen?«

»Ist das wesentlich?«

»Die Grundfrage ist es nicht.«

»Was dann?«

»Ein guter Ausgangspunkt. Wie ist Antero Kartano am Mittsommerabend in den Wald gekommen und um welche Zeit?«

»Und dann?«

»Es gibt auch wichtigere Fragen, aber die sind schwieriger zu klären. Warum? Das ist immer eine gute Frage.«

Hanhivaara hatte Kairamos lehrerhaften Ton satt. An Fragen mangelte es ihm wahrhaftig nicht. War Kartano aus eigenem Antrieb aufgetaucht oder von jemandem in den Wald bestellt worden? Wenn Letzteres, von wem? Typische Fragen: Wer hatte ihn gekannt? Gehasst? Wichtige Fragen: Wann war er angekommen und wann getötet worden? Und dann noch ein paar andere, die man allerdings noch nicht stellen konnte: Wer hatte Kartano getötet, warum und wie? Nein, an Fragen mangelte es ihm nicht.

Als Maija mit dem Kaffee und drei Tassen aus der Küche kam, sagte Hanhivaara: »Eigentlich genügt eine einzige Frage: Wer hat Kartano ermordet? Wenn wir das wissen, bekommen wir ohne weiteres Antworten, nach denen wir nicht mehr zu fragen brauchen.«

Kairamo zog die Hosenbeine hoch. Tadellose Bügelfalten bleiben tadellos, wenn man sie sorgfältig behandelt. Er nahm eine straffere Haltung an, sofern das überhaupt noch möglich war, und richtete den Blick auf Hanhivaara, der in seinen spiegelnden Brillengläsern den See bewundern konnte.

Maija Takala war lediglich Statistin. Sie knabberte an einem Keks, wie auf der Bühne ein Schauspieler mitunter nur deshalb herumsitzt und Grimassen schneidet, weil der Bühnenbildner oder der Regisseur Wert auf eine ausgewogene Komposition legt: Auch wenn die Handlung nur auf der einen Seite abläuft, soll die andere nicht leer sein. Maija Takala war eine entzückende Statistin, aber eben eine Statistin.

Kairamo sagte in seinem angenehmen Bariton: »Also geh hin und stell deine Frage, dann kommen wir alle bald nach Hause.«

Hanhivaara wandte ein: »Du willst doch gar nicht nach Hause. Ich schon. Du möchtest Fragen stellen. Ich will nach Hause. So ist es.«

Kairamo blieb immer noch gefasst. Er hatte längst gemerkt, dass die meisten Dinge gewöhnungsbedürftig waren. Hanhivaara war in höchstem Grad gewöhnungsbedürftig.

»Du weißt genau, dass wir gleich mit den Vernehmungen beginnen müssen und geschickte Fragen brauchen«, sagte er.

»Wenn wir nur jemanden hätten, dem wir sie stellen können. Oder willst du damit weitermachen, mich zu befragen?«

Kairamo redete sich immer noch ein, Hanhivaara wäre nur gewöhnungsbedürftig und er selbst besonders lernfähig.

Er stand auf und rief einen der beiden Schutzleute herein, die vor dem Haus warteten. Der junge Mann kam angerannt, als wolle er Lasse Virens Lauf in Montreal nachmachen. Er hatte noch nicht gelernt, dass man eine Strecke von zehn Metern im Gehen fast genauso schnell zurücklegt wie im Laufschritt.

»Wer von den beiden ist der Mörder? Oder haben sie die Tat gemeinsam begangen?«, schoss Hanhivaara los, bevor Kairamo seine Frage anbringen konnte.

»Ich …«, stammelte der unselige Schutzpolizist.

»Heilige Scheiße! Der Mann ist in seinen ersten Mord verwickelt und legt sofort ein Geständnis ab«, staunte Hanhivaara.

Kairamo sagte: »Halt den Mund, Hanhivaara!«

Die Statistin musste lachen. Doch das passte nicht zu ihrer Rolle, weshalb sie stattdessen einen Schluck Kaffee trank. Auch das gehörte nicht dazu und so saß sie ratlos da und beobachtete die Situation. Nun war sie nicht einmal mehr Statistin. Sie war das Publikum.

»Na«, sagte Kairamo zu dem jungen Beamten.

»Herr Kommissar«, setzte der Unglückliche an.

Hanhivaara dachte, dass die Regie völlig danebenlag. Herr Kommissar sagte man in der Ausbildung, aber nicht in der Praxis.

»… aus denen ist nichts rauszukriegen. Die Frau flennt die ganze Zeit und der Mann sagt immer nur, hör doch auf zu weinen.«

»Sagt der Frau, sie soll die Sauna heizen. Und dann befragt ihr den Mann«, schlug Hanhivaara vor.

»Halt den Mund, Hanhivaara!«, sagte Kairamo.

Der Satz kam Hanhivaara bekannt vor. Und im selben Moment fiel ihm auch wieder ein, wo er den Toten schon einmal gesehen hatte: auf dem Markt. Am Mittsommerabend auf seinem Spaziergang durch die leeren Straßen. Er überlegte, wann genau das gewesen sein mochte. Gegen fünf. Zu dem Zeitpunkt war Kartano also noch am Leben und mitten in der Stadt gewesen. Was hatte das zu bedeuten? Weiter nichts. Hanhivaara versuchte, sich auch das andere Gesicht in Erinnerung zu rufen, das Gesicht des jungen Mädchens, aber das gelang ihm nicht. Er glaubte jedoch, er würde die junge Frau wiedererkennen, wenn er sie sähe. Kartano hatte verlegen gewirkt. Was bedeutete das? Dass er verlegen gewesen war. Hanhivaara verstand es meisterhaft, sich selbst k.o. zu schlagen.

Kairamo freute sich über Hanhivaaras Schweigen. Er glaubte, sein Anschnauzer habe gewirkt.

Zu dem Schutzmann sagte er: »Bringt die Frau meinetwegen auf den Bootssteg und macht mit dem Mann weiter.«

Er tat, als wäre er der Vater des Gedankens. Hanhivaara erwachte aus seiner Grübelei. Genau das hatte er doch angeregt. Vernehmt den Mann. Vielleicht hatte er seinen Vorschlag übermäßig ausgeschmückt.

»Verstanden, Herr Kommissar«, sagte der Schutzmann und trat ab.

»Was lernen die eigentlich auf der Polizeischule?«, brummte Kairamo.

»Das Abc der Kriminalermittlung und allgemeine Menschenkenntnis«, erklärte Hanhivaara.

Kairamo hatte auf sein Gemurmel keine Antwort erwartet.

Das wusste Hanhivaara natürlich. Er fragte sich, ob er gerade deshalb geantwortet hatte, und musste sich eingestehen, dass es so war. Schäm dich, Hanhivaara, dachte er und hätte beinahe tadelnd den Zeigefinger erhoben.

»Inzwischen hast du deine Fragen sicher parat. Immerhin kommst du nicht frisch von der Schulbank. Du hast wohl schon ein paar Jahre Erfahrung«, stichelte Kairamo.

Hanhivaara gab zurück: »Du hast sicher einen Notizblock für mich? Ich bin in Urlaub. Weißt du das noch?«

»Im Auto.«

Stille.

Kairamo trank den letzten Tropfen von seinem Kaffee, was ihm einen Zwischenruf aus dem Publikum eintrug: »Mehr?«

»Nein, danke.« Er schien verstimmt über die Einmischung. »Gehen wir, Hanhivaara?«

Hanhivaara sagte: »Geh schon mal vor. Ich komme in ein paar Minuten nach. Leg drei Steine aufeinander, falls du nach Hause fährst.«

Kairamo sah ihn verständnislos an.

Hanhivaara verlor die Lust, sein Spielchen weiterzutreiben. Er erklärte: »Ich dachte, du wärst als Kind auch bei den Pfadfindern gewesen. Die haben doch alle möglichen Zeichen. Drei Steine aufeinander und so weiter.«

Kairamo ging hinaus. Wenn er ein weniger zurückhaltender Mann gewesen wäre, hätte er den Kopf geschüttelt.

Hanhivaara waren die Worte beinahe ausgegangen: »Eine unvergessliche Mittsommernacht, oder?«

In Maijas Augen lag Traurigkeit, doch sie sagte gewollt munter: »Unvergesslich, das schon. Allerdings hätte ich mir gewünscht, dass sie aus anderen Gründen unvergesslich geworden wäre.«

»Leg dich schlafen«, sagte Hanhivaara und ging.

Dreizehn

Als Hanhivaara aufwachte, war es bereits Mittag.

Gegen sieben Uhr morgens hatte er zu Kairamo gesagt: »Ich schlafe bei den Nachbarn.«

Damit hatte er Kairamo stehen gelassen. Er war in Takalas Sommerhaus gegangen und geradewegs in die Küche gestiefelt, wo er die Kognakflasche aus dem Schrank genommen hatte. Zum Teufel mit den Prinzipien, hatte er gedacht und großzügig eingeschenkt. Maija hatte an der Tür gestanden und ihm zugesehen. Sie hatte geschwiegen, doch Hanhivaara hatte erklärt: »Uns Polizisten entgeht nichts.«

Maija hatte gelächelt: »Mag sein, aber ich weiß nicht, ob das immer von Vorteil ist.«

Hanhivaara hatte nicht gelächelt. Ihm war nicht danach zu Mute gewesen. Wortlos war er ins Schlafzimmer gegangen und hatte sich ausgezogen.

Wieder hatte Maija an der Tür gestanden. In ihrem Blick hatte etwas Fremdartiges gelegen, als sie fragte: »Hast du wieder Leichen gefunden?«

Hanhivaara hatte müde gelacht und gesagt: »Du ungehobelte Person! Du hast wohl vor nichts Respekt.«

»Ich habe vor nichts Respekt? Ich?«

»Du solltest Respekt haben. Ich nicht«, hatte Hanhivaara gemurmelt.

Dann hatten sie geschlafen. Das Zimmer hatte nur ein winziges Fenster, durch das kaum Licht drang. Die Macht der Gewohnheit bescherte Hanhivaara einen friedlichen Schlaf, aus dem er gegen Mittag erwachte. Ohne besonderen Grund, einfach, weil er genug geschlafen hatte. Er fühlte sich frisch und erholt. Vielleicht war er auch froh, dass er nicht bis Sonntag im Sommerhaus zu bleiben brauchte.

Hatte die Entfremdung am Vorabend begonnen? Hanhivaara zählte sich nicht zu den pathetischen Typen, die aus Angst vor der Ehe behaupten, sie wollten ihre Freiheit nicht verlieren. Oder ihre Unabhängigkeit, das war wohl der gebräuchlichere Ausdruck. Er war auch keiner von denen, die mit verzweifeltem Enthusiasmus für moderne Beziehungen eintraten.

Überhaupt waren moderne Beziehungen erbärmlich. Sie hatten nichts Modernes an sich. Untreue hatte es immer gegeben und würde es immer geben. Man mochte sie beschönigen und mit quasiphilosophischen Argumenten rechtfertigen, doch sie war und blieb eine Neigung, die für manche Menschen typisch war, für andere nicht. Einige Menschen neigten nicht zu Untreue, weil ihnen der Mut fehlte oder weil ihr Geschlechtstrieb weniger ausgeprägt war, andere deshalb, weil ihnen ein Partner schon anstrengend genug war.

Hanhivaara fand, die beste aller Beziehungen sei eine Freundschaft, die Sex einschloss.

Eine solche Beziehung brauchte keine Rechtfertigung.

Wenn es zwischen ihm und Maija eines Tages keine sexuelle Beziehung mehr gab, dann eben nicht, und damit basta. Eine Freundschaft musste nicht enden, nur weil der Trieb erlosch. Freundschaft entstand aus Denken. Vögeln war dagegen ein Trieb, dem man sich nicht entziehen konnte, und dass dieser Trieb eines Tages versiegte, war eine Tatsache, um die man erst recht nicht herumkam.

Maija hatte nicht besonders gut geschlafen. Für sie waren Leichen keine Routine. Sie war früher aufgewacht als Hanhivaara und hatte den alternden Mann neben sich betrachtet, den sie mochte, dessen sie sich aber nie sicher sein würde. Sie neigte nicht zu Selbstmitleid. Allerdings fürchtete sie sich ein wenig.

Hanhivaara sagte: »Guten Morgen.« Das tat er immer, selbst dann, wenn er allein in seiner Wohnung aufwachte. Er argwöhnte, dass man ihn aus dem Polizeidienst entlassen würde, wenn jemand davon erführe.

Auch Maija sagte: »Guten Morgen.«

Damit war das Gespräch beendet.

Als Hanhivaara das Haus verließ, sagte er, er werde in ein bis zwei Stunden zurückkommen. Außerdem bat er Maija, ihn anschließend in die Stadt zu fahren.

Bei seinem wortkargen Abschied von Kairamo hatte er einen Auftrag bekommen: Er sollte zu Mitrunens Sommerhaus zurückgehen und den Hausbesitzer noch einmal gründlich befragen. Man hatte bereits ein allgemeines Bild vom Ablauf des Abends erhalten. Die Situation war so weit unter Kontrolle, dass den Polizisten nichts Besseres mehr eingefallen war, als schlafen zu gehen. Das allgemeine Bild war natürlich verworren; das waren Mittsommernachtserinnerungen bekanntlich immer. Niemand hatte exakt sagen können, wer zu welchem Zeitpunkt wo gewesen war.

Niemand hatte zugegeben, Kartano gesehen zu haben.

Die Anordnung, Mitrunen noch einmal zu vernehmen, bedeutete, dass Hanhivaara ein Charakterbild des Zeugen zeichnen und zugleich mehr über Antero Kartano in Erfahrung bringen sollte.

Ich habe eine winzige Aufgabe bekommen, dachte Hanhivaara ohne Bitterkeit. Im Gegenteil, ihm gefiel die Sache. Menschen und Menschenbilder waren seine Domäne. Hanhivaara war ein Porträtmaler.

Zufrieden trällernd schritt er auf sein Ziel zu.

Der Hof war leer.

Alle Autos waren verschwunden, bis auf einen großen amerikanischen Schlitten, dessen Marke Hanhivaara nicht hätte nennen können. Natürlich hätte er sie kennen müssen. Er hätte sich lächerlich gemacht, wenn er auf dem Revier erklärt hätte, der Mörder sei in einem großen amerikanischen Pkw entkommen. Aber Hanhivaara hatte ein Ass im Ärmel: Er hätte das Kennzeichen angeben können. Er betrachtete das Nummernschild und stellte fest, dass sich das Kennzeichen im Lauf des Morgens nicht verändert hatte. Wenn Mitrunen der Mörder war, würde er jedenfalls nicht deshalb entkommen, weil er einen großen amerikanischen Schlitten fuhr, dessen Marke Hanhivaara nicht identifizieren konnte.

Mitrunen erschien auf der Vortreppe.

Er sah grau aus. Natürlich, dachte Hanhivaara. Industriekaufleute wurden immer grau, wenn in ihrer Nähe jemand umgebracht wurde. Das gehörte beinahe zur Berufsbeschreibung. Selbst Waffenfabrikanten wurden grau im Gesicht, wenn der Richter sie zu lebenslänglich verurteilte.

»Der linke Vorderreifen ist platt«, verkündete Hanhivaara.

»Mist«, sagte Mitrunen kraftlos.

»Wissen Sie, was ein Mann aus Keuruu mal gesagt hat, als er einen Platten hatte?«, fragte Hanhivaara und beantwortete seine Frage gleich selbst: »Er sagte, zum Glück ist er nur unten platt.«

Mitrunen lachte nicht. Ein humorloser Mann, argwöhnte Hanhivaara.

Allerdings war der Witz auch nicht besser als alle anderen.

Während Mitrunen den Vorderreifen inspizierte, trat eine junge Frau aus der Tür.

»Der Reifen ist platt«, sagte Hanhivaara zu Virpi Hiekkala.

Sie war eine makellose Erscheinung: Ihre Haare waren gewaschen, gebürstet, geföhnt und gekämmt, sie hatte Lidschatten aufgetragen und die Wimpern getuscht, die modisch schmalen Augenbrauen waren dunkel und hübsch geschwungen, vor höchstens zwei Tagen gezupft, die eventuell graue Gesichtsfarbe war sorgfältig überschminkt, die Lippen waren dunkelrot. Sie trug ein langes weißes Sommerkleid. Sie war eine unwirkliche Erscheinung; ein Naturkind inmitten der Natur.

Wenn Hanhivaara der Typ dafür gewesen wäre, hätte er nach Luft geschnappt. Doch das war er nicht. Er war der falsche Typ; daher war die ganze Inszenierung überflüssig, aber auch aufschlussreich. Wenn eine Kulisse als solche entlarvt wird, ist das Spiel aus, das wusste schon Potemkin. Virpi Hiekkala hatte die erste Runde verloren, weil sie den Mann nicht kannte, auf dessen Ankunft sie sich vorbereitet hatte.

Hanhivaara klopfte seine Taschen ab, fand die Schachtel, steckte sich eine Zigarette an und fragte Mitrunen: »Haben Sie zufällig ein Stück Papier und einen Stift im Haus?«

Mitrunen trat verdrossen gegen den Autoreifen und brummte: »Das nehme ich doch an. Wieso?«

Hanhivaara sagte: »Ich muss Sie sozusagen vernehmen, aber mir scheint, ich habe mein Notizbuch vergessen.«

Er sah sich verwirrt und verlegen um, als hätte er vor, eine der Birken zu Schreibpapier zu verarbeiten. Auch Mitrunen war verwirrt, denn Hanhivaara entsprach nicht seiner Vorstellung von einem Polizisten. Der Mann schien ja ein völliger Trottel zu sein.

»Gehen wir doch ins Haus«, schlug Mitrunen vor.

»Danke«, sagte Hanhivaara. »Darf man drinnen rauchen oder soll ich versuchen, die Kippe hier draußen loszuwerden? Obwohl es auch nicht schön ist, sie hier ins Gras ...«

»Drinnen oder draußen. Ganz egal«, unterbrach ihn Mitrunen.

Hanhivaara sah sich um, als könne er sich nicht entscheiden, ob er drinnen weiterrauchen oder die Zigarette auf dem Rasen austreten sollte. Dann gab er sich einen Ruck und ging die Treppe hinauf.

Mitrunen folgte ihm. Virpi Hiekkala blieb draußen stehen. Sie war Sekretärin und wartete auf Anweisungen.

»Frau Hiekkala darf sicher mit hereinkommen?«, fragte Mitrunen.

»Sie kann hier bleiben. Oder mitkommen. Ganz egal«, sagte Hanhivaara.

Dass Mitrunen ihn scharf ansah, wäre übertrieben. Er blieb grau und nichts sagend, doch sein Blick wirkte plötzlich etwas lebendiger. Oder weniger verächtlich. Ganz egal.

Virpi Hiekkala folgte den Männern ins Haus.

Mitrunen führte Hanhivaara ins Kaminzimmer, bot ihm einen Stuhl an und legte Papier und Stift auf den Tisch.

Dann setzte er sich und wartete. Er war ein routinierter Verhandlungsführer.

Hanhivaara schrieb Mitrunens Namen auf und unterstrich ihn. Dann sagte er: »Den Namen haben wir schon. Möchten Sie mir sagen, wie alt Sie sind? Es spielt zwar keine Rolle, aber in diesem Zusammenhang ist es nun mal üblich.«

»Ich bin dreiundvierzig.«

»Kein schlechtes Alter«, nickte Hanhivaara.

Dann änderte er seinen Stil: »Ich habe eigentlich nur zwei Fragen. Erstens: Haben Sie mit einem harten Gegenstand auf den Kopf eines Mannes namens Antero Kartano geschlagen? Wenn Sie Nein sagen, stelle ich Ihnen die zweite Frage.«

Mitrunen war zwar ein routinierter Verhandlungsführer, aber in diesem Moment war er eher verdattert. Er stotterte fast, als er sagte: »Nein.«

Wenn seine Antwort länger gewesen wäre, hätte er das Stottern nicht verbergen können. Deshalb fiel sie so kurz aus. Ein routinierter Verhandlungsführer hat sich eben im Griff, selbst wenn er verdattert ist.

Als das Schweigen lange genug gedauert hatte, sagte Hanhivaara: »Und nun wollen Sie wissen, wie die zweite Frage lautet.«

Wieder herrschte Stille, bis er fortfuhr: »Wer hat Antero Kartano den Schädel eingeschlagen?«

»Das weiß ich nicht«, antwortete Mitrunen.

»So kommen wir nicht weiter. Mir gehen die Fragen aus und Sie haben keine vernünftige Antwort. Die ganze Sache zieht sich in die Länge und wird immer komplizierter. Erzählen Sie mir etwas über Antero Kartano.«

Hanhivaara dachte bei sich, dass er auf keinen Fall Kartanos Eltern oder sonstige Verwandte befragen würde. Er hatte Besseres zu tun. Aber selbst Hanhivaara konnte sich irren, auch wenn das selten vorkam.

»Was soll ich denn erzählen?«, erkundigte sich Mitrunen.

»Sag ihm doch, dass Kartano ein menschliches Stinktier war«, mischte sich Virpi Hiekkala ein. Hanhivaara dachte sich, dass sie im Umgang mit Metaphern keine Übung hatte.

»Moment«, sagte er. »Ich nehme ein neues Blatt für die zweite Befragung.«

Er breitete die Papiere aus. Nun lagen zwei Blatt Karopapier in DIN-A4-Format nebeneinander und er schrieb den Namen Virpi Hiekkala auf das zweite. Dann sagte er: »Könnten Sie sich etwas präziser ausdrücken? Ich glaube, Ihre Aussage als negatives Urteil verstehen zu können, aber man kann ja nie wissen.«

Virpi Hiekkala saß in Sekretärinnenhaltung da, mit geradem Rücken, die Hände im Schoß, die Beine sittsam geschlossen.

»Ich meine lediglich, dass es mich anwiderte, wie er mich dauernd betatschte. Scheinbar flüchtig und unauffällig, aber immer absichtlich und ekelhaft.«

»Das ist aber kein Grund, jemanden umzubringen«, sagte Hanhivaara und meinte es ausnahmsweise ernst.

Virpi Hiekkala fügte hinzu: »Auf die beiden nächsten Fragen kann ich Ihnen dieselbe Antwort geben wie Direktor Mitrunen.«

»Ich stelle nicht immer allen dieselben Fragen.«

»Das werden Sie schon noch tun«, sagte Virpi Hiekkala mit harter, metallischer Stimme. Sie sprach wie eine Schönheitskönigin: Wenn die Worte leer sind, muss die Stimme arrogant klingen.

Hanhivaara machte sich Notizen und murmelte: »Bisher bin ich kaum vorangekommen.«

Dann wandte er sich an Mitrunen. »Wie ist es mit Ihnen, hat er Sie auch betatscht? Oder schließen Sie sich aus irgendeinem anderen Grund der Stinktierdefinition an?«

»Ich habe persönlich nichts gegen Kartano. Er war ein guter Mitarbeiter. Ein mathematisches Talent. Eigentlich hat es mich gewundert, dass er sich mit Kontobüchern abgab. Mit seiner Begabung hätte er Wissenschaftler oder Lehrer werden können.«

Hanhivaara arbeitete zwar nicht im Dezernat für Wirtschaftskriminalität, doch er hätte einige Gründe aufzählen können, weshalb mathematisch begabte Männer sich mit Kontobüchern beschäftigten. Er fragte: »Wie war er außerhalb der Zahlenwelt? Als Mensch, wenn man so sagen kann?«

»Kann man nicht«, warf Virpi Hiekkala ein.

Mitrunen warf ihr einen Blick zu, als wollte er sie warnen, sich nicht das eigene Grab zu schaufeln, und sagte: »Privat habe ich ihn kaum gekannt. Unser gemeinsames Gebiet war die Arbeit.«

»Hatte er Freunde?«

»Garantiert nicht«, meldete sich Virpi Hiekkala wieder zu Wort. Sie war eigensinnig, fast besessen.

Mitrunen sagte: »Ich weiß es nicht. Über sein Privatleben bin ich nicht informiert.«

Hanhivaara hätte Virpi Hiekkala gern erneut um Präzisierung gebeten, beschloss aber, sich das für später aufzuheben. Er wand sich auf seinem Stuhl wie jemand, dem es peinlich ist, dass er nichts mehr zu sagen weiß.

»Dann haben Sie Antero Kartano vermutlich nicht zu Ihrer Mittsommerparty eingeladen«, meinte er schließlich.

»Ganz bestimmt nicht. Warum auch? Er war nur ein Kollege, nichts weiter.«

Er spricht im Brustton der Überzeugung, aber überzeugt er mich wirklich?, überlegte Hanhivaara.

»Und beruflich? Wie war er als Kollege?«

»Er hat seine Arbeit pünktlich erledigt. Ich hatte nichts daran auszusetzen. Und sicher auch sonst niemand.«

»Ich schon«, sagte Virpi Hiekkala, die beharrlich an ihrem

Kurs festhielt. Manche Menschen wissen instinktiv, wie man seinen Hals in die Schlinge steckt.

Hanhivaara betrachtete Mitrunens nichts sagende Gestalt. Er neigte nicht dazu, Menschen in Schubladen einzuordnen, aber Mitrunens leichte, sommerliche Kleidung gab ihm die Gewissheit, dass er es mit einem typischen Manager zu tun hatte, der optimistisch in die Zukunft schaute und seinen Optimismus auf regelmäßige Squash-Spiele gründete; jugendliches Auftreten war Trumpf, die Zeit der fetten Bosse war vorüber. Hanhivaara war überzeugt, dass Mitrunen vor Energie strotzte und erst ein Magengeschwür bekommen würde, wenn ihn jemand auf der Karriereleiter überholte. Das war bisher noch nicht geschehen. Grau wirkte er vermutlich nur von Zeit zu Zeit. Zum Beispiel, wenn auf seinem Grundstück jemand umgebracht wurde. Auch Computer werden grau, wenn man sie nach etwas fragt, worauf sie nicht programmiert sind.

Ein Detail an seiner Kleidung wirkte allerdings störend. Hanhivaara mochte in Modefragen kein Stilgefühl besitzen, aber fehlerlos war auch Mitrunen nicht.

Nicht nur fehlte ein Knopf an seinem Hemd – das Hemd passte nicht im Geringsten zu seiner Statur. Hanhivaara sagte: »An Ihrem Hemd fehlt ein Knopf.«

Mitrunen schaute gar nicht erst hin, sondern erklärte ungerührt: »Das ist nicht mein Hemd. Meins hat Virpi letzte Nacht voll gekotzt.«

Hanhivaara hatte natürlich längst geahnt, dass sie ›Virpi‹ war und nicht ›Frau Hiekkala‹.

Virpi maulte: »Muss das wirklich an die große Glocke gehängt werden?«

»Haben Sie denn kein zweites Hemd?«, wunderte sich Hanhivaara. »In Ihrem eigenen Sommerhaus?«

»Herrgott nochmal, was soll das denn jetzt!«, rief Mitrunen.

»Ich dachte nur. Es ist doch immer gut, ein paar Hemden in Reserve zu haben«, meinte Hanhivaara bedächtig.

»Ich hatte keins.«

Damit war das Thema erschöpft und selbst Hanhivaara interessierte sich nicht mehr dafür, weshalb Mitrunen kein Hemd zum Wechseln hatte. Am Geld konnte es jedenfalls nicht liegen.

»Wer hat Antero Kartano sonst noch gehasst, außer Frau Virpi Hiekkala?«, fragte er Mitrunen.

Er hatte erwartet, dass Virpi Hiekkala sich einmischen würde, doch sie schwieg.

Mitrunen sagte: »Um eins klarzustellen: Niemand in unserem Betrieb hat Kartano als schlechten Mitarbeiter bezeichnet. Niemand hat sich über seine Leistungen beklagt. Aber es stimmt, dass er auf der persönlichen Ebene Schwierigkeiten hatte.«

»Mit wem zum Beispiel?«

»Zum Beispiel mit Virpi.«

»Das wissen wir ja schon. Gab es noch andere?« Hanhivaara hatte den Eindruck, dass in seiner Stimme eine leichte Ungeduld mitschwang. Die musste er ablegen. Polizeiliche Ermittlungen sind nichts für Ungeduldige.

»Ich glaube, Saarenmaa hatte in letzter Zeit Schwierigkeiten mit ihm. Er hat gestern einige bittere Bemerkungen über ihn gemacht.«

»Was für Bemerkungen?«

»Bittere.«

Hanhivaara seufzte, doch das schien keinen Eindruck auf die beiden Zeugen zu machen. Offenbar begriffen alle Leute auf Anhieb, wie man einen Polizisten ärgert.

»Dann setzen wir also auf Saarenmaas Konto bittere Bemerkungen über den Ermordeten«, sagte er und fing an zu schreiben.

»Jetzt stelle ich eine ganz vertrackte Frage, passen Sie also beide gut auf. Hat Saarenmaa zum Beispiel gesagt, Kartano wäre ein bitterer Mann?«

Mitrunen schwieg. Dafür antwortete Virpi Hiekkala: »Saarenmaa meinte, Kartano sollte gefeuert werden.«

»Warum?«

»Das weiß ich nicht.«

»Saarenmaa hat also ohne jeden Grund angeregt, Kartano zu entlassen.«

»Ich meine, ich weiß nicht, warum Saarenmaa das wollte. Er hat es nur so nebenbei gesagt.«

»Werden in Ihrer Firma Leute so nebenbei gefeuert? Das geht doch nicht ohne Grund.«

Mitrunen mischte sich ein. Vielleicht hielt er es für besser, die Sache zu klären, als sie ungeklärt zu lassen. Viele Manager sind so.

»Saarenmaa arbeitet im Finanzbereich, wie Kartano. Ich selbst bin für die Produktentwicklung zuständig. Saarenmaa deutete an, Kartano hätte nicht zufrieden stellend gearbeitet. Er hat sich allerdings sehr vage ausgedrückt und im nächsten Moment gemeint, er wolle nicht weiter darüber sprechen.«

Hanhivaara drehte den Stift zwischen den Fingern und setzte seine Erkundungsfahrt fort: »Nun haben wir schon zwei, die mit Kartano ein Hühnchen zu rupfen hatten. Findet sich noch ein dritter und letzter Kandidat?« Er hoffte, dass der dritte der letzte war: Je weniger Verdächtige, desto besser. Hanhivaara war fähig, auch sich selbst mit Sarkasmus zu begegnen.

Beide Zeugen schwiegen.

Hanhivaara holte ein Notizbuch aus der Tasche und blätterte darin. »Ich hatte es also doch ...«, murmelte er und bemühte sich verzweifelt, rot zu werden. Aber so gut waren seine schauspielerischen Fähigkeiten nicht. Er konnte nicht auf Befehl erröten oder erbleichen. Die Rolle des Beschämten konnte er allerdings spielen. Er sagte: »Da waren doch noch zwei Männer aus Ihrer Firma. Namen, Namen, Namen ... Richtig, der eine heisst Vaskilahti, der andere Ström. Was ist mit diesen Herren? Hatten sie mit Kartano auch ein Hühnchen zu rupfen?«

»Sie haben jedenfalls nichts dergleichen gesagt«, erwiderte Mitrunen.

»Und dann dieser Dahlberg. Eine Art externer Gehaltsempfänger. Freelancer. Was ist mit ihm?«

»Was soll mit ihm sein?«, fragte Mitrunen zurück.

»Hat er Kartano gehasst?« Hanhivaara blieb ruhig. Er lernte allmählich, dass Ungeduld nutzlos war. Damit goss man höchstens Wasser auf die Mühlen der Gegenseite.

»Ich hatte eher den Eindruck, dass er Kartano mochte.«

»Jetzt wird mir klar, warum mir Dahlberg von Anfang an seltsam vorkam«, sagte Virpi Hiekkala, die immer noch züchtig auf ihrem Stuhl saß, als hätte sie nie jemandem aufs Hemd gekotzt.

»Welchen Grund hatte Dahlberg, Kartano zu mögen?«

»Mein Gott, was für eine Frage«, schnaubte Mitrunen.

Ein verdammt religiöser Mann, dachte Hanhivaara.

»Das ist doch eine ganz berechtigte Frage«, mischte sich Virpi Hiekkala ein. »Meiner Meinung nach konnte niemand einen Grund haben, Kartano zu mögen. Wenn ich seine Mutter wäre, hätte ich mich aufgehängt.«

»Wie schrecklich. Aber vielleicht hat seine Mutter sich ja aufgehängt«, meinte Hanhivaara. »Und die anderen Frauen, die hier waren? Was hielten die von Kartano?«

Mitrunens Gesicht hatte ein wenig Farbe bekommen. Nur seine Augen flackerten, als hätte er Schwierigkeiten, sich zu konzentrieren oder klar zu denken. Aber am Tag nach der Mittsommernacht fällt vielen Finnen das Denken schwer.

»Ich glaube kaum, dass die Frauen ihn gekannt haben. Er gehörte nicht zum engeren Bekanntenkreis ihrer Männer«, sagte Mitrunen.

Seine Gedanken schienen in den gleichen Bahnen zu laufen wie Kairamos. Diesmal konnte sich Hanhivaara einen Kommentar nicht verkneifen: »Sie sind offenbar nicht verheiratet.«
»Nein.«
»Bleiben Sie ledig.«
»Wie meinen Sie das?«
Nun begann Hanhivaara allmählich, an den Einstellungskriterien eines gewissen Industrieunternehmens zu zweifeln.
Virpi Hiekkala sagte zuckersüß: »Liebling, er versucht dir zu erklären, dass seine Frau ihm Hörner aufgesetzt hat.«
Hanhivaaras Stimme war ruhig und ausdruckslos: »Ich bin nicht verheiratet.« In Situationen wie dieser war eine halbe Wahrheit besser als die ganze. Er fügte hinzu: »Ich habe auf meine spezielle Art auszudrücken versucht, dass Kartano, selbst wenn er nicht zum Bekanntenkreis der Männer gehörte, durchaus mit ihren Frauen bekannt sein konnte. Die Polizei arbeitet nicht mit unbegründeten Hypothesen.«
»Na gut«, räumte Mitrunen ein. Sein Verstand hatte ihn im Stich gelassen, was ihn offensichtlich ärgerte. »Aber das ändert nichts an der Tatsache, dass zumindest ich nichts von irgendwelchen Bekanntschaften weiß.«
Auch die Bekanntschaften würden später ans Licht kommen.
Virpi Hiekkala meinte: »Ich glaube, Eeva Sorjonen hat ihn gekannt.«
»Wieso glauben Sie das?«
»Ich glaube es eben.«
»Aber Sie wissen nichts Näheres?«
»Eins weiß ich jedenfalls: Wenn sie sich gekannt haben, hat Kartano sie irgendwann begrapscht.«
Hanhivaara hatte von diesem Thema genug und beschloss, es ein für alle Mal abzuhaken. Er wusste noch nicht, dass es der Kern des Ganzen war.

»Aha«, sagte er. »Und jetzt sind Sie an der Reihe, Frau Hiekkala.«

»Womit?«

»Ich werde Ihnen einige Fragen stellen.«

»Sie hatten doch nur zwei. Und auf beide haben Sie die Antwort schon bekommen.«

»Ich habe noch eine dritte. Was haben Sie von Antero Kartano gehalten?«

»Sie haben heute nicht Ihren besten Tag, oder? Ich dachte, das hätte ich schon deutlich genug zum Ausdruck gebracht.«

»Zwischen dem, was Sie denken, und dem, was ich weiß, liegt eine tiefe Kluft«, sagte Hanhivaara poetisch. Er spielte mit dem Gedanken, die Frau brutal fertig zu machen, wie man so schön sagt, doch dann verwarf er die Idee, weil sie ihm zu sexistisch erschien. Das war nicht sein Stil.

Ihm gefielen ihre Augen. Jedenfalls der ungeschminkte Teil, das Grün rund um die dunklen Pupillen.

Er riss sich von ihren Augen los, schließlich war er im Dienst. Stattdessen sah er zum Fenster hinaus. Es war ein kühler Tag. Die Sonne schien, aber immer wieder schoben sich Wolken davor. Über den See preschte ein rotes Motorboot, dessen Fahrer kein Ziel zu haben schien. Ihm genügte der Rausch der Geschwindigkeit. Aber seine Bahn war lächerlich kurz, ein Bogen hierhin, einer dorthin, als hätte er Angst, sich zu weit von seinem Haus zu entfernen, von der Sicherheit, vom Hafen. Er zog seine Bögen mit der fröhlichen, zur Routine gewordenen Sicherheit des Nutzlosen. Vergnügungen, die zur Routine werden, sind eine ziemliche Plage. Und die Menschen, die sich diesen Vergnügungen hingeben, sind eine Klasse für sich: In ihnen kristallisiert sich die Fantasielosigkeit.

Hanhivaara stellte sich ein zweites rotes Boot vor, das dem echten nachjagte, und sah in Gedanken eine Verfolgungsjagd aus einem James-Bond-Film vor sich oder aus irgendeinem anderen Film, in dem eine solche Szene vorkam. Hanhivaara mochte Filme, hatte die Kinobesuche aber nicht zur Routine werden lassen.

Er wusste, zu welchem Sommerhaus der Bootsfahrer gehörte. Vielleicht musste er auch dort noch vorbeischauen.

»Sie schlafen wohl«, sagte Virpi Hiekkala.

»Ich schlafe nicht. Ich arbeite.«

»Da haben Sie aber einen leichten Job.«

»Sie haben es vermutlich nie probiert«, versetzte Hanhivaara, der das Denken meinte, aber annahm, Virpi Hiekkala würde glauben, dass er von der Polizeiarbeit sprach. Er lauschte. Keine Antwort. Also hatte er richtig geraten.

»Hatten Sie Kartano sonst noch etwas vorzuwerfen, außer seinem ungewöhnlich starken Geschlechtstrieb?«

»Nein. Aber der war schlimm genug.«

»Wieso? Sind Sie frigide?« Gelassen wartete er auf ihre Reaktion.

Sie brauste nicht auf, sie sagte nur schnippisch: »Bringt das irgendwas?«

»Warum haben Sie Kartano gehasst?«, fragte Hanhivaara, als hätte er bisher kein Wort gehört.

»Sie sind nicht leicht zu überzeugen, was?«

»Nein. Mich überzeugt nur die Wahrheit.«

Hanhivaara überlegte, ob er sich zu schwungvoll ausgedrückt hatte. Die Wahrheit war keine einfache Frage, mit der man bei Vernehmungen herumspielen konnte. Polizeiliche Ermittlungen und die Wahrheit hatten nicht viel miteinander zu tun. Wahrheit war ein philosophischer Begriff. Polizeiarbeit war simples Systematisieren.

Virpi Hiekkala sagte: »Ich habe den werten Herrn Kartano vor mehr als fünf Jahren kennen gelernt. Damals hatte ich gerade bei *Systec* angefangen, auch Kartano war neu in der Firma. Es war auf einem Betriebsfest. Kartano hatte offenbar ein Auge auf mich geworfen und es irgendwie geschafft, den Platz neben mir zu ergattern. Und dann hat er während des Essens die ganze Zeit seine widerlichen Knie an meinen Beinen gerieben.«

»Er saß Ihnen also gegenüber?«

»Nein, neben mir. Wieso?«

»Dann kann er nicht seine beiden widerlichen Knie an Ihren Beinen gerieben haben. Es sei denn, er war übernatürlich gelenkig.«

»Ich hasse Unsachlichkeit und am allermeisten hasse ich Polizisten, die unsachliche Bemerkungen von sich geben.«

Virpi Hiekkala saß reglos da. Nun hatte sie nicht nur das Kreuz durchgedrückt, sondern saß steif wie eine Holzpuppe.

Na also, dachte Hanhivaara, jetzt kommen wir vielleicht weiter.

»Entschuldigung. Bitte sprechen Sie weiter.« Hanhivaara war jetzt sehr höflich. Reine Taktik.

Widerstrebend machte Virpi Hiekkala den Mund wieder auf. »Ich habe ihn eine Weile veräppelt, indem ich so tat, als wollte ich Konversation machen, dabei ließ ich jedes Gespräch nach dem ersten Satz im Sande verlaufen. Sogar uralte Filmdialoge habe ich benutzt, zum Beispiel den Spruch ›Erzählen Sie mir etwas über sich‹. Aber er hat einfach nicht begriffen, dass ich mich weder für ihn noch für seine Knie interessierte. Nach einer Weile wurde mir das Ganze zu blöd, ich habe ihn allein weiterreden lassen. Weiter war nichts. Aber bei jedem Betriebsfest rückte er mir wieder auf die Pelle. Er war unglaublich hartnäckig.«

»Aber ansonsten hielt er Distanz?«

»Ja.«

»Merkwürdig.«

»Ich habe Ihnen ja gleich gesagt, dass er krank war.«

Verwundert überflog Hanhivaara seine Notizen. Er meinte: »Diese Aussage kann ich nicht finden. Wann haben Sie das gesagt?«

»Vielleicht habe ich es nicht ausdrücklich gesagt. Aber gedacht habe ich es.« Virpi Hiekkala war sehr genau, steif und genau.

»Aha«, machte Hanhivaara.

Das rote Boot war verschwunden. Aber dafür war etwas Besseres aufgetaucht: die Sonne. Sie schien durch das große Fenster ins Kaminzimmer und enthüllte, dass Virpi Hiekkala schön gewesen wäre, wenn sie sich weniger Mühe gegeben hätte.

Über Mitrunen brachte die Sonne keine neuen Erkenntnisse, denn er war aus dem Zimmer gegangen. Hanhivaara hatte es natürlich bemerkt, aber keine Einwände erhoben.

»Zwischen Frau Hiekkalas Worten und ihren Gedanken liegt eine tiefe Kluft.« Hanhivaara wurde schon wieder lyrisch.

»Gütiger Gott!«, stöhnte Virpi Hiekkala.

Noch eine religiöse Person, dachte Hanhivaara. Nicht dass er etwas gegen gläubige Menschen gehabt hätte. Er unterschied sich von ihnen nur in dem kleinen, unbedeutenden Punkt, dass er nicht glaubte. Davon abgesehen wäre auch er als religiöser Mann durchgegangen.

»Sie glauben also, dass er irgendwie krank war. Betriebsfestkrank oder so.«

Virpi Hiekkala war den Tränen nahe, als sie weitersprach: »Sein sexuelles Weltbild war verzerrt, davon bin ich überzeugt. Er hat mich auf jedem Betriebsfest belästigt, aber ansonsten hat er mich kaum gegrüßt. Außer in allerletzter Zeit. Besonders in dieser Woche ist er ständig um mich herumgestrichen. Er wirkte irgendwie bedrohlich. Nur gut, dass er tot ist.«

Nun weinte sie tatsächlich und Hanhivaara wusste, dass er nichts Vernünftiges mehr aus ihr herauskriegen würde.

Also dankte er Mitrunen für den Kaffee, den dieser gerade servierte, und fügte hinzu: »Ihre Freundin ist nervös.«

»Ja, und ich weiß auch, wer daran schuld ist.«

»Kartano?«, fragte Hanhivaara behutsam, als wolle er es wirklich wissen.

»Kartano ist tot. Nur Lebende können einem an den Nerven zerren.«

»Das würde ich nicht sagen. Nach meiner Erfahrung sind die Toten in dieser Hinsicht viel schlimmer.«

Hanhivaara wusste, dass er noch einmal nach den Ereignissen des Abends fragen musste, obwohl er kaum eine brauchbare Antwort bekommen würde. Aber er war pflichtbewusst. »Heute früh sind Sie ja bereits ausgiebig nach den Ereignissen des gestrigen Abends befragt worden. Haben Sie Ihren Aussagen noch etwas hinzuzufügen?« Er wandte sich an beide gleichzeitig. Die Frage war sinnlos, es lohnte nicht, sie speziell an einen Zeugen zu richten.

Mitrunen rieb die Hände aneinander. Er spielte den gequälten Hausherrn, der einen anstrengenden und etwas begriffsstutzigen Gast endlich loswerden will. Er sagte: »Ich erinnere mich nicht genau, was ich heute Morgen gesagt habe. Ich war leicht betrunken. Aber mir ist inzwischen nichts eingefallen, was mit dem Verbrechen zu tun hat. Ich kann nicht mit Bestimmtheit sagen, wo sich meine Gäste wann genau aufgehalten haben, aber ich kann Ihnen versichern, dass Kartano nicht eingeladen war und sich auch nicht hat blicken lassen.«

»Und Sie, Frau Hiekkala?«, erkundigte sich Hanhivaara.

»Ich weiß überhaupt nichts«, sagte Virpi Hiekkala barsch.

Hanhivaara hatte keine weiteren Fragen. Er betrachtete die karierten Blätter, die vor ihm lagen. Sie enthielten dürftige Notizen des Inhalts, wer nach wessen Ansicht wen gehasst hatte. Und einen Hinweis auf sexuelle Auffälligkeit auf dem Virpi Hiekkala gewidmeten Blatt.

Hanhivaara faltete die Bögen zweimal und steckte sie in die Tasche.

Beinahe hätte er auch den Stift eingesteckt, merkte es aber rechtzeitig und gab ihn schuldbewusst grinsend seinem Besitzer zurück.

Hanhivaara vergaß nie, sich bei Zeugen zu bedanken.

Auch diesmal sagte er: »Vielen Dank. Sie waren sehr hilfreich.«

»Hmm. Und Sie waren ausgesprochen lästig«, erwiderte Mitrunen mit der Selbstsicherheit, die ihm sein Direktorentitel verlieh.

»Wenigstens habe ich Ihnen einen Grund geliefert, zärtlich zu Ihrer Freundin zu sein«, konterte Hanhivaara, der selbst Direktoren keinen Zweifel an seinen Fähigkeiten erlaubte.

Im Hinausgehen hörte er Virpi Hiekkala: »Arschloch!«

Hanhivaaras Aufgabe bestand nicht darin, Leute zum Weinen zu bringen, er verspürte auch keinen heimlichen Genuss dabei. Aber er hatte die Aufgabe, einen Mord aufzuklären. Bedauerlich, wenn jemand weinen muss. Höchst bedauerlich.

Das Leben ist schon lustig, dachte Hanhivaara und wanderte pfeifend zurück zu Takalas Sommerhaus.

Vierzehn

Die Stadt.

Ein Dschungel. (Banaler Vergleich oder Stilmittel?)

Keine Silhouette, die sich am Horizont abzeichnet, man befand sich nicht auf einer Hochebene. Auch kein Panorama, das plötzlich vor einem liegt, man war nicht im Gebirge. Gerade noch fuhr man durch den Wald und im nächsten Moment rollte man schon durch die Stadt, über eine Straße mit grüner Welle. Eine stillose, uneinheitliche Stadt. Bestimmte Details, einzelne Häuser waren, wenn auch nicht gerade Kunstwerke, so doch ansprechend, gediegene Unterhaltung sozusagen. Die Gesamtheit war hingegen grauenvoll; Menschen sind die einzigen Lebewesen, die sich derartige Behausungen zumuten.

Hanhivaara liebte die Stadt. Er liebte die Errungenschaften der menschlichen Gattung. Man brauchte lediglich die amüsanten Aspekte herauszufiltern, alles war eine Frage der Perspektive. Und mit Perspektiven kannte Hanhivaara sich aus.

Er stand wieder in Reih und Glied. Das hatte er Maija zu verdanken. Maija war fröhlich und munter und positiv.

Als sie Hanhivaara vor dem Präsidium absetzte, sagte sie: »Wir sehen uns heute Abend.«

Vielleicht, dachte Hanhivaara und sagte: »Heute Abend.«

Kairamo polierte seine Brillengläser. Vielleicht bildete er sich ein, Scharfblick sei eine physische Eigenschaft. Das hätte ihm ähnlich gesehen.

Huhtanen putzte seine Pfeife.

Rimpiaho saß in der Ecke und ließ seine langen Arme baumeln. Hanhivaara sah ihn fragend an.

Rimpiaho sagte: »Ich weiß nicht, ich hatte nichts Besseres zu tun. Das Wetter ist auch so beschissen. Vielleicht wird es im August besser.«

Hanhivaara nickte. Rimpiaho, der sich bisher kaum engagiert hatte, entwickelte sich also zum Arbeitssklaven. Die Arbeit wurde sein Hobby. Ein trauriger Fall.

»Außerdem hat meine Alte einen Koller gekriegt und ist abgehauen«, setzte Rimpiaho hinzu, als müsse er sich für seine unerwartete Arbeitswut entschuldigen.

Hanhivaara nickte. In Gedanken seufzte er vor Erleichterung: Rimpiaho war also doch kein Arbeitssklave geworden.

Kairamo trug einen neuen Anzug. Er schien ein wohlhabender Mann zu sein. Aber vielleicht hatte er keine großen Ausgaben. Er fragte: »Wie geht es unserem Loverboy?« Das war an Hanhivaaras Adresse gerichtet und ganz und gar untypisch für Kairamo; normalerweise blieb er sachlich und überließ die Frotzeleien seinen Untergebenen. Er hatte nicht viel Sinn für Humor.

Hanhivaara setzte sich und meinte: »Es hat gar keinen Zweck, dass ich meinen Bericht tippe. Mitrunen sagt, Kartano sei ein guter Mitarbeiter gewesen, ein fast schon genialer Zahlendompteur. Mitrunen hat sich gefragt, warum ein derart begabter Mann sich mit simplen Kontobüchern abgibt. Ich habe mich nicht dazu geäußert, um ihm keine Angst einzujagen. Virpi Hiekkala meint, Kartano sei sexbesessen gewesen.«

»Sexbesessen?« Huhtanen blickte von seiner Pfeife auf.

»Am besten tippst du deinen Bericht«, meinte Kairamo.

Hanhivaara hatte es nicht anders erwartet. Er fragte: »Wie weit ist Rimpiaho informiert? Wenn er mitmachen will, sollte er wenigstens ein paar Fakten kennen.«

Kairamo hatte bereits einen Stapel Papiere vor sich liegen. Es war ein schöner Stapel, sauber und ordentlich.

Rimpiaho ließ die Arme baumeln. Er hatte nichts Besseres zu tun, das hatte er selbst gesagt. Huhtanens Pfeife gab ein gurgelndes Geräusch von sich. Er sah sie frustriert an, denn er hatte sie gerade erst gereinigt. Doch er sagte auch jetzt kein Wort.

Kairamo nahm das oberste Blatt zur Hand, nicht aus Bequemlichkeit, sondern weil es zuoberst lag. Er ging gern systematisch vor.

Er sagte: »Das Auto wurde etwa drei Kilometer vom Sommerhaus gefunden, vor einem Lokal.«

»Ist Kartano dort gesehen worden?«, fragte Hanhivaara.

»Kannst du nicht abwarten? Ich habe ein paar Männer hingeschickt, die sich umhören, aber allzu große Hoffnungen mache ich mir nicht. Das Lokal war gerappelt voll, außerdem setzt in der Mittsommernacht sowieso bei den meisten die Erinnerung aus. In dem Pkw konnten offenbar einige brauchbare Fingerabdrücke gesichert werden, und zwar nicht nur auf der Fahrerseite.«

»Gut gemacht«, lobte Hanhivaara.

Er ist definitiv gewöhnungsbedürftig, dachte Kairamo und fuhr fort: »Kivimaa hat sich Kartanos Wohnung angesehen. Er meint, sie sei eigenartig.«

Wissenschaftler, die nicht alles erklären können, behalten sich grundsätzlich das Recht vor, mit Ausdrücken wie seltsam oder eigenartig oder merkwürdig oder unerklärlich zu operieren. Aber das war nicht das Entscheidende. Hanhivaara brachte die Sache auf den Punkt: »Vielleicht ist Kivimaa zu normal. Mag sein, dass die Wohnung einfach nur ungewöhnlich ist, also nicht kriminell ungewöhnlich oder eigenartig.«

»Warst du schon dort?«, erkundigte sich Kairamo.

»Noch nicht. Und was ist mit den Verwandten?«

»Die Eltern sind benachrichtigt worden. Eine eigene Familie hatte er nicht.«

»War er nie verheiratet?«, fragte Rimpiaho. Huhtanen hörte schweigend zu, wie es seine Art war.

»Nein«, sagte Kairamo.

»Sexbesessene sind nie verheiratet«, kommentierte Hanhivaara, als wolle er eine eherne Wahrheit verkünden.

»Du solltest dich nicht auf die Aussage einer einzigen Frau verlassen«, mischte sich Huhtanen ein. Hanhivaara wäre fast vom Stuhl gefallen. Interessierte sich Huhtanen nur für Sex? War er deshalb sonst so schweigsam?

»Was war denn nun so eigenartig an der Wohnung?«, fragte Hanhivaara.

Kairamo betrachtete die Berichte, die vor ihm lagen. Auf seiner Stirn bildeten sich drei senkrechte Falten – ein Makel in seiner makellosen Erscheinung? Er räusperte sich: »Wie gesagt, es wurde nichts gefunden, was für unseren Fall relevant wäre. Allerdings handelt es sich nur um einen vorläufigen Bericht. Möglicherweise finden sich irgendwelche Anhaltspunkte in Kartanos Papieren, aber die werden gerade erst durchgesehen. Die Wohnung war merkwürdig eingerichtet. Zum Beispiel steht das Bett auf einem anderthalb Meter hohen Podest direkt neben dem Bücherregal. Eine seltsame Kombination. Kartano scheint eine Leseratte gewesen zu sein. Er hatte seine Bücher pedantisch geordnet, ein typischer Zahlenmensch. Nur auf der Höhe seines Bettes findet sich eine ungeordnete Sammlung bunt gemischter Literatur. Diese Bücher hat er offenbar gelesen, bevor er in den Schlaf sank.«

In den Schlaf sank, dachte Hanhivaara. Seiner Meinung nach war der Ausdruck zu poetisch für Kairamo. Andererseits war Kartano ja nun tatsächlich in den Schlaf gesunken, für immer.

»Kivimaa meint, die Wohnung kann man nicht beschreiben, die muss man gesehen haben«, sagte Rimpiaho.

Hanhivaara erwiderte: »Es müssen nicht alle Wohnungen gleich aussehen.« Dann kam er auf sein altes Thema zurück: »Und die Eltern? Was konnten die erzählen?«

»Sie wohnen in Kuopio«, gab Kairamo Auskunft. »Sie wurden benachrichtigt und befragt. Normale Amtshilfe. Dem telefonischen Bericht zufolge hatten sie nichts Aufschlussreiches zu sagen. Sie haben ihren Sohn vor rund sechs Monaten das letzte Mal gesehen. Er meldete sich selten, sagten sie. Beklagt haben sie sich aber nicht.«

Hanhivaara gab seinen Kommentar dazu: »Ich wette, sie haben außerdem gesagt, dass ihr lieber kleiner Antero keinen Feind auf der Welt hatte, und wer behaupte, ihr kleiner Antero sei sexbesessen gewesen, der sei ein Lügner.«

Hanhivaaras Bemerkungen waren mitunter geschmacklos.

Diesmal allerdings nicht. Kairamo sah ihn beinahe bewundernd an und sagte: »Fast wortwörtlich.«

Hanhivaara wirkte keineswegs überrascht, fragte aber nach: »Soll das heißen, dass tatsächlich von Sex die Rede war, obwohl wir den Kollegen in Kuopio noch keinen Hinweis gegeben hatten?«

»Genau das soll es heißen. Das Thema kam tatsächlich zur Sprache.«

Hanhivaara hob drei Finger und sagte zu Huhtanen: »Drei, Huhtanen, drei. Nicht nur eine Frau, sondern zwei Frauen und ein Mann. Ich bin telepathisch veranlagt.«

Huhtanen sagte: »Blödmann.« Und zwar zu Hanhivaara. Zu Kairamo sagte er: »Erzähl mal weiter.«

Hanhivaara musste lachen. Offenbar war Huhtanen in einem Pornoshop gewesen und süchtig geworden. Also hatte selbst Huhtanen menschliche Schwächen.

Kairamo spielte mit seiner Brille. Auch er hatte seine Schwächen.

Draußen war Mittsommertag. In den Sommerhäusern (in den meisten, nicht in Mitrunens) machten die Leute da weiter, wo sie gestern aufgehört hatten. Manche gingen schwimmen. Rund um die Tanzböden wachten diejenigen auf, die als Letzte versackt waren; sie sahen die leeren Flaschen, die Kotze und den undefinierbaren Abfall neben sich und bekamen einen Moralischen. Einige anständige, elegante Menschen grillten Maränen. Ihre kleinen, anständigen (nach Ansicht der Eltern) Kinderchen rannten fröhlich um den Grill und erklärten, Fisch würden sie auf keinen Fall essen. Irgendeiner der anständigen, eleganten Männer wienerte sein Auto, das er gerade mit Wasser aus dem See gewaschen hatte, und klopfte anerkennend aufs Dach, als wäre es eine Pferdekruppe. In seinen Augen lag der leere Glanz der Zufriedenheit. An diesem Tag saßen mehr Frauen hinter dem Steuer als sonst, denn ihre Männer konnten nicht fahren, ohne den Führerschein zu riskieren. Frauen haben wenig Spaß im Leben: Sie dürfen sich nicht einmal ordentlich besaufen. Irgendein einsamer alter Mann sah zum Fenster hinaus und überlegte, welcher Tag heute war. Und vier Polizisten saßen in einem kleinen, stickigen Zimmer und redeten über Sex.

Ein Mittsommertag.

Kairamo hatte das Wort. Das hatte er immer, wenn er es wollte. »Die Geschichte war eigentlich ganz nebensächlich, aber jetzt hat es ja doch den Anschein, dass sie nicht ohne Bedeutung ist. Vor langer Zeit hat irgendein hysterisches Mädchen Antero Kartanos Mutter angerufen und gesagt, sie sollte ihren Sohn in eine Anstalt einweisen lassen. Das Mädchen hatte ihre Forderung nicht näher begründet, aber Kartanos Mutter war trotzdem erschüttert. Offenbar ging es um Sex. Bei der Polizei in Kuopio wurde jedoch nie eine Anzeige erstattet. Die Sache liegt Jahre zurück. Kurz danach ist Kartano aus Kuopio weggezogen und hat hier eine Stelle angenommen.«

Nach Hanhivaaras Ansicht gab es überhaupt keine Sexbesessenen. Jeder Mensch hatte seinen Trieb, beim einen war er stärker ausgeprägt, beim anderen schwächer. Es ging lediglich darum, dass jeder den passend ausgestatteten Partner fand. Und da dies nicht immer der Fall war, mussten unter anderem die Polizisten im Gewaltdezernat unter anderem an Mittsommer arbeiten.

Hanhivaara wollte seine Kollegen und seinen Chef auf den Boden der Tatsachen zurückholen. Erstens, weil er Gespräche über Sex ohne Schnaps und in einer reinen Männerrunde für unnützes Geschwätz hielt, und zweitens, weil die anderen an dem Thema Geschmack zu finden schienen. Er sagte: »Was wissen wir nun eigentlich? Mich interessieren vor allem zwei Fragen. Wer hat den sexbesessenen Antero Kartano ermordet? Und warum?«

Rimpiaho kicherte: »Wir wissen, warum. Nur wer, das wissen wir nicht.«

Hanhivaara fragte: »Und, warum?«

»Weil er sexbesessen war.«

»Marsch, zurück in den Urlaub, Rimpiaho«, kommandierte Hanhivaara.

Kairamo blätterte in dem Stapel von Berichten, der sicher noch anwachsen würde, bevor der Fall aufgeklärt war. Er erklärte: »Wir wissen noch nicht sehr viel. Der Fundort wurde genau untersucht, aber es wurde keine heiße Spur gefunden.« Er schwieg, damit Huhtanen begriff, dass er jetzt an der Reihe war.

Alle sahen Huhtanen an.

Er begann: »Weil Kivimaa nicht hier ist, erläutere ich auch seinen Anteil an den Ermittlungen.«

Rimpiaho unterbrach ihn: »Erläutere, was du willst.«

»Dann beschränke ich mich auf meinen Teil.«

»Alles«, sagte Kairamo.

Huhtanen zog an seiner Pfeife und überlegte, wie er es kurz machen konnte. »Am Tatort lagen Steine. Viele. Aber nicht die Tatwaffe. Die ein Stein gewesen sein kann. Es fanden sich keine Kampfspuren. Der Tatort war also gar nicht der Tatort. Kivimaa sagte, die Leiche sei an den Fundort geschleppt worden. Dafür gab es Indizien auf einer Strecke von etwa zwanzig Metern. Abgeknickte Zweige und so. Aber dann kamen wir auf einen Pfad und die Spuren wurden unergiebig. Kivimaa konnte nicht feststellen, von wo die Leiche angeschleppt worden war. Aber: Keine Tatwaffe.«

Hanhivaara sagte: »Kivimaa hat vermutlich einen ganzen Sack voll Zeug eingesammelt. Vielleicht sollten wir uns den Kram ansehen, auch wenn ich nicht glaube, dass uns das weiterbringt.«

»Die Laborergebnisse kommen später«, bemerkte Kairamo trocken. Er ergriff wieder das Wort. »Anschließend haben wir die nähere Umgebung abgesucht. Kein Hinweis auf das Verbrechen. Die Wohnung des Toten wurde inspiziert und wird zurzeit genauer untersucht. Kein Anzeichen dafür, dass der Mord dort begangen wurde.«

Hanhivaara meldete sich ungefragt zu Wort: »Also, was haben wir bisher?« Und er gab sich selbst die Antwort: »Wir haben einen Haufen Leute, deren Vernehmung fortgesetzt werden muss. Genau genommen haben wir eine ganz hübsche Schar von Verdächtigen. Also haben wir jetzt eine Richtung, in der wir weitermachen können.«

»Genau«, sagte Kairamo, der immer das letzte Wort haben wollte. Er freute sich darauf, die Sitzung beenden zu können, aber daraus wurde noch nichts.

Hanhivaara platzte nämlich mit etwas heraus, was ihm gerade wieder eingefallen war: »Ich habe Kartano gestern Nachmittag gegen halb fünf auf dem Marktplatz gesehen.«

Kairamo, der bereits aufgestanden war, drehte sich abrupt um und starrte Hanhivaara an.

Er sagte nichts, er wartete auf eine Erklärung, wie die beiden anderen Männer.

»Also. Ich habe Kartano auf dem Marktplatz gesehen. Aber das bedeutet lediglich, dass er zu der Zeit noch am Leben und in der Stadt war. Was er danach getan hat, ist offen. Wir sollten ein paar Leute darauf ansetzen.«

Kairamo unterbrach ihn hastig: »Klar. Erzähl mal Genaueres. Wieso ist dir das erst jetzt eingefallen?«

»Es ist mir nicht erst jetzt eingefallen. Ich hatte es nur vergessen. Kartano hat sich mit einer jungen Frau über irgendwelche unwichtigen Dinge unterhalten. Ich habe ein paar Sätze aufgeschnappt, es ging darum, wie sie Mittsommer feiern wollten. Kartano sagte, er hätte nichts Besonderes vor. Natürlich könnten wir die junge Frau über die Zeitungen auffordern, sich zu melden. Vielleicht weiß sie mehr. Unter Mitrunens Gästen war sie jedenfalls nicht.«

Kairamo war ins Schwitzen gekommen und polierte wieder seine Brillengläser.

Er sagte: »Wir müssen nach der Frau fahnden, aber das hat Zeit. Morgen gibt es ja sowieso keine Zeitungen.«

Besonders wichtig fand er die Sache nicht. Er beendete die Sitzung.

Fünfzehn

Hanhivaara gehörte als Polizist zum alten Eisen und war stolz darauf. Die technologische Entwicklung war an ihm vorübergezogen, ohne ihm Schaden zuzufügen. Er wusste, welche Geräte es gab, und konnte einige sogar bedienen, doch er hatte Kairamo schon vor Jahren davon überzeugen können, dass seine Fähigkeiten auf anderen Gebieten sinnvoller eingesetzt werden konnten. Sollte er deshalb seine Position im Team verlieren, würde er eben den Dienst quittieren. Er hatte zwar keine Ahnung, was er dann anfangen würde, glaubte aber ohnehin nicht, dass er seine Position verlieren würde.

Bei den Ermittlungen bestritt er den gemütlichen Teil: Er stellte den Leuten Fragen. Auch das konnte gefährlich werden, aber selbst im Umgang mit rabiaten Zeugen hatte er nur selten Blessuren davongetragen.

Der Mittsommertag war seiner Einschätzung nach der günstigste Tag für Befragungen. Allenfalls Weihnachten eignete sich in gleichem Maß. Es gibt Tage, da wollen die Menschen ihre Ruhe haben. Wenn man sie an einem solchen Tag stört, regen sie sich auf.

Ein aufgebrachter Zeuge ist für den Vernehmungsbeamten ein Glücksfall, denn er gibt sich Blößen. Menschen, die sich unter Kontrolle haben, wägen ab und behalten Geheimnisse für sich. Verärgerte Menschen reden im Zorn alles

Mögliche, um ihren Peiniger loszuwerden. Und der Polizei ist es egal, ob die Leute vor Wut lügen oder die Wahrheit sagen. Beides ist gleich verräterisch.

Hanhivaara brauchte einen Wagen.

Gut. Da mussten sich auch die Verkehrspolizisten in Acht nehmen.

Hanhivaara hatte zuerst telefoniert, wusste also, wohin er zu fahren hatte. Sämtliche Gäste in Mitrunens Sommerhaus waren bereits am Morgen vernommen worden. Aber sie waren nur nach dem Ablauf des Abends, nach einer eventuellen Begegnung mit Kartano und dergleichen gefragt worden. Nun war es an der Zeit, tiefer zu graben, um das Tatmotiv ausfindig zu machen.

Daher arbeitete Hanhivaara am frühen Abend des Mittsommertages immer noch.

Und auch am Sonntag würde er arbeiten. Am Sonntagabend würde er zu Hause sechs Flaschen Bier trinken. Allein oder zu zweit, das war egal, denn sechs Flaschen reichten ohnehin nicht für ein richtiges Besäufnis.

Aber zurück zu diesem Moment.

Hanhivaara im Dienst. Vor einer Tür mit dem Schild *Saarenmaa*.

Wohin war Huhtanen unterwegs? Hoffentlich hatte er einen unangenehmen Auftrag, der mundfaule Kerl. Hanhivaara musste immer lächeln, wenn er an Huhtanen dachte. Ein netter Mensch, aber ziemlich schrullig.

Als die Tür aufging, hätte Hanhivaara viel darum gegeben, nicht eintreten zu müssen. Kauko Saarenmaa legte seinerseits nicht den geringsten Wert auf seinen Besuch. Doch beide waren machtlos gegenüber ihrem Schicksal. Hanhivaara trat ein und hoffte, dass die schreienden Kinder in ihrem Zimmer bleiben würden und nicht angerannt kamen, um ihm an den Hosenbeinen zu hängen. Er hatte nichts gegen Kinder. Kinder waren gute Zeugen, aber diese Kinder waren nicht dabei gewesen und deshalb für die Ermittlungen wertlos. Hanhivaara war im Dienst.

»Guten Tag«, sagte er. »Wissen Sie noch, wie ich heiße?«
»Hanhivaara.«
»Sie haben ein gutes Gedächtnis. Erinnern Sie sich auch, wer Antero Kartano umgebracht hat?«

Saarenmaa wusste augenblicklich, dass der Abend im Eimer war, egal was weiterhin geschehen würde. Hanhivaara sah sich einem resignierten Zweiunddreißigjährigen gegenüber, mit dem er machen konnte, was er wollte.

Saarenmaa machte seinem Frust mit einem Seufzer Luft: »Daran erinnere ich mich nicht. Bitte treten Sie näher.«

Hanhivaara folgte ihm durch einen langen Flur ins Wohnzimmer, setzte sich und sagte: »Nein danke, keinen Kaffee. Reden genügt. Ich bin nicht zum Vergnügen hier, immerhin haben wir Mittsommer.«

Er sah sich um. Wenn er ein Geschmacksrichter gewesen wäre, hätte er gesagt, das Wohnzimmer sei mit schlechtem Geschmack, aber offenbar viel Geld eingerichtet worden, und hätte die Sache auf sich beruhen lassen. Allerdings war er kein Geschmacksrichter.

Er wunderte sich nur, wieso alle Zweiunddreißigjährigen mehr Geld zu haben schienen als er.

»Sie spielen den schrulligen Polizisten, oder?«, bemerkte Kauko Saarenmaa.

»Ich spiele gar nichts«, sagte Hanhivaara trocken, zog seinen Block hervor und zückte den Kugelschreiber.

»Sie haben bisher ausgesagt, dass Sie Antero Kartano gestern nicht zu Gesicht bekommen haben, dass Sie nicht wissen, wie und warum er in die Nähe des Sommerhauses gekommen ist, und dass Sie nichts gegen ihn haben. Stimmt das alles?«

»Ja.«
»Stimmt nicht.«

Hanhivaara beobachtete die Wirkung seines einfachen, kurzen Satzes. Sie war überraschend stark. Saarenmaa wurde blass, und Hanhivaara wusste, dass man diese Reaktion nicht vortäuschen kann. Also trafen die Informationen zu, die er bekommen hatte.

Hilkka Saarenmaa kam ins Wohnzimmer, zog die Tür hinter sich zu und sagte: »Ihr bleibt draußen.« Die Kinder gehorchten und Hanhivaara war zufrieden.

»Wi-wieso nicht?«

»Hören Sie auf zu stottern. Noch habe ich Ihnen keinen Mord zur Last gelegt. Nur eine Lüge«, knurrte Hanhivaara.

»Worum geht es denn?«, fragte Hilkka Saarenmaa.

»Er behauptet, dass ich lüge«, erklärte ihr Mann.

»Er lügt nie«, sagte Hilkka Saarenmaa.

Ihre Leichtgläubigkeit ist zum Erbarmen, dachte Hanhivaara.

Er räusperte sich und fuhr fort, wobei er jede Silbe artikulierte, als spreche er mit den Kindern, die gar nicht im Zimmer waren: »Ich stelle Ihnen jetzt eine unzweideutige Frage, für die ich einen guten Grund habe. Ich erwarte eine unzweideutige Antwort. Habe ich mich klar ausgedrückt?«

Er wartete. Die beiden nickten zögernd.

»Warum haben Sie Kartano gehasst?« Die Frage war an den Mann gerichtet.

»Ich habe ihn nicht gehasst.«

»Er hat Kartano nicht gehasst«, wiederholte die Frau.

Nun war es Hanhivaara, der seufzte: »Ich dachte, Sie hätten verstanden, was ich gerade gesagt habe.«

»Warum hätte ich ihn hassen sollen?«, fragte Saarenmaa. Er wollte Hanhivaara nicht ärgern, er reagierte ganz instinktiv.

»Genau das war meine Frage.«

Saarenmaa wand sich immer noch: »Wer sagt denn, dass ich ihn gehasst habe?«

Geht das wieder los, dachte Hanhivaara. Nicht mal am Mittsommertag bekommt man auf eine einfache Frage eine einfache Antwort.

»Soll ich nochmal von vorn anfangen?«, fragte er unwirsch.

Saarenmaa kapitulierte. Er hatte bereits resigniert, als Hanhivaara die Wohnung betrat, aber nun gab er endgültig auf.

Er sagte: »Kartano war eigenartig.«

»Eigenartig sind wir alle«, meinte Hanhivaara. Zumindest einer von uns, dachte Saarenmaa, hielt aber zu seinem Glück den Mund.

Hanhivaara fuhr fort: »Immerhin sind wir ein Stück vorangekommen. Eigenartigkeit ist aber kein Grund, jemanden zu hassen. Nur Konformisten hassen eigenartige Menschen und so einer sind Sie doch nicht.« Er wollte Saarenmaa schmeicheln, denn dass der ein waschechter Konformist war, hatte er sofort gemerkt.

»Natürlich nicht. Jeder nach seiner Art.«

Hanhivaara machte dem Phrasendreschen ein Ende: »Nun stecken wir schon wieder fest. Dabei waren wir gerade erst in Fahrt gekommen.«

»Ich meine, jeder hat das Recht, eigenartig zu sein, aber niemand sollte seine Macken an anderen auslassen und ihnen das Leben schwer machen.«

»Und Kartano war so ein Typ?«

»Ja.«

»Wie äußerte sich das?«

»Er hat mir Unterschlagung vorgeworfen.«

»Oho«, entfuhr es Hanhivaara und das war keine einstudierte Reaktion. Tauchten jetzt endlich Motive auf? Hilkka Saarenmaa sah ihren Mann verstört, beinahe entsetzt an.

Hanhivaara sagte: »Aber Sie haben nichts unterschlagen?«

»Natürlich nicht.«

»Wir werden das überprüfen.«

»Nur zu. Kartano behauptete, er hätte in den Büchern Fehlbeträge gefunden. Wenn das stimmt, bin ich jedenfalls nicht dafür verantwortlich.«

»Kauko ist kein Verbrecher«, sagte die Frau, die jetzt neben ihrem Mann saß und seine Hand hielt.

Sie hat ihren Platz gefunden, dachte Hanhivaara.

»Wann wurde diese Anschuldigung gemacht?«

»Vor ein paar Tagen. Am Mittwoch, glaube ich.«

»Was haben Sie unternommen?«

»Nichts.«

»Ist das etwa normal?«

»Wieso?«

»Wenn Sie so unschuldig sind, wie Sie behaupten, hätten Sie doch Krach schlagen müssen, eine gründliche Untersuchung fordern, was weiß ich.«

Saarenmaa rang die Hände. Er sah aus wie ein Mann, der sich sein Verhalten selbst nicht erklären kann.

»Zuerst war ich einfach erschrocken. So ein Vorwurf jagt einem Angst ein, selbst wenn man nichts zu befürchten hat. Dann dachte ich, Antero hätte Spaß gemacht. Er hatte einen seltsamen Humor. Später wollte ich dann herausfinden, was er nun wirklich meinte, und habe mich mit ihm verabredet.«

»Haben Sie sich getroffen?«

»Ja.«

»Wann und wo?«

»Das spielt doch keine Rolle.«

Hanhivaara musste wieder den Oberlehrer spielen: »Ich behalte mir die Entscheidung vor, was eine Rolle spielt und was nicht. Jede Frage, die ich stelle, hat einen Zweck und ich erwarte auf jede Frage eine Antwort. Können wir jetzt weitermachen?«

Saarenmaa sah aus wie der Inbegriff eines nervösen Verbrechers. Er benahm sich wie jemand, der etwas zu verheimlichen hat und den anderen zu verstehen geben will, dass er etwas zu verheimlichen hat. Er rutschte unruhig hin und her, rieb sich die Hände am Taschentuch trocken und sah seine Frau flehend an. Saarenmaa hatte nicht das Zeug zum Verbrecher. Oder er war ein Meister der doppelten Täuschung. Man konnte nie sicher sein; es gab immer zwei Möglichkeiten. Hanhivaara dachte bei sich, dass der Polizistenberuf einen Menschen unausweichlich zum Skeptiker macht.

Saarenmaa sagte: »Ich habe mich am Mittwochabend mit Antero getroffen.«

»Und was ist passiert?«

»Eigentlich nichts. Oder doch. Ich habe versucht, ihm die Wahrheit über die Unterschlagungsgeschichte zu entlocken. Aber er weigerte sich, irgendwelche Auskünfte zu geben. Er sagte, er wolle erst darüber sprechen, wenn er alle Beweise beieinander hätte. Stattdessen fuhr er mit seinem Wagen zu Mitrunens Sommerhaus. Ich musste ihm den Weg zeigen.«

»Warum wollte er dahin?«, fragte Hanhivaara, der nun wusste, wessen Fingerabdrücke sich in Kartanos Auto befanden.

»Ich weiß nicht. Er schlug vor, mit Mitrunen über die Sache zu reden, und versprach, dabei Genaueres zu erklären.«

»Moment mal. Sie haben doch gerade gesagt, er hätte sich geweigert, darüber zu reden, bevor er der Sache auf den Grund gegangen sei.«

»Ich habe Ihnen doch erklärt, dass er eigenartig war. Niemand wurde schlau aus ihm ... Wir sind zum Sommerhaus gefahren, aber Mitrunen war nicht da. Das schien Antero allerdings nicht zu stören. Er wirkte eher erleichtert. Er hat sich umgeschaut und dann sind wir zurückgefahren. Unterwegs hat er sich wieder geweigert, Genaueres über seine Anschuldigung zu sagen. Ich muss gestehen, dass mir allmählich der Kragen platzte.«

»Interessant«, murmelte Hanhivaara. Er machte eifrig Notizen, ein seltsames Gewirr aus Schlüsselwörtern, Abkürzungen und ganzen Sätzen, das außer ihm keiner entziffern konnte. Aber das war auch nicht nötig.

»Wieso?«, fragte Saarenmaa.

»Warum ist er wohl zu Mitrunens Sommerhaus gefahren?«, setzte Hanhivaara sein Selbstgespräch fort. »Er war noch nie dort gewesen, denn er brauchte jemanden, der ihm den Weg zeigte. Und offenbar plante er, wieder hinzufahren, sonst wäre er später nicht dort gefunden worden.«

»Antero war aber nicht eingeladen. Das wissen Sie doch schon.«

»Wenn er eingeladen gewesen wäre, hätte er nicht ein paar Tage vorher hinzufahren brauchen. Dann hätte ihm Mitrunen nämlich gesagt, wie er hinkommt.«

Hanhivaara betrachtete den unruhigen Mann, der ihm gegenübersaß, und kam zu dem Schluss, dass er im Wesentlichen die Wahrheit gesagt hatte. Dafür sprach ein klarer Fakt: Wenn Saarenmaa Antero Kartano ermordet hätte, um nicht bei einer Unterschlagung erwischt zu werden, würde er nicht ausgerechnet über die Tat sprechen, deren Aufdeckung er durch den Mord hatte verhindern wollen. Das schloss allerdings eine andere Möglichkeit nicht aus: Vielleicht hatte er Kartano aus einem anderen Grund getötet, und die Unterschlagung hatte mit der Sache nichts zu tun. Womöglich hatte Saarenmaa die Geschichte frei erfunden.

Hanhivaara dachte nach. Irgendeine Bemerkung von Saarenmaa rumorte in seinem Kopf.

Endlich fiel ihm die Frage ein: »Wem hatte Kartano sonst noch von der Unterschlagung erzählt?«

»Das weiß ich nicht, aber aus seinen Worten habe ich geschlossen, dass er mit niemandem darüber geredet hatte.«

»Das bringt uns zu einer wichtigen Frage: Warum gerade mit Ihnen?«

»Die Frage kann ich nicht beantworten. Vielleicht wollte er mich nur ärgern. Er hat zwar behauptet, er hätte es mir gesagt, weil ich der Hauptverdächtige wäre. Aber ich glaube, er wollte mich nur triezen.«

»Er konnte Sie nicht leiden?«

»Er hat wahrscheinlich keinen leiden können. Er war ein komischer Kauz. Wussten Sie, dass er in einem anderthalb Meter hohen selbst gebauten Bett geschlafen hat?«

»Sie waren also in seiner Wohnung?«

»Ein einziges Mal. Am Mittwoch, als wir verabredet waren.«

»Hatte er einen bestimmten Grund, Sie nicht zu mögen?«

Saarenmaa sah seine Frau an. Hanhivaara erkannte die Bedeutung dieses unbeabsichtigten und unbewussten Blicks, aber Hilkka Saarenmaa verstand ihn falsch. Sie sagte: »Warum sollte Kartano meinen Mann gehasst haben?«

»Genau das habe ich ja gefragt«, versetzte Hanhivaara. Leicht zu durchschauende Menschen langweilten ihn.

Die Frau war schön, auf dieselbe unpersönliche Art wie die Schönheitsköniginnen. Sie trug die Haare kurz, vielleicht in dem Versuch, burschikos zu wirken. Sie war schlank, hatte kleine Brüste und eine schmale Taille. So hoch gewachsen wie die Schönheitsköniginnen war sie nicht; Hanhivaara schätzte sie auf höchstens eins fünfundsechzig. Und sie hatte einen Fehler: Sie war nicht unbedingt mit Intelligenz gesegnet. Fünfundneunzig, dachte Hanhivaara, eher fünfundneunzig als hundertfünf.

Dann stellte er seine nächste Frage: »Haben Sie irgendwem von Kartanos Anschuldigungen erzählt?«

»Gerüchte, die einen selbst betreffen, verbreitet man nicht unbedingt. Oder was glauben Sie?«

»Ich glaube gar nichts. Aber Sie haben meine Frage nicht beantwortet.«

Saarenmaa sah ein, dass er mit Ausflüchten nicht mehr weiterkam.

Als wäre es ihm eben erst eingefallen, gab er zu: »Dahlberg gegenüber habe ich es erwähnt. Ich war aufgebracht oder in Gedanken oder sonst was. Es ist mir rausgerutscht, ehe ich es merkte.«

»Ihrer Behauptung nach …«

»Kauko lügt nicht«, warf die Frau erschrocken ein.

»Ihres Wissens hatten also Kartano, Dahlberg und Sie selbst Kenntnis von der Sache?«

Widerstrebend ließ die Frau die Hand ihres Mannes los, der sofort anfing, seine Hände an seiner hellen Sommerhose zu reiben. Binnen kurzem würde das helle Kleidungsstück dunkel und von Schweißflecken übersät sein. Dann würde er seiner Frau Nachlässigkeit vorwerfen. Saarenmaa wirkte wie ein Mann, der die Schuld an seinem Äußeren seiner Frau zuschob. Im Moment steckte er allerdings zu tief in der Klemme, um irgendwem etwas vorzuwerfen. Später, wenn (oder falls) die unangenehme Situation hinter ihm lag, würde er seiner Frau eine Menge Ärger bereiten, und sie würde sich bereitwillig fügen, weil sie es nicht anders kannte.

Saarenmaa fuhr fort: »Es kann sein, dass noch mehr Leute davon wussten. Vielleicht hat Antero auch mit anderen gesprochen.«

»Ich hatte Ihren Worten entnommen, dass er noch nicht bereit war, seine Anschuldigungen öffentlich vorzubringen.«

»Das hat er mir gegenüber behauptet. Aber was er anderen gesagt hat, kann ich natürlich nicht wissen.«

Hanhivaara hatte den Eindruck, sein Zeuge versuche, ihm die Grundlagen der Polizeiarbeit beizubringen. Das behagte ihm zwar nicht, aber er sah keine Veranlassung, wütend oder auch nur beleidigt zu sein. Vielleicht hatte Saarenmaa nicht die Absicht, ihn zu belehren, sondern sagte einfach nur, was er dachte. Ungewöhnlich in einer solchen Situation, bemerkte Hanhivaara bei sich.

»Was tun Sie, gnädige Frau?«, fragte er.

»Nichts. Wieso? Ich sitze doch nur hier.«

Eher fünfundneunzig als hundertfünf, dachte Hanhivaara und erklärte: »Ich meine, beruflich.«

»Meine Frau ist Betriebswirtin«, sagte Saarenmaa.

Sie schienen die ganze Zeit füreinander zu sprechen und sich gegenseitig zu verteidigen. Untypisch für ein Ehepaar: Normalerweise beschuldigten die Partner einander.

Hilkka Saarenmaa knüpfte an die Bemerkung ihres Mannes an: »Ich bin Betriebswirtin, aber zurzeit nicht berufstätig. Wir haben zwei Kinder, ich arbeite im Haus. Ich mag Kinder. Leute, die keine wollen, sind mir ein Rätsel. Kinder sind wunderbar.«

»Aha«, sagte Hanhivaara, wobei er nur den Teil ihres Ergusses meinte, der sich auf seine Frage bezog. »Woher kannten Sie Kartano? War er ein Freund der Familie oder vielleicht ein ehemaliger Geliebter?«

Diesmal war es die Frau, die ihren Mann flehend ansah, doch in ihrem Blick lag keine verborgene Bedeutung. Hanhivaara entnahm ihm lediglich, dass sie gleich in Tränen ausbrechen und fragen würde, wer behauptet hatte, sie wäre Kartanos Geliebte gewesen.

Hanhivaara behielt fast immer Recht.

Hilkka Saarenmaa sagte: »Ich habe Kartano gar nicht gekannt. Wer behauptet, ich hätte was mit ihm gehabt?« Dann stiegen ihr zwei große Kullertränen in die Augen. Sie wandte sich an ihren Mann: »Ehrlich. Ich habe nie etwas mit Kartano zu tun gehabt. Du glaubst mir doch?«

Saarenmaa sah sie kühl an und Hanhivaara stellte fest, dass er sich nicht getäuscht hatte. Von ihrem Mann hatte sie keinen Trost mehr zu erwarten. Also doch ein typisches Ehepaar: Sie verteidigten einander gegen eine Bedrohung von außen, aber gegenüber dem Partner waren sie wehrlos. Die Zeit der Vorwürfe würde beginnen, sobald Hanhivaara gegangen war. Er hatte die Saat des Zweifels in Saarenmaas männliches Ego gesät.

Da Hanhivaara ein herzensguter Mensch war, versuchte er, die Frau zu retten: »Niemand hat so etwas angedeutet. Ich habe nur eine Hypothese in den Raum gestellt und eine verneinende Antwort bekommen. Damit bin ich zufrieden. Ich glaube Ihnen. Trotzdem finde ich es seltsam, dass Sie Kartano überhaupt nicht gekannt haben.«

Sie sagte: »Wir werden sehr selten eingeladen und haben selbst auch nur ganz selten Besuch. Ich kenne nicht viele Leute.«

»Unser Zuhause ist unser Zuhause. Wir führen unser eigenes Leben und brauchen keine anderen«, erklärte Saarenmaa mit der Selbstsicherheit eines Mannes, der seiner Frau trotzdem einen Keuschheitsgürtel anlegt, bevor er das Haus verlässt.

»Mein Mann hat viele Bekannte«, sagte die Frau.

In ihrer Seele schien doch noch ein kämpferischer Funke zu glimmen. Vielleicht fehlten ihr die Voraussetzungen für eine offene Rebellion, aber völlig unterworfen hatte sie sich noch nicht. Vermutlich hatte sie gerade die heftigste Anklage gegen ihren Mann geäußert, zu der sie fähig war. Weiter wagte sie sich nicht.

Aber die gemeinsame Front bröckelte.

Hanhivaara bereute es, dass er dem Ehepaar nun endgültig die Mittsommerfreude verdorben hatte. Vielleicht hatten sie gestern Abend noch Spaß gehabt. Aber irgendwann machte sich latente Unzufriedenheit eben Luft.

»Besprechungen und Kontakte zu anderen Menschen sind Teil meines Berufs, ob es mir passt oder nicht.« Saarenmaa hatte sich an Hanhivaara gewandt, doch die Worte waren für seine Frau bestimmt. Sie hatte die Erklärung schon öfter gehört und glaubte halbwegs daran. Hanhivaara dagegen wusste, dass er log.

»Frau Saarenmaa, sind Sie Kartano jemals begegnet?«

»Nie.« Die Antwort kam mit überraschender Festigkeit.

»›Nie‹ erscheint mir unter den gegebenen Umständen etwas vermessen«, wandte Hanhivaara ein.

»Unter welchen Umständen?«, fragte der Mann.

»Es stimmt aber«, beharrte die Frau.

»Aber gesehen haben Sie ihn schon mal?«

»Ich habe ihn nie gesehen.«

»Woher wissen Sie das?«, fragte Hanhivaara und brachte die Frau endgültig aus dem Konzept. »Er könnte zum Beispiel im selben Laden eingekauft haben wie Sie. Möglicherweise haben Sie ihn hundertmal gesehen, ohne zu wissen, wer er ist. Vielleicht haben Sie beim Warten an der Kasse mit ihm über den Preis von Räucherschinken diskutiert. Sie können sich nicht sicher sein.«

Nun mischte sich Saarenmaa ein: »Was tut das überhaupt zur Sache?«

Hanhivaara überlegte und kam zu dem Ergebnis, dass es auf die eine oder andere Weise durchaus zur Sache gehören konnte. Er sagte: »Kartano war sexbesessen. Durchaus möglich, dass er sich für Ihre Frau interessiert hat, auch wenn er ihr nicht aufgefallen ist.«

»Sexbesessen«, sagte Saarenmaa langsam. Er zeigte nicht die geringste Überraschung über Hanhivaaras Äußerung, die offenherzig, aber absolut unbegründet war, denn sie stützte sich nur auf ein paar vage Aussagen. In Saarenmaas Kopf ratterte es.

»Niemand hat mir an der Fleischtheke unsittliche Anträge gemacht«, sagte Hilkka Saarenmaa.

»Bist du dir ganz sicher?«

»Natürlich bin ich mir sicher. Wenn so etwas vorgekommen wäre, hätte ich dir davon erzählt.«

»Wirklich?«, murmelte Saarenmaa.

Dann wandte er sich wieder an Hanhivaara: »Ich verstehe immer noch nicht, warum Sie meiner Frau so zusetzen. Wenn Antero nicht richtig im Kopf war, hätte er vielleicht sie angegriffen, aber sie doch nicht ihn. Das entbehrt jeder Logik.«

»Widersprüchlich, nicht wahr?«, nickte Hanhivaara. »Aber in jedem Widerspruch steckt eine logische Möglichkeit.«

»Das müssen Sie mir erklären.«

»Kartano wurde an dem Ort gefunden, wo Sie Mittsommer gefeiert haben. Er hat sich eventuell für Ihre Frau interessiert. Das bedeutet natürlich nicht notwendigerweise, dass es Ihre Frau war, die ihn umgebracht hat, wenn Sie verstehen, was ich meine.«

»Ich verstehe sehr gut, was Sie meinen. Und wenn dies, wie ich annehme, keine offizielle Vernehmung ist, wird es Zeit, dass Sie sich verabschieden.«

Saarenmaa hatte seine Courage wiedergefunden. Er war nicht mehr der schicksalsergebene Mann, der Hanhivaara vor gar nicht langer Zeit die Tür geöffnet hatte.

Hanhivaara knipste den Kugelschreiber zu und steckte ihn in die Brusttasche. Den Notizblock schob er in die rechte Seitentasche. Dann stand er auf. Auch er war groß. Er hatte es nicht nötig, Saarenmaas Worte als Rausschmiss zu verstehen. Schließlich konnte er gehen, wann er wollte. Er tat nur seine Arbeit. Wenn er dabei jemandem auf die Füße trat, war es zwar bedauerlich, aber nicht zu ändern.

Auch Saarenmaa war aufgestanden, ebenso seine Frau, klein, zierlich und schön, eine Frau, wie Geschäftsmänner sie sich halten, um sie bei Cocktailpartys vorzuzeigen. Aber nicht Saarenmaa, er schien seiner Frau keine Cocktailpartys zu gönnen. Vermutlich ging sie immerhin gelegentlich ins Theater, wo sie allerdings lieber die *Gräfin Mariza* als *Andorra* sah. Wahrscheinlich hatte sie auch ein paar fundierte Äußerungen über *Gräfin Mariza* parat, die sie einer drittklassigen Theaterkritik entnommen hatte und auf den wenigen Partys anbrachte, zu denen sie mitgenommen wurde. Bestimmt hatte sie am Mittsommerabend viel zu reden, einem der beiden Abende, an denen sie aus dem Haus kam. Der zweite war der Silvesterabend. Auf beide Anlässe musste sie sich durch Zeitungslektüre vorbereiten, das war ihre Aufgabe. Eine Schande, denn es gab bessere Arten, seine Zeit zu verbringen, als das Zeitunglesen. Wenn Hilkka Saarenmaa sich in anderen Kreisen bewegt hätte, hätte sie gewusst, dass die Theaterkritiker bei schlechten Aufführungen schliefen. Nein, sie hätte es nicht geglaubt. Sie hätte es für einen schlechten Witz gehalten. Also war es egal, wie sie ihre Zeit verbrachte.

»Wir werden Sie noch einmal belästigen. Die offiziellen Vernehmungen werden fortgeführt, bis wir den Mörder gefasst haben. Machen Sie mir deshalb keine Vorwürfe. Wenn wir in einer Anarchie leben würden, hätten Sie von mir nichts zu befürchten. Aber dann hätten Sie vielleicht andere Sorgen«, sagte Hanhivaara.

Saarenmaa brachte ihn an die Tür. Seine Frau ging ihre Kinder hüten, die sie so gern hatte.

Die beiden Männer waren nun allein. Und Hanhivaara hatte den flehenden Blick, den Saarenmaa seiner Frau zugeworfen hatte, keineswegs vergessen.

Er fragte: »Was war der andere Grund, weshalb Sie Kartano gehasst haben?«

»Es gibt keinen.«

»Aber er hatte einen Grund, Sie zu hassen. Natürlich, so war es.«

»Er hatte keinen.«

»Eine Frau also?«

Saarenmaa schob Hanhivaara ins Treppenhaus und zog die Tür fast ganz hinter sich zu. »Was wissen Sie darüber?«

»Vielleicht Virpi Hiekkala?«, riet Hanhivaara munter drauflos.

Saarenmaa war einer der Männer, die sich einbilden, jede Frau, mit der sie einmal geschlafen haben, wäre ihnen ewig treu. Deshalb konnte er seinen Stolz nicht verbergen, sondern sagte: »Ich habe Antero einmal eine Frau ausgespannt. Er hat sie nicht gekriegt, obwohl er es immer wieder versucht hat. Ich habe sie gekriegt.«

»Und das hat Kartano gewusst?«

»Vielleicht. Vielleicht auch nicht.«

»Besten Dank«, sagte Hanhivaara und wandte sich ab.

Untreue Männer sperren ihre Frau immer zu Hause ein. Sie haben Angst.

Hanhivaara ging langsam die Treppe hinunter. Auf der Straße blieb er stehen, um sich eine Zigarette anzuzünden. Die Sonne stand immer noch am Himmel. Im Juli würde sie wieder untergehen und dann allmählich ganz in Vergessenheit geraten.

Nun kannte Hanhivaara den Mann. Das genügte ihm, er brauchte nicht den ersten Menschen, den er befragte, festzunehmen. Auch nicht den zweiten. Er kannte nun auch die Frau. Er war ziemlich zufrieden.

Vielleicht würde er auch den dritten noch nicht verhaften. Das blieb abzuwarten.

Sechzehn

Und jetzt? Wer?

Hanhivaara rauchte seine Zigarette im Auto zu Ende. Er wusste, was er wollte: Er wollte zum Abschluss des Tages einen leichten Fall, einen Mann oder eine Frau, jemand, der ihm auf eine klare Frage eine klare Antwort gab. Und er wusste auch, was er tun würde: einen schwierigen Fall wählen, jemanden, der ihm den Tag endgültig verderben würde.

Er stieg wieder aus, ging zur Telefonzelle und wählte Maijas Nummer. Sie nahm beim dritten Klingeln ab. Hanhivaara sagte: »Hanhivaara hier.«

»Kommst du?«, fragte Maija.
»Noch nicht.«
»Komm, wann du willst. Ich warte auf dich.«
Er legte auf.

Im Auto blätterte er im Notizblock. Nur um sich die Zeit zu vertreiben, denn er wusste bereits, zu wem er fahren würde.

Zu Erik Ström. Ström war kein Angestellter, er war Besitzer. Im Laufe der Jahre hatte ihm der Besitz Selbstsicherheit verliehen. Als Besitzer würde er sich wahrscheinlich berechtigt fühlen, Hanhivaara herablassend zu behandeln, ihn womöglich gar zur Schnecke zu machen. Ein Kapitalist und Mittsommer, das war eine Kombination, bei der Hanhivaara einen schweren Stand hätte.

So sah die Beziehung zwischen den Besitzenden und denjenigen aus, die die Gesellschaft beauftragt hatte, den Besitz zu schützen.

Also Erik Ström. Und Hanna Ström, die möglicherweise ebenfalls vermögend war. Oder auch nicht. Aber nach langjährigem Aufenthalt in der Welt der Reichen war sie sicher nicht weniger borniert, selbst wenn sie persönlich außer ihrem Mann nichts besaß. Vermutlich hielt sie Mord für vulgär und kannte Polizisten nur aus dem Fernsehen. Infolgedessen würde sie sich in eins der Schlafzimmer im Obergeschoss zurückziehen, an einem Gläschen Sherry nippen und sich irgendeine beliebige Fernsehsendung anschauen, in der festen Überzeugung, dass das, was sie dort sah, wirklicher war als der schmuddelige, vielleicht sogar leichten Schweißgeruch verströmende Polizist im Erdgeschoss. Seltsam, denn sie hatte sicherlich Agatha Christie gelesen und wusste, dass auch in besseren Kreisen …

Hanhivaara hatte den Verdacht, dass mit seinem Wagen etwas nicht stimmte. Das Gleiche hätte das Auto von Hanhivaara gedacht, wenn es dazu fähig gewesen wäre. Die beiden befanden sich im Stadtteil Pyynikki vor einem großen Holzhaus. An Parkplätzen herrschte kein Mangel. Hanhivaara parkte nicht gern auf beengtem Raum.

Er wusste, dass Ström ihm nicht öffnen würde.

Er hatte Recht. Was Hanhivaara nicht gewusst hatte, war, dass es heutzutage noch schwarze Kleider und kleine weiße Schürzen gab. Doch es gab sie.

Die Frau, die die Tür öffnete, war weder alt noch jung. Sie war das Hausmädchen.

Das Hausmädchen war höflich: »Sie wünschen?«

»Kriminalpolizei, Hauptmeister Hanhivaara. Ich möchte Direktor Ström sprechen.«

Das Hausmädchen war höflich, aber streng: »Bitte treten Sie ein. Ich melde Sie an. Der Herr Kommerzienrat erwartet Sie bereits.«

Hanhivaara wurde angemeldet.

Er hatte gewusst, dass es noch Bibliotheken gibt. Daher war er nicht überrascht, als er sich plötzlich in einem Bibliothekszimmer wiederfand.

Ström war betrunken. Er ließ es sich nicht anmerken. Aber betrunken war er.

Ström war außerdem sehr höflich: »Bitte nehmen Sie Platz. Ich habe Sie schon erwartet.«

Hanhivaara setzte sich und sagte Danke; er nahm sogar eine Zigarre an.

Ström sagte: »Sie kommen allein. Arbeiten Sie nicht üblicherweise zu zweit?«

Aha, jetzt geht es los, dachte Hanhivaara und erwiderte: »Ich bin der, der schreiben kann. Zum Lesen bin ich nicht hier.«

Ström lachte: »Sie sind ein Mann der schnellen Schlüsse und allzu bereit, Menschen misszuverstehen. Vielleicht macht das die Gewohnheit. Ich kenne den Polizistenwitz, auf den Sie anspielen, aber so hatte ich es nicht gemeint. Ich war nur davon ausgegangen, dass die Anwesenheit von zwei Polizisten notwendig ist, damit Sie später meine Aussage gegen mich verwenden können. Sonst kann ich sagen, was ich will, und nachher behaupten, so etwas hätte ich nie gesagt.«

Hanhivaara hoffte, dass er nicht rot geworden war. Scheinbar ungerührt erklärte er: »Das hier ist keine offizielle Vernehmung. Ich werde Ihnen einige Fragen stellen und einen Bericht über unser Gespräch schreiben. Das heißt aber nicht, dass Sie mir irgendeinen Mist erzählen können. Im Aufsichtsrat Ihrer Firma hat mein Wort zwar kein Gewicht, aber vor Gericht schon. Ich denke, ich habe wesentlich öfter vor Gericht ausgesagt als Sie. Und bisher hat noch kein Richter an meiner Aufrichtigkeit gezweifelt.«

»Wenn es sich um ein inoffizielles Gespräch handelt, trinken Sie sicher einen Kognak mit«, sagte Ström, der das Missverständnis bereits vergessen hatte und Hanhivaaras Ausbruch akzeptierte.

»Nein danke«, erwiderte Hanhivaara. Er hätte hinzufügen können, dass er an Mittsommer nie Alkohol trank. Aber er war Ström keine Erklärung schuldig. Außerdem hatte er schon einmal gegen seinen Vorsatz verstoßen.

»Ein prächtiges Haus haben Sie.«

»Danke. Ja, ich habe ein schönes Haus. Ich besitze noch viele andere schöne Dinge. Unter anderem ein schönes Auto. Früher hatte ich auch eine schöne Frau. Jetzt habe ich eine Frau. Und wissen Sie, woran mir am meisten liegt?«

»An dem prächtigen Auto«, meinte Hanhivaara.

»Hören Sie auf, mich anzupflaumen, nur weil Sie weniger wohlhabend sind als ich.«

Hanhivaara schwieg, denn er wollte auch den Rest hören. Ström war vollschlank; seine Leibesfülle war möglicherweise eine Folge von zu gutem und zu reichlichem Essen und zu viel Alkohol. Vielleicht hatte er auch zu wenig Bewegung.

Fett war er jedoch nicht und er schnaufte auch nicht. Hanhivaara hatte noch nicht viele abstoßende Eigenschaften an ihm entdeckt, obwohl er ihn schon seit mehreren Minuten kannte.

»Von all dem ist mir meine Frau am liebsten«, sagte Ström. »Besitz ist etwas, was man anhäuft und bewahrt. Aber seine Frau liebt man. Das ist ein gewaltiger Unterschied.«

Hanhivaara schwieg noch immer. Er war im Schubladendenken befangen und erwartete immer noch Herablassung und Anmaßung. Er hatte sich wirklich einen schweren Brocken ausgesucht, denn er musste seine Vorurteile überdenken.

In Ströms Worten lag nämlich keine Spur von Sentimentalität oder Heuchelei.

»Finden Sie es merkwürdig, dass ein Mann in meiner Position seine Frau liebt?«

»Ich finde gar nichts merkwürdig«, erwiderte Hanhivaara. Nicht gerade eine brillante Antwort. Eigentlich war er selbst ein Heuchler. Und er bekam seinen Gesprächspartner nicht in den Griff.

»Glauben Sie ja nicht, der ständige Kontakt mit der Welt des Verbrechens hätte Ihnen mehr Lebenserfahrung verschafft, als ich sie im Geschäftsleben erworben habe.«

»Das würde mir nicht im Traum einfallen«, sagte Hanhivaara.

Er hätte am liebsten hinzugefügt, dass zwischen beidem kein nennenswerter Unterschied bestand. Nur betrachteten Geschäftsleute Wirtschaftsverbrechen nicht als kriminelle Delikte, sondern entweder als Sport oder als rechtmäßige Vermögensumschichtung.

Ström zog die Augenbrauen hoch. Er sah nicht verärgert aus, doch Hanhivaara wusste nicht, dass er sich seine Verärgerung nie anmerken ließ. Tatsächlich war er wütend, denn er hielt sich für einen ehrlichen Geschäftsmann.

Er sagte: »Ich weiß, was Sie denken und was Ihnen gerade auf der Zunge lag. Ich sehe es Ihnen an.«

»Was Sie sehen, ist mir egal. Ich bin hier, um Sie zu fragen, ob Sie einen Mann namens Antero Kartano ermordet haben, der in Ihrer Firma beschäftigt war. Dieselbe Frage möchte ich auch Ihrer Frau stellen, falls Sie im Hause ist.«

»Das ist sie. Im Moment hält sie sich in ihrem Zimmer im Obergeschoss auf. Aber Sie werden noch Gelegenheit haben, mit ihr zu sprechen.«

Hanhivaara spielte mit dem Gedanken, ihn zu fragen, ob seine Frau Sherry trank und Agatha Christie las. Er wollte wenigstens in einem Punkt Recht behalten.

»Liest Ihre Frau Agatha Christie?«

»Sie hat alles von ihr gelesen.«

»Was ist nun mit dem Mord?«

»Ich habe Kartano nicht umgebracht.«

»Wer war es dann?«

»Sie machen es sich wirklich leicht.«

»Es lohnt sich nicht, die Dinge komplizierter zu machen, als sie ohnehin schon sind.«

»Sie wissen doch, dass ich nicht weiß, wer ihn umgebracht hat.«

»Dann sagen Sie es.«

Ström war einigermaßen verblüfft, aber er kam Hanhivaaras Forderung nach: »Ich weiß es nicht.«

»Wir machen Fortschritte.«

»Tun wir das? Wirklich?«, fragte Ström gelassen.

»Erzählen Sie mir etwas über Kartano.«

Ström war selbst in angetrunkenem Zustand kein Stümper. Er zog eine Schublade an seinem Schreibtisch auf und nahm eine Akte heraus. Es war eine dünne Mappe aus grünem Karton, die an den Ecken mit einem Gummiband zusammengehalten wurde. Ström öffnete sie mit geübtem Griff.

Er sagte: »Antero Kartano.«

»Kartano war kein wichtiger Mann. Seine Akte ist ziemlich dünn«, bemerkte Hanhivaara.

»Das stimmt, wichtig war er nicht. Aber er war der richtige Mann am richtigen Platz. Einen Buchhalter kann man jederzeit durch einen anderen ersetzen, doch dazu bestand kein Anlass. Er war ein guter Mitarbeiter.«

Ström blätterte in den Papieren, die in der Mappe lagen. Die beiden dicken Zigarren verströmten einen angenehmen, entspannenden Geruch.

»Ich kann Ihnen einen kurzen Überblick geben, wenn Sie wollen.«

»Deshalb bin ich hier.«

Ström begann. Er drückte sich klar und präzise aus; sicher hatte er vorher geübt.

»Kartano hat vor mehr als fünf Jahren bei uns angefangen. Er hatte Wirtschaftswissenschaften studiert und zwei Jahre Berufserfahrung gesammelt, in zwei verschiedenen Firmen. Beide Male hatte er selbst gekündigt und gute Zeugnisse bekommen. Bei seinem letzten Arbeitgeber habe ich angerufen und gefragt, ob sein Zeugnis den Tatsachen entspricht. Unter Bekannten tut man das gelegentlich. Nichts Negatives. Kartano war ein zuverlässiger Mitarbeiter gewesen und ein angenehmer Kollege, wenn auch etwas introvertiert; gesellige Menschen hätten ihn vielleicht als Eigenbrötler bezeichnet. Er hatte gleich nach dem Abitur seinen Wehrdienst geleistet und die Offiziersausbildung mit Auszeichnung absolviert. Dann habe ich hier noch diverse Maße wie Größe, Gewicht und Alter. Aber diese Informationen liegen Ihnen sicher bereits vor, sofern sie überhaupt relevant sind. Seine Universitätszeugnisse waren hervorragend. Das Einstellungsgespräch habe ich persönlich geführt. Er wirkte ausgesprochen höflich und wohl erzogen. Für einen Mann war er ein wenig zu schön, fand ich. Aber vielleicht war ich auch nur neidisch. Ich selbst war nämlich nie besonders schön.«

»Aber Sie waren immer reich. Man kann nicht alles haben«, sagte Hanhivaara. Allmählich bereitete ihm sein eigenes Benehmen Sorgen; er war absichtlich gemein zu einem Mann, der sich der Polizei gegenüber völlig korrekt verhielt.

»Und womit wurden Sie bedacht, mit Reichtum oder Schönheit?«, konterte Ström.

»Bleiben wir bei Kartano. Bisher haben Sie mir noch nichts Interessantes gesagt.«

»Was interessant ist, muss jeder selbst entscheiden. Mein Interesse konzentriert sich auf die Punkte, die im Hinblick auf die Arbeit wichtig sind. Wenn Sie allerdings wissen wollen, welche Hobbys er hatte, kann ich Ihnen auch darüber Auskunft geben. Ich habe mich mit ihm unterhalten und ich vergesse nie etwas. Man behauptet allgemein, ich wäre ein Säufer, aber für einen Säufer habe ich ein gutes Gedächtnis. Kartanos Hobbys waren respektabel. Er hörte gern Musik, am liebsten Mozart, aber er meinte, er sei da flexibel. Er las gern Bücher, hatte aber keinen Lieblingsautor oder wollte ihn mir nicht verraten. Außerdem sagte er, er spiele gern Tennis.«

Hanhivaara kaute auf seinem Stift herum. Er hörte aufmerksam zu. Zwar hatte er behauptet, Ström habe ihm nichts Interessantes mitgeteilt, doch in Wahrheit fand er seit jeher jede Information über ein Mordopfer hochinteressant.

»Er nannte also Musik, Literatur und Tennis als Hobbys. Tat er das, um kultiviert zu wirken? Man muss immerhin bedenken, mit wem er sprach. Wissen Sie, ob er diesen Hobbys wirklich nachging? Hat er auf irgendeine Art angedeutet, dass er sich gern mit Frauen beschäftigt – oder mit Männern?«

Ström fürchtete offenbar Entzugserscheinungen, denn er goss sich Kognak nach. »Ich bin kein Polizist. Aber wir haben uns über ein Violinkonzert von Mozart unterhalten. Er schien es gut zu kennen. Auch über einige Bücher haben wir gesprochen, über welche, weiß ich nicht mehr. Er schien eine Vorliebe für geistreiche Zitate zu haben.«

»Selbst ich weiß, wo die zu finden sind. Dabei bin ich nur Polizist.«

»Ich bin durchaus in der Lage zu erkennen, ob jemand in einer Zitatensammlung gewildert oder ein ganzes Buch gelesen hat. Das Gespräch liegt allerdings einige Jahre zurück. Ich bin mir nicht mehr sicher, wie ich Kartano eingestuft habe. Jedenfalls kannte er eine Menge Namen.«

»Sicher haben Sie sich auch nach seiner Lebensweise erkundigt. Zum Beispiel, was Frauen betrifft.«

»Ich spreche mit anderen Männern nicht über Frauen. In dem Punkt bin ich eigen.«

»Versuchen Sie, sich an die Zitate zu erinnern. Worum ging es da?«

Ström blätterte in seinen Unterlagen. »Wollen Sie wissen, wo er geboren wurde?«

»In Kuopio.«

»Ich versuche nachzudenken.«

»Sie haben doch angeblich ein so hervorragendes Gedächtnis.«

»Ich habe ein gutes Gedächtnis. Kein hervorragendes. Ein Gespräch, das vor fünf Jahren stattgefunden hat, kann ich nicht Wort für Wort wiedergeben. Le Rochefoucauld schien ihn besonders zu faszinieren. Und was kann man daraus schließen?«

»Sie werden es mir sicher verraten.«

»Le Rochefoucauld war ein Meister im Aufdecken von Schwächen, bei Menschen wie bei Dingen.«

»Auch bei Frauen?«

»Warum fragen Sie die ganze Zeit nach Frauen?«

»Ich habe meine Gründe.«

Ström schloss die Augen, als wolle er den Eindruck erwecken, er durchforste sein Gedächtnis. Er lehnte sich in seinem Stuhl zurück, oder besser gesagt der Stuhl lehnte sich zurück und Ström mit ihm. Auch Hanhivaara hatte einmal einen Schaukelstuhl besessen, aber er hatte zu heftig darin geschaukelt. Die Folge waren geringfügige Prellungen und die Abschaffung des Stuhls gewesen. Aber Ströms Schaukelstuhl war anders konstruiert.

Es blieb still. Ström schien eingenickt zu sein. Er schrak auf, als Hanhivaara fragte: »War es Ihnen egal, dass Kartano unverheiratet war? Verheiratete Männer und Familienväter bleiben ihrem Arbeitgeber länger treu. Eine Dienstwohnung ist praktisch eine Garantie dafür, dass die Firma eines Tages eine Betriebsrente zahlen muss, falls der Angestellte nicht passenderweise vorher stirbt.«

Ström goss sich Kognak ein.

Dann sagte er: »Ich habe ihn tatsächlich gefragt, weshalb er nicht verheiratet sei. Er gab mir höflich zu verstehen, dass die Frage falsch gestellt sei. Angemessener sei es, sich zu fragen, warum man überhaupt heiraten solle.«

»Ein negativer Kommentar.«

»Mag sein. Vielleicht mochte er Frauen nicht.«

»Doch, er mochte sie. Zu sehr.«

»Woher wissen Sie das?«

Hanhivaara verzichtete auf eine Antwort. Stattdessen erkundigte er sich: »Wie sind Sie später mit ihm ausgekommen? Hat er Ihre Erwartungen erfüllt?«

»Offensichtlich, denn ich hatte danach nichts mehr mit ihm zu tun. Wenn er nicht der richtige Mann gewesen wäre, hätte ich ihn abmahnen müssen. So läuft das in Unternehmen. Wenn jemand seine Arbeit zufrieden stellend erledigt, nimmt das keiner zur Kenntnis. Wer nachlässig arbeitet, fällt auf und wird darauf angesprochen.«

»Eine zynische Einstellung. Und außerberuflich?«

»Privat hatte ich keinen Umgang mit ihm. Wie gesagt, er war ein Einzelgänger.«

»Und er hatte nicht den richtigen Status, oder?«

»Das hat weniger Bedeutung, als Sie glauben, aber vielleicht spielte es auch eine Rolle. In erster Linie lag es aber an Kartanos Persönlichkeit.«

»Was meinen Sie damit? Aus Musik und Büchern ergibt sich noch lange keine Persönlichkeit. Und Tennis ist ein Gesellschaftsspiel.«

»Männer in seinem Alter sind frustriert. In meinem Alter spielen Frustrationen keine Rolle mehr.«

Jetzt fühlte Hanhivaara sich frustriert.

Um sich Luft zu machen, knallte er seinen Block auf den Tisch und stand auf. Er inspizierte das Bücherregal. Eine alte Gewohnheit, gegen die er nicht ankam.

Dann brummte er gereizt: »Was wissen Sie über Kartanos Frustrationen?«

»Ein junger Mann, der einer Frau in meinem Alter nachstellt, muss frustriert sein«, sagte Hanna Ström.

Hanhivaara hatte sie nicht hereinkommen hören. Die Türen in diesem Haus waren wie geschaffen für Einbrecher und heimliche Lauscher. Die Teppiche ebenfalls. Auf diesen Teppichen geht man selbst mit Plastikabsätzen geräuschlos, dachte er.

Jetzt war die Frau jedenfalls da. Sie hielt ein Sherryglas in der Hand. Ihre Augen waren halb geschlossen und matt, als wolle sie mit ihrem Gesichtsausdruck widerrufen, was sie gerade gesagt hatte. Vielleicht hatte Ström Recht: Seine Frau war einmal schön gewesen. In einem anderen Punkt täuschte er sich jedoch: Man musste nicht pervers sein, um sich immer noch für sie zu interessieren.

Jedenfalls hatte Hanhivaara sich nie für pervers gehalten.

Die Frau trat auf ihn zu und reichte ihm die Hand. Hanhivaara vermutete, dass von ihm erwartet wurde, der Dame des Hauses die Hand zu küssen. Das tat er nicht, er schüttelte sie. Manchmal war er gar nichts, dann wieder war er einer der Männer, die nach dem Motto handeln: Alles oder nichts. Handküsse überließ er denjenigen, die sie sich leisten konnten.

Hanna Ström trug eine weiße Hose und eine dünne weiße Bluse mit überweiten Ärmeln. Hanhivaara hätte nicht sagen können, ob sie modisch gekleidet war. Er wusste nur, dass eine andere Frau in einem Restaurant einmal einen ähnlichen Ärmel als Spucktüte benutzt hatte. Niemand hatte etwas gemerkt.

Die Frau sagte mit sanfter Stimme: »Ich bin fünfundfünfzig. Zwei Jahre älter als mein Mann.«

»Das sieht man Ihnen gar nicht an«, sagte Hanhivaara und stellte verblüfft fest, dass er gerade ein Kompliment von sich gegeben hatte.

»Danke. Aber geben Sie sich keine Mühe. Ich weiß, wie alt ich bin, da hilft alles Reden nichts.«

Sie nahm in einem der schwarzen Ledersessel Platz.

Auch Hanhivaara setzte sich wieder und nahm seinen Notizblock zur Hand.

Schweigend musterten sie sich. Hanna Ströms Blick war freundlich, während Hanhivaara seine ausdruckslose Maske aufgesetzt hatte. Er wartete.

»Worauf warten Sie?«, fragte Hanna Ström.

»Dass Sie mir etwas erzählen.«

»Das werde ich tun«, sagte sie mit sanfter Stimme. »Sie wollen wissen, warum ich gesagt habe, dass Antero Kartano einen Annäherungsversuch gemacht hat.«

»Eigentlich möchte ich wissen, warum Sie gesagt haben, ein junger Mann, der Ihnen nachstellt, müsse frustriert sein. Aber das gehört wohl nicht zur Sache.«

»Ich bekomme täglich leere Komplimente zu hören. Aber gut. Aus Ihrem Mund sind sie vielleicht echt. Komplimente gehören nicht zu Ihrer Tätigkeitsbeschreibung. Komplimente sind die Spezialität von Tagedieben – und von Strebern.«

Hanhivaara war wieder der Alte. »Schön und gut. Ich glaube Ihnen ja, dass Sie wissen, wer für Komplimente zuständig ist. Kommen wir zur Sache.«

Die sanfte Stimme sagte: »Antero Kartano war ein junger Mann und er hat mir nachgestellt. Ich hätte mich vielleicht geschmeichelt gefühlt, denn er sah gut aus. Aber sein Verhalten war weniger angenehm.«

»Inwiefern?«

»Das ist schwer zu erklären. Er hat an sich nichts Falsches getan, nur auf die falsche Art. Er fing an, als versuchte er nicht erst, mich ins Bett zu kriegen, sondern hätte mich schon dort. Ich würde sagen, er hatte skrupellose Hände. Er begriff überhaupt nicht, was er tat. Er war kalt und gewissenlos; er hatte keinen Charme, jedenfalls keinen, der auf mich gewirkt hätte. Irgendwie kam er mir gefährlich vor.«

»Gefährlich?«

Hanhivaara hatte die dicke Zigarre, die Erik Ström ihm angeboten hatte, aufgeraucht. Nun steckte er sich eine Zigarette an. Er hatte eine Frage gestellt und wartete auf die Antwort.

Die nicht kam.

»Soll ich meine Frage wiederholen?«

»Ja bitte. Mir war nicht aufgefallen, dass Sie etwas gefragt hatten.«

»Inwiefern erschien Ihnen Kartano gefährlich?«

»Ich hatte einfach den Eindruck. Eine Intuition, ein Gefühl. Seine Annäherungsversuche waren zu direkt, zu unverschämt, um echt zu sein.«

»Vielleicht sind Sie andere Sitten gewöhnt als Kartano. Sie bewegen sich in anderen Kreisen. Er war ein junger Mann und junge Männer sind wahrscheinlich direkter. Wie und wo hat sich das übrigens zugetragen?«

Hanna Ström lächelte: »Sie haben das Gefühl, es könnte nur auf der Tanzfläche gewesen sein.«

»Ehrlich gesagt habe ich das Gefühl, dass ich dringend ein Badezimmer aufsuchen muss. Das ist im Moment mein einziges Gefühl«, sagte Hanhivaara.

»Guter Mann, Sie wissen doch, was in einem solchen Fall zu tun ist. Durch die Tür, Treppe hoch, dann links. Schon sind Sie am Ziel. Aber kommen Sie bitte zurück. Ich möchte noch mit Ihnen reden.«

Hanhivaara stand auf. Er schlug die genannte Route ein und fand die Toilette. Oder richtiger gesagt ein Bad von der Größe seines Schlafzimmers. Er verrichtete sein Bedürfnis, kämmte sich und kehrte in die Bibliothek zurück.

»Sie haben sich gekämmt«, sagte die Frau, die aussah, als hätte sie sich in der Zwischenzeit nicht vom Fleck gerührt. Aber sie musste aufgestanden sein, denn ihr Glas war frisch aufgefüllt.

»Sind Sie nervös?«, fragte sie.

»Kommen wir zur Sache.«

»Und die wäre?«

»Wo ist es passiert?« Hanhivaara vergaß nie, wo er stehen geblieben war.

»In der Bibliothek.« Hanna Ström lächelte ihn an. Sie wartete darauf, dass er seine Verblüffung zeigte.

»Hier in diesem Raum?«

»In der Stadtbibliothek.«

»Merkwürdig.«

»Was?«, fragte Hanna Ström, die keine Ahnung hatte, dass Hanhivaara etwas ganz anderes meinte als sie.

»Dass Sie in die Stadtbibliothek gehen. Können Sie es sich etwa nicht leisten, für Ihre Lektüre zu bezahlen? Was soll denn aus den Schriftstellern werden, wenn nicht einmal mehr die Reichen Bücher kaufen?«

»Versuchen Sie nicht, mir etwas vorzumachen. Was Sie

merkwürdig finden, ist doch die Tatsache, dass jemand mich oder irgendwen sonst in einer Bibliothek belästigt, in aller Öffentlichkeit.«

»Das ist in der Tat ungewöhnlich«, räumte Hanhivaara ein, denn er wollte das Gespräch nicht weiter in die Länge ziehen. Er wollte weg.

»Gerade deshalb wirkte es so bedrohlich. Irgendwie krankhaft.«

»Kannte er Sie?«

»Natürlich.«

»Und Sie? Kannten Sie ihn?«

»Natürlich. Ich kenne mehr oder weniger alle Menschen.«

Hanhivaara war versucht zu sagen, mich kannten Sie jedenfalls bisher nicht. Aber er wollte ja weg.

»Wie haben Sie reagiert?«

»Ich bin gegangen. Ich habe nicht entsetzt gekreischt. Dafür bin ich nicht der Typ.«

Bestimmt nicht, dachte Hanhivaara.

Er drehte sich um und begann: »Herr Ström ...«

»Er schläft«, sagte Hanna Ström.

Ström schlief tatsächlich. Er hatte sich in seinem Stuhl zurückgelehnt, sein Kopf war auf die rechte Schulter gesunken und in der linken Hand hielt er immer noch das Kognakglas. Gleichmäßige, ruhige Atemzüge verrieten, dass er friedlich schlummerte. Ein merkwürdiger Platz und eine merkwürdige Zeit, um friedlich zu schlafen.

Erst jetzt merkte Hanhivaara, dass Hanna Ström eine seltsame Wirkung auf ihn ausgeübt hatte. Er hatte ihren Mann völlig vergessen, sobald sie das Zimmer betreten hatte. Wahrscheinlich war der Mann im selben Augenblick eingeschlafen, denn er hatte kein Wort mehr gesagt. So etwas hatte Hanhivaara noch nie erlebt. Aber vielleicht fand Erik Ström polizeiliche Ermittlungen langweilig.

»Mein Mann ist sehr beschäftigt. Er braucht seinen Schlaf

und er nimmt ihn sich, wann immer er eine Gelegenheit findet«, erklärte Hanna Ström mit nachsichtigem Lächeln.

»Ich werde jetzt gehen«, sagte Hanhivaara.

»Ich begleite Sie zur Tür.«

Sie standen gleichzeitig auf. Die Frau stellte ihr Glas auf den Tisch, schritt in aufrechter, ein wenig koketter Haltung zur Tür und öffnete sie. Seite an Seite gingen sie zur Haustür. Dort drehte Hanhivaara sich noch einmal um und fragte: »Wusste Ihr Mann von Ihrem merkwürdigen Erlebnis?«

»Ich erzähle meinem Mann alles.«

»Trotzdem hat er kein schlechtes Wort über Kartano geäußert, als ich mit ihm gesprochen habe.«

»Ihm sind berufliche Fähigkeiten wichtiger als alles andere.«

»Aber er hat auch nichts gesagt, als ich versuchte, das Gespräch auf Kartanos Verhältnis zu Frauen zu lenken. Sind Sie sicher, dass Sie ihm von dem Vorfall erzählt haben?«

»Absolut.«

Hanna Ström stand dicht vor dem Polizisten, der sich wünschte, er wäre weit weg. Dann küsste sie ihn auf den Mund.

»Es war sehr angenehm, mit Ihnen zu plaudern. Vielen Dank und auf Wiedersehen.«

»Danke, auf Wiedersehen«, stammelte Hanhivaara, dem es kaum gelang, die Fassung zu bewahren. Immerhin bewältigte er die Treppe, ohne zu stolpern.

Auf dem Weg zu Maija überlegte er, wer letzten Endes wem nachgestellt hatte.

»Schön, dass du da bist, ich wollte gerade Kaffee kochen«, begrüßte ihn Maija.

Hanhivaara sagte: »Die Menschen sind seltsam.«

Siebzehn

»Wo wohnt diese Kokkonen?«, fragte Hanhivaara. »Ich will endlich vorankommen. Der gestrige Abend war ein totales Fiasko.«

Hanhivaara wollte möglichst schnell weg. Kairamos Gerede ärgerte ihn. Er war wütend über den vertanen Abend, außerdem war auch die Nacht nicht ganz friedlich verlaufen.

Kairamo wusste, was sein Untergebener meinte, denn Hanhivaara hatte ihm bereits mündlich Bericht erstattet.

Er sagte: »Mit der Unterschlagungsgeschichte befassen wir uns erst morgen. Das ist organisatorisch leichter. Aber in Kartanos Büro könnte sich heute schon mal jemand umsehen.«

»Wo wohnt die Kokkonen?«, fragte Hanhivaara.

»Huhtanen kann das Büro übernehmen, dabei braucht er nicht zu reden.«

Kairamo und Hanhivaara saßen in Kairamos Dienstzimmer. Es war Sonntag. Und bewölkt. Offiziell war Mittsommer vorbei, in der Praxis jedoch noch nicht.

Selbst von Kairamo bekommt man keine klare Antwort mehr, dachte Hanhivaara.

»Du versuchst mit aller Gewalt, eine Art Sexmonster aus Kartano zu machen«, sagte Kairamo. »Ein Polizist darf sich nicht in eine Theorie verbeißen, bevor er ausreichend Beweise hat.«

»Es geht mir ja gerade darum, Beweise zu sammeln. Ich bin länger in diesem Geschäft als du«, erwiderte Hanhivaara, der genau wusste, dass Kairamo Recht hatte.

»Vielleicht zu lange.«

»Keine Drohungen, bitte. Wann ich lange genug in diesem Laden gewesen bin, entscheide ich selbst. Und wenn der Tag kommt, werde ich nicht mehr vor dir sitzen und um eine Adresse betteln.«

Kairamo gab ihm die Adresse.

Daraufhin bat Hanhivaara noch um den Schlüssel zu Kartanos Wohnung; es wurde Zeit, sich diesen ›eigenartigen‹ Ort anzusehen.

»Sie ist versiegelt«, sagte Kairamo.

»Ich klebe ein neues Siegel an«, versicherte Hanhivaara.

Und ging.

Er saß im Auto und versuchte, den Schlüssel aus dem Zündschloss zu ziehen. Nicht etwa dass er dafür zu ungeschickt gewesen wäre. Er hing einfach seinen Gedanken nach. Er war auf dem Weg zu Leena Kokkonen, über die er nicht viel mehr wusste, als dass sie dreiundzwanzig war und studierte. Da Hanhivaara selten mit Studenten zu tun hatte, war ihm nicht ganz klar, wie sich Studenten verhalten. Natürlich hatte er in der Zeitung über ihr Treiben gelesen, aber was in den Zeitungen stand, glaubte er grundsätzlich nicht. Er kannte ein paar sehr nette Studenten. Einmal hatte er sich in einer Kneipe mit einem sehr unsympathischen Studenten unterhalten; es war eine Kneipe gewesen, in der man sich nicht an einen ruhigen Ecktisch zurückziehen konnte, weil es keinen ruhigen Ecktisch gab.

Immer wieder hörte man leidenschaftliche Tiraden über die Studenten. Man warf sie gern in einen Topf mit obskuren Künstlern und Freidenkern. Viele von ihnen führten ein ungebundenes Leben, woran ihre Mitmenschen, die Sklaven einer festen Routine waren, natürlich Anstoß nahmen. Hanhivaara hatte keine Meinung über die Studenten im Allgemeinen. Seine Vorgesetzten konnten zufrieden sein, denn bei der Polizeiarbeit waren Vorurteile hinderlich. Sie führten leicht zu falschen Schlüssen. Falsche Schlüsse wiederum hatten zur Folge, dass Verbrecher frei herumliefen.

Leena Kokkonen studierte Sprachen. Na und? Gar nichts.

Sie war schön, hatte aber offenbar eine Vorliebe für unflätige Ausdrücke. Na und? Gar nichts. Die einen reden so, die anderen so.

Hanhivaaras Unparteilichkeit ging zu weit; allerdings dachte er ganz leise bei sich, dass das überhebliche Auftreten der Frau ein Zeichen für Unsicherheit war.

Leena Kokkonen passte nicht zu den Leuten, in deren Gesellschaft sie sich in der Mittsommernacht befunden hatte.

In diesem Moment trat Leena Kokkonen aus dem Haus, in das Hanhivaara gegangen wäre, wenn er es geschafft hätte, den Schlüssel aus dem Zündschloss zu ziehen.

Sie wandte sich nach rechts; Hanhivaara, froh darüber, dass der Schlüssel noch steckte, ließ den Motor an und folgte ihr. Er überholte sie, hielt nach zehn Metern an und kurbelte das rechte Seitenfenster herunter.

Als sie auf seiner Höhe war, sagte er: »Steigen Sie ein.«

Leena Kokkonen erwiderte: »Verpiss dich, du Gartenzwerg!« Und ging weiter.

Hanhivaara stieg aus und lief ihr nach. Er packte sie an der Schulter und sagte: »Polizei. Ich verhafte Sie wegen dringenden Verdachts, Antero Kartano ermordet zu haben.«

Ihre arrogante Miene wich echter Bestürzung, und Hanhivaara dachte, wie leicht Menschen zu erschrecken waren.

Nun weinte Leena Kokkonen sogar und Hanhivaara sah sich gezwungen, sie zu trösten.

»Hören Sie auf zu flennen! Das war doch nicht ernst gemeint. Aber ein Polizist muss sich auch nicht alles gefallen lassen.«

Sie wischte sich die Tränen ab und sagte: »Ich wusste nicht, dass Sie von der Polizei sind. Ich dachte, Sie wollten mich anmachen, als wäre ich eine Hure.«

»Na, jedenfalls verstehen Sie es, Ihre Ablehnung elegant zum Ausdruck zu bringen. Erinnern Sie sich denn nicht an mich? Wir sind uns schon einmal begegnet.«

Sie sah den Mann an, der sie an beiden Schultern hielt, als müsse man sie wirklich stützen. Obwohl sie ihn nicht zu erkennen schien, sagte sie: »Vielleicht waren Sie dort, ich bin mir nicht sicher. Ich war betrunken.«

Hanhivaara stand das Bild der schönen, langhaarigen jungen Frau vor Augen, die Champagner aus der Flasche trank. Plötzlich wünschte er sich, jung zu sein und sich einen Champagnerrausch antrinken zu können. Im nächsten Moment war ihm der Gedanke peinlich; Nostalgie war nichts für ihn, außerdem entdeckte man in der Vergangenheit immer unangenehme Dinge. Nostalgie ist etwas für diejenigen, die glauben, die Vergangenheit könnte etwas anderes sein, als sie war. Dabei war die Vergangenheit noch nie etwas anderes als ein Haufen glaubhaft servierter Lügen. Memoiren sind ein Paradebeispiel für Beschönigung und Nostalgie.

»Kommen Sie, steigen Sie ein. Wohin wollen Sie? Ich kann Sie hinfahren.«

Leena Kokkonen sah sich furchtsam um. Vielleicht suchte sie einen Polizisten, der sie vor Hanhivaara rettete.

»Ich habe ihn nicht umgebracht«, sagte sie mit matter Stimme.

»Trotzdem müssen wir uns unterhalten«, erklärte Hanhivaara, womit er seine Fähigkeit unter Beweis stellte, sich in die Psyche anderer Menschen zu versetzen. Er war ein freundlicher alter Onkel.

»Ich kenne den Mann überhaupt nicht. Ville hat mir von ihm erzählt, aber ich habe ihn nie gesehen.«

Hanhivaara wollte schon mit seinem alten Spiel beginnen: Woher wissen Sie das? Immerhin schien Kartano sich an jede Frau herangemacht zu haben. Doch dann überlegte er es sich anders.

Sie gingen zum Wagen. Hanhivaara hielt der Frau, die an so feine Manieren wahrscheinlich nicht gewöhnt war, sogar die Tür auf. Der Schlüssel steckte immer noch im Zündschloss, er brauchte ihn nur leicht zu drehen, schon sprang der Wagen an.

»Wohin soll's gehen?«, fragte er.

»Ich war auf dem Weg zu Ville.«

»Zu Dahlberg?«

»Ja.«

»Wo wohnt er?«

»In der Teiskontie.«

»Und dahin wollten Sie zu Fuß?«

»Ich hatte eigentlich vor, unterwegs in der Eckkneipe nachzusehen. Bei Ville weiß man nie.«

»Die ist noch zu«, sagte Hanhivaara.

Leena Kokkonen sah auf die Uhr. »Das hatte ich ganz vergessen. Früher hatte sie sonntags durchgehend geöffnet.«

Hanhivaara fuhr zuversichtlich los. Es herrschte kaum Verkehr, seine Fahrkünste würden also nicht übermäßig auf die Probe gestellt werden.

Er war nie fähig gewesen, sich auf den Verkehr zu konzentrieren. Dass er einen Führerschein hatte, bewies überhaupt nichts. Jetzt wollte er sich unterhalten.

»Erzählen Sie mir etwas über sich.«

»Ich bin Studentin«, begann Leena Kokkonen vorsichtig. »Ich studiere romanische Sprachen, Italienisch und Französisch.«

»Die kann man in Tampere nicht studieren.«

»Das habe ich auch nicht behauptet.«

Sie hat ihre Fassung und ihre Frechheit wiedergewonnen, dachte Hanhivaara. Na schön. Er fragte: »Wann und wo hat Kartano Sie flachgelegt?«

Leena Kokkonen drehte den Kopf und sah Hanhivaara an. Bis dahin hatte sie ängstlich den Verkehr beobachtet. Zufrieden registrierte Hanhivaara ihren erschrockenen Blick. Er war keineswegs boshaft, aber es gefiel ihm nicht, wie ein Putzlumpen oder dergleichen behandelt zu werden.

»Nie und nirgends. Ich habe Ihnen doch gesagt, dass ich den Mann nicht kannte.«

»Das sagen alle. Am Anfang. Aber wenn ich mich länger mit den so genannten Zeuginnen in diesem Fall unterhalte, dann stellt sich immer wieder heraus, dass Kartano sich anschleicht und ihnen an die Titten fasst.«

Leena Kokkonen schwieg. Derbheiten war sie nicht gewöhnt, außer aus ihrem eigenen Mund.

Hanhivaara wartete. In der Unterführung am Bahnhof scherte er aus, um einen Bus zu überholen, fand aber das Gaspedal nicht. Der Bus zog davon.

»Wie wäre es, wenn Sie mir einfach die ganze Geschichte erzählen?«

»Ich kann Ihnen nichts anderes sagen, als ich schon gesagt habe, und wenn Sie bis ans Ende aller Zeiten mit mir reden. Ich kenne ihn nicht, habe ihn nie gekannt und werde ihn zum Glück auch nie kennen lernen.«

»Wieso zum Glück? Was wissen Sie denn über ihn? Wenn Sie ihn wirklich nicht kennen, haben Sie keinen Grund, sich abschätzig über ihn zu äußern.«

»Allmählich erfahre ich einiges über ihn. Ich mag keine Männer, die einem plötzlich an die Titten fassen.«

»Wo studieren Sie?«

»In Helsinki.«

»Und was machen Sie hier?«

»Arbeiten. Ich stamme von hier. Ville hat mir einen Sommerjob besorgt. Ich mache Übersetzungen.«

Inzwischen waren sie auf der Teiskontie angelangt.

»Eins von diesen monströsen Dingern?«, fragte Hanhivaara und zeigte auf die grauen Hochhäuser.

»Ja, eins von denen.«

»Welches?«

»Biegen Sie an der nächsten Ampel links ab, dann kommen wir direkt auf den Hof.«

»An dieser?«

»Nein, an der nächsten.«

Hanhivaara hatte bereits gebremst. Reifen kreischten, doch der Wagen hinter ihm kam in fast einem Meter Abstand von seiner rückwärtigen Stoßstange zum Stehen. Das war nicht mal knapp, dachte er.

Dahlberg stand auch auf seiner Liste, also konnte er gleich die Gelegenheit nutzen, mit ihm zu reden. Dahlberg interessierte ihn ganz besonders, denn er war offenbar der Einzige, der Kartano gemocht hatte. Außerdem wirkte er irgendwie menschlich: Er schien über alles zu lachen. Solche Leute waren Hanhivaara sympathisch.

»Ich komme mit nach oben. Ich möchte mit ihm reden. Dann fahren wir wieder los.«

»Wohin?«

»Das werden Sie schon sehen. Sie brauchen nicht mitzukommen, wenn Sie nicht wollen.«

Hanhivaara glaubte halbwegs, dass Leena Kokkonen Kartano wirklich nicht gekannt hatte. Er hatte keine Zeit mehr für sie. Leider.

Er betrachtete sie, als sie hüftschwenkend zur Haustür ging. Eine so junge Frau hat selten etwas an sich, das man als reif oder gar als reifen Sexappeal bezeichnen könnte. Aber Leena Kokkonen war eine Ausnahme. Reife Erotik ist schwer definierbar. Man sieht sie oder sieht sie nicht, sie ist da oder eben nicht. Man erkennt sie an der Unauffälligkeit jeder Geste, an einer gewissen Unschuld, die selbst ein provozierendes Auftreten prägt. Leider hatte Hanhivaara keine Zeit für Leena Kokkonen. Er hatte nie Zeit für Darsteller von Nebenrollen, so gut sie auch sein mochten.

Das Haus war ein achtstöckiger Koloss, grau und grimmig. Es war dem Verfall preisgegeben. Nicht in dem Sinn, dass es in nächster Zeit abgerissen werden sollte, sondern weil sich keiner etwas aus ihm machte. Alle glaubten, sie könnten bald in einen von der Aktienbank finanzierten Neubau mit Waldblick umziehen. Der graue Koloss war nur eine Zwischenstation auf dem Weg zu mehr Zufriedenheit. Die Menschen sind optimistisch; schon acht Mal haben sie gedacht: Dann beginnt das Leben. Wenn ich aus der Schule komme, nach dem Wehrdienst, wenn ich anfange zu studieren, wenn das Studium abgeschlossen ist, im ersten Job, in der ersten Ehe, wenn die Kinder eingeschult werden, wenn die Kinder die Schule abgeschlossen haben. Solche Menschen schaffen es nicht, mit dem Leben zu beginnen, bevor der Tod sie ereilt.

Hanhivaara zwängte sich mit lüsternem Grinsen neben Leena Kokkonen in den Aufzug. »Schön geräumig«, sagte er.

Sie zog sich in die äußerste Ecke zurück, als fürchte sie, ihre weißen Jeans würden allein schon von seinen Worten schmutzig. So schreckhaft und selbstsicher war sie.

Sie klingelte und beide warteten.

Niemand machte auf.

Leena Kokkonen sagte: »Aber er hat doch versprochen, zu Hause zu sein.«

Sie klingelte noch einmal.

Nichts.

Das dritte Klingeln.

Nichts.

Hanhivaara rüttelte an der Tür. Sie war verschlossen. »Scheint nicht da zu sein«, sagte er und öffnete die Aufzugtür. »Gehen wir.«

An der Haustür kam ihnen Ville Dahlberg entgegen.

»Wo warst du?«, fragte Leena Kokkonen.

»Einkaufen.«

»Quatsch, die Läden haben gar nicht auf.«

»Manche schon.«

»Gekauft hast du jedenfalls nichts. Oder wo hast du deine Einkaufstasche?«

»Ich hab vergessen, was ich einkaufen wollte«, sagte Dahlberg. Als wäre ihm jetzt erst wieder eingefallen, wie beeindruckend und laut sein Lachen war, lachte er hemmungslos.

»Du hast versprochen, zu Hause zu sein, wenn ich komme. Ich lass mich von niemandem in der Gegend herumscheuchen!«

Wieder diese Selbstsicherheit. Hanhivaara hörte interessiert zu. Streitende Menschen faszinierten ihn.

Dahlberg sagte: »Ich bin grundsätzlich nicht zu der Zeit zu Hause, für die sich eine Frau angemeldet hat. Frauen sind unzuverlässig. Sie kommen immer zu spät. Also ist es sinnlos, pünktlich zu Hause zu sein.« Er krönte seine logische Beweiskette mit einem dröhnenden Lachen. Dann sagte er: »Tag, Hanhivaara.«

Hanhivaara antwortete: »Guten Tag, guten Tag.« Und Leena Kokkonen musste zusehen, wie sie mit ihrer Wut fertig wurde.

»Gehen wir?«, fragte Hanhivaara.

»Soll ich auch mitkommen?«, wollte Dahlberg wissen.

»Natürlich.«

»Zu dritt macht es richtig Spaß. Allerdings muss das Bett breit genug sein. Sonst gibt es ein Gedränge und man kriegt blaue Flecken.«

»Fick dich selbst, du Arsch!«, sagte Leena Kokkonen, die wieder eine selbstsichere Phase hatte. Manisch-depressiv, im Minutentakt.

Immer wenn zwei Männer und eine Frau in ein Auto steigen, sitzen die Männer vorn und die Frau hinten.

»Männer sind beschissen. Immer wollen sie vorne sitzen«, beschwerte sich die Frau auf der Rückbank.

Dahlberg drückte überraschend Hanhivaaras Knie und sagte lachend: »Wir sind Kumpel. Du bist das berühmte fünfte Rad am Wagen.«

Hanhivaara hätte auch gern gelacht, aber er hielt sich zurück. Nüchtern betrachtet hatte er momentan nichts zu lachen. Er hatte einen Mord aufzuklären.

Das Auto setzte sich ruckend in Bewegung. Dahlberg meinte: »Mir scheint, als Autofahrer sind Sie genauso exzellent wie ich.«

Hanhivaara blieb still. Zu diesem Thema hatte er nichts zu sagen. In drückendem Schweigen fuhren sie zur Ojankatu. Dahlberg trat immer wieder krampfhaft auf die Bremse. Allerdings war auf seiner Seite gar kein Bremspedal.

»Sind Sie jemals hier gewesen?«, fragte Hanhivaara, während er das Polizeisiegel von Kartanos Tür entfernte.

»Ja.«

»Dann ist die Wohnung also keine Überraschung für Sie.«

»Vielleicht doch. Womöglich hat sie sich verändert, seit ich das letzte Mal hier war.«

»Wann war das?«

»Vor zwei Monaten.«

»Keine Überraschung«, sagte Hanhivaara im Brustton der Überzeugung. Er schloss die Tür auf und trat ein, ohne sich um irgendwelche Benimmregeln zu kümmern. Er war hier nicht in einem Lehrgang für höfliches Benehmen. Außerdem waren Höflichkeitsregeln nur etwas für Heuchler, die Eindruck schinden wollten. Gleichgültigkeit ist nicht dasselbe wie Anarchie, auch wenn die besitzende Klasse anderer Ansicht ist.

Hanhivaara stand im Flur und sah sich um. Wenn er geradeaus weitergegangen wäre, wäre er in die Küche gelangt. (Er war kein Hellseher; die Küchentür stand zufällig offen.) Die Tür auf der rechten Seite war zu. Sie sah aus wie eine Klotür. Hanhivaara machte sie auf. Es war die Klotür. Dann schaute er nach links und sah das Wohn-Schlaf-Bücherzimmer. Er sagte: »Der Weg ist frei.«

Die anderen folgten ihm.

Die Zimmerwände waren leicht schräg und bildeten an einer Seite einen halbkreisförmigen Erker, in dem ein Sofa und ein kleiner Holztisch standen. An der linken Wand stand ein zweiter Tisch, ein Schreibtisch. Die gegenüberliegende Seite wurde fast vollständig von einem Bücherregal ausgefüllt. Unmittelbar daneben ragte das seltsame Gebilde auf, von dem Hanhivaara bereits gehört hatte. Das Bett befand sich tatsächlich etwa anderthalb Meter über dem Boden. Es stand auf soliden Pfosten und war zusätzlich mit dicken Schrauben befestigt. Kartano hatte offenbar keine Lust auf nächtliche Überraschungen gehabt: Wenn er abends zum Schlafen nach oben kletterte, konnte er einigermaßen sicher sein, nicht in den Trümmern seines Bettes aufzuwachen.

»Das Bücherregal hat er selbst gebaut«, stellte Hanhivaara fest.

»Reden Sie keinen Unsinn«, sagte Dahlberg. »Das hätte Antero nie zu Stande gebracht. Er konnte rechnen, aber ein Schreiner war er nicht. Er hat alles anfertigen lassen.«

»Woher wissen Sie das?«

»Er hat es mir gesagt.«

Leena Kokkonen sah sich verwundert um. Auch sie war eine Konformistin.

Das Zimmer war groß. Obwohl vor dem niedrigen Holztisch zwei Sessel standen, blieb in der Mitte noch reichlich freie Fläche.

»Was hat er hier gemacht?«, dachte Hanhivaara laut.

»Getanzt«, gab Dahlberg Auskunft.

»Wenn Sie schon ungefragt antworten, sollten Sie sich etwas Witzigeres ausdenken.«

»Das war nicht ausgedacht. Ich habe selbst gesehen, wie er hier getanzt hat.«

Die Wohnung an sich hatte Hanhivaara nicht mit dem erschrockenen Respekt erfüllt, den einige seiner Kollegen an den Tag gelegt hatten. Aber nun begriff auch er, dass Kartano kein gewöhnlicher Mann gewesen war. Er hatte nicht nur

Wohnzimmer, Schlafzimmer, Bibliothek und Arbeitszimmer in einem Raum untergebracht, sondern obendrein noch eine Tanzfläche.

Hanhivaara kletterte aufs Bett. Er sagte: »Hübsch. Von hier oben hat man eine gute Aussicht.« Dann nahm er den Teil des Bücherregals in Augenschein, der vom Bett aus zu erreichen war. Fachbücher zu verschiedenen wirtschaftswissenschaftlichen Fragen. Aber auch anderes. Dostojewskis *Schuld und Sühne*, de Sades *Justine*, *Manon Lescaut*, Stendhals *Rot und Schwarz*, Wildes *Das Bildnis des Dorian Gray*. Hanhivaara nahm den *Dorian Gray* zur Hand und blätterte darin. Fast auf jeder Seite Unterstreichungen.

Er schüttelte den Kopf: »Warum unterstreicht ein junger Mann so einen Satz? *Meine Jugend zurückzubekommen, würde ich alles auf der Welt tun, außer mir Bewegung machen, früh aufstehen oder ein ehrbares Leben führen.*«

Dahlberg schaut zu ihm auf und sagte: »Mit etwas Nachdenken kämen Sie selbst darauf. Es geht nicht um die Jugend, sondern um die Verachtung von Konventionen. Antero war ein Snob und alle Snobs lesen Wilde. Worauf es Antero ankam, war der zweite Teil des Satzes, wo sportliche Betätigungen et cetera lächerlich gemacht werden. Heutzutage wird uns doch andauernd und überall Sport aufgedrängt. Antero wollte von all dem nichts wissen.«

»Aber er hat Tennis gespielt. Und er war berufstätig, musste also früh aufstehen«, protestierte Hanhivaara.

»Wir haben es hier mit einem Kleingeist und seiner verzweifelten Rebellion gegen das bürgerliche Leben zu tun. Er hat sich eingebildet, eine Regel befolgen zu können, deren Einhaltung ihm unmöglich war. Außerdem haben Sie den letzten Punkt vergessen, das ehrbare Leben.«

Hanhivaara stieg mit dem *Dorian Gray* vom Bett herunter. Leise sagte er: »Vergessen habe ich gar nichts. Ich wollte, dass Sie ihn zur Sprache bringen. Schießen Sie los.«

Dahlberg ließ wieder sein dröhnendes Lachen ertönen. »Sie haben mir also eine Falle gestellt. Ich lasse mich nur in eine Falle locken, wenn ich es selber will.«

»Was wissen Sie über das ehrbare Leben?«

Nun setzte sich Dahlberg auf das Sofa. Die Frau nahm neben ihm Platz. Hanhivaara blieb auf der Tanzfläche stehen.

Dahlberg sagte: »Das war nicht nur ein Tanzboden, auf dieser freien Fläche wurde auch anderes getrieben. Ich habe manchmal hier gesessen und zugeschaut. Aber Antero machte mehr Wind, als die Sache wert war. Es war alles völlig harmlos, zumindest nach dem, was ich weiß. Gruppensex und dergleichen.«

»Waren Sie eng mit ihm befreundet?«

»Nicht besonders. Wir haben uns gelegentlich getroffen.«

»Und trotzdem haben Sie an seinen Spielchen teilgenommen. Finden Sie das nicht seltsam?«

»Keineswegs. Es ist besser, wenn solche Beziehungen unverbindlich bleiben. Sonst streitet man sich früher oder später um die Partnerinnen oder über sonst was. Außerdem schwindet der Reiz mit der Zeit. Man kann süchtig danach werden, so ähnlich wie nach Alkohol«, sagte Dahlberg und lachte wieder.

»Warum erzählen Sie mir das alles?«

»Es ist doch nicht illegal.«

»Das nicht, aber vielleicht gab es ja tatsächlich Streit um die Partnerinnen oder sonst was.«

»Nein, gab es nicht«, versicherte Dahlberg.

Hanhivaara ging in die Küche. Er öffnete die Schränke, ohne genauer hineinzusehen; es war bereits alles untersucht worden. Von der Wand war Putz heruntergefallen. Er befühlte das Loch. Es war frisch, noch nicht nachgedunkelt. Dann ging er zurück in den Flur und inspizierte den Garderobenschrank.

»Keine Peitschen, keine hohen Stiefel, weder schwarze

Unterwäsche noch Dildos. Das Gerede über Kartanos Sexbesessenheit ist entweder heftig übertrieben oder frei erfunden. Bescheidener, unschuldiger Gruppensex, das war alles. Die Menschen neigen zur Übertreibung, da sieht man es mal wieder.« Hanhivaara sprach mit sich selbst, aber Dahlberg glaubte, er mache sich über irgendetwas lustig, nur wusste er nicht, worüber. Womöglich sogar über ihn.

»Wenn Sie ohne solche Stimulanzien ein befriedigendes Sexualleben haben, kann ich Ihnen nur gratulieren«, sagte er.

Leena Kokkonen hatte beharrlich geschwiegen, seit sie die Wohnung betreten hatte. Offenbar merkte sie nicht, dass Hanhivaara darüber ausgesprochen zufrieden war, denn nun sagte sie: »Ihr seid doch alle beide bescheuert.«

Hanhivaara schenkte ihrer Behauptung keinerlei Aufmerksamkeit. Er fragte Dahlberg: »Wie gut haben Sie Kartano gekannt?«

»Wir sind zusammen zur Schule gegangen.«

»Das ist keine Antwort.«

»Wir kommen beide aus Kuopio. Wir waren Schulfreunde. Während des Studiums haben wir uns dann seltener gesehen, denn ich habe am Dolmetscherinstitut studiert und er an der Universität. Wirklich gute Freunde waren wir ohnehin nie gewesen. Aber wir sind uns gelegentlich in irgendeiner Kneipe über den Weg gelaufen.«

»Was für ein Mensch war Kartano? Wer könnte ihn ermordet haben?«

Dahlberg schwieg. Leena Kokkonen dagegen sagte: »Offenbar war er völlig durchgeknallt.«

»Über einen Mann, den du gar nicht gekannt hast, solltest du dir kein Urteil erlauben«, wies Dahlberg sie zurecht. »Oder hast du ihn gekannt?«

»Nein«, fauchte sie. »Ich verkehre nicht mit Bekloppten. Jedenfalls nicht lange.«

Dahlberg wandte sich an Hanhivaara, der mittlerweile in

einem der Sessel Platz genommen hatte. »Sie stellen schwierige Fragen. Fangen wir mit der ersten an. Ich bin aus Antero nie ganz schlau geworden. Er war immer sehr vorsichtig, hat sich keine Blößen gegeben ...«

»Außer im konkreten Sinn«, warf Hanhivaara ein.

»Er mochte Sex, sehr direkten Sex, aber das verrät noch nicht viel über ihn. Was dachte er? Was tat er? Allerdings glaube ich, dass er den Sex zu ernst nahm. Ich denke, er wurde für ihn zur Zwangsvorstellung, letzten Endes konnte er sich nicht mehr zügeln. Wahrscheinlich habe ich mich deshalb immer seltener mit ihm getroffen. Sex sollte eine fröhliche Angelegenheit sein, keine Obsession.«

Hanhivaara war froh, dass Dahlberg sein Lachen vergessen hatte. Er bekam den Mann allmählich in den Griff. Er fing sogar an, ihn zu mögen.

»War Sex für Kartano schon in der Schulzeit eine Zwangsvorstellung?«

»Nicht dass ich wüsste. Jedenfalls nicht mehr als für alle Pubertierenden.«

»Er hat ja eine Zeit lang in Kuopio gearbeitet, bevor er hierher zog. Standen Sie damals mit ihm in Verbindung?«

»Nein.«

»Warum nicht?«

»Ich habe Ihnen doch schon gesagt, wir waren keine Busenfreunde.«

Hanhivaara ließ die Sache auf sich beruhen. Er fragte: »Wann haben Sie ihn zuletzt gesehen?«

»Am Mittwoch.«

»Wie kam es dazu?«

»Ich hätte nicht übel Lust zu antworten, dass das mit dem Mord nichts zu tun hat. Aber ihr Polizisten könnt verdammt starrköpfig sein, also will ich es Ihnen sagen. Ich erledige zurzeit einen Auftrag für die Firma, bei der Antero angestellt war. Wir sind uns zufällig vor dem Firmengebäude begegnet, haben uns in eine Kneipe gesetzt, ein paar Bier getrunken und uns unterhalten.«

Dahlberg wusste, wie Hanhivaaras nächste Frage lauten würde, doch er ersparte sie ihm nicht.

Also fragte Hanhivaara: »Worüber haben Sie gesprochen?«

»Über die Unterschlagung und das Englandgeschäft.«

»Die Unterschlagung?«

»Ach, hören Sie auf. Davon haben Sie doch längst erfahren. Ist an der Sache etwas dran?«

Hanhivaara äffte ihn nach: »Ich müsste jetzt eigentlich sagen, hier stelle ich die Fragen und Sie antworten. Aber wir Polizisten sind starrköpfig. Deshalb frage ich Sie noch einmal: Über welche Unterschlagung?«

Jetzt fing Dahlberg wieder an zu lachen. Er stand auf, als brächte er im Sitzen kein Wort mehr heraus oder als müsste er sich die Beine vertreten.

Nachdem er ausgiebig gelacht hatte, sagte er: »Saarenmaa, einer der kleineren Bosse in der Firma, hatte mir erzählt, dass Antero ihn der Unterschlagung bezichtigt hätte. Ich habe Antero natürlich ausgefragt, ich wollte wissen, ob an der Sache etwas dran war. Er bestritt zuerst, irgendetwas davon zu wissen. Dann hat er sich allerdings verraten. Er glaubte, er hätte einen guten Einfall. Er wusste, dass ich bei den Verhandlungen zwischen der Firma und den Engländern gedolmetscht habe, und wollte erfahren, worüber da gesprochen wurde. Im Gegenzug versprach er mir Informationen über die Unterschlagung.«

»Und, was wusste er darüber?«

»Aus dem Kuhhandel wurde nichts.«

»Ich dachte, Sie waren neugierig?«

»Wissen Sie, eigentlich mache ich mir nicht viel aus Berufsethos und dem ganzen Brimborium. Aber wenn es um meinen Lebensunterhalt geht, kann ich mir diese Prinzipienlosigkeit nicht leisten. Ich war nicht befugt, Außenstehende über den Inhalt der Verhandlungen zu informieren. Also habe ich es nicht getan.«

»Und Kartano?«

»Er war sauer. Aber das war nicht mein Problem.«

Hanhivaara führte die Vernehmung am falschen Ort, in einem polizeilich versiegelten Raum. Aber er hatte auch einen scharfen Blick. Wenn es in Kartanos Wohnung Beweismaterial gab, egal wofür, würde weder Dahlberg noch Leena Kokkonen es unbemerkt mitgehen lassen.

Er sagte: »Und damit kommen wir zur zweiten Frage.«

Dahlberg spielte einen Mann, der unter Gedächtnisverlust litt.

Leena Kokkonen wiederum hatte ihr Gedächtnis vermutlich wirklich verloren; sie interessierte sich nicht für anderer Leute Angelegenheiten.

Hanhivaara ging auf Dahlbergs Spielchen ein und erkundigte sich: »Wer könnte einen Grund gehabt haben, Antero Kartano zu ermorden?«

Diesmal wollte er kein ›Ich weiß es nicht‹ zu hören bekommen. Das war die Antwort, die er meistens bekam. Und in aller Regel deprimierte sie ihn und dann musste Maija Takala oder sonst jemand die Krankenschwester spielen. Manche waren für diese Rolle wie geschaffen; Maija verschwendete auf solche Probleme nur einen Nebensatz – aber der wirkte.

»Ich weiß es nicht«, sagte Dahlberg.

Hanhivaara stand auf und ging zum Telefon. Es war noch nicht abgeschaltet. Er wählte Maija Takalas Nummer. Am anderen Ende wurde abgehoben und Hanhivaara sagte: »Es geht wieder los.«

»Bist du down?«

»Mächtig.«

»Wer immer es ist, sag ihm, er soll sich ins Knie ficken.«

»Ich fürchte, das würde ihm sogar Spaß machen.«

»Versuchs wenigstens. Man muss das ja nicht gleich wörtlich nehmen.«

Hanhivaara legte auf. Die Szene könnte den Eindruck erwecken, dass Hanhivaara selbst nicht ganz normal war. Sie passte nicht zu seiner Rolle. Doch das System funktionierte; Hanhivaara hatte gelernt, den Menschen, die er vernahm, etwas vorzuspielen. Er spielte alles Mögliche. Da er gerade in einem verrückten Fall ermittelte, war es gar nicht so abwegig, den Verrückten zu spielen. Im Großen und Ganzen war er sich der Welt längst nicht mehr so sicher wie in jüngeren Jahren, aber er glaubte immer noch, man müsse es auf jeden Fall versuchen.

Er sagte: »Einen schönen Gruß, Dahlberg. Ich soll Ihnen ausrichten, Sie möchten sich gefälligst ins Knie ficken.«

Dahlberg lachte: »Und Sie haben gesagt, es würde mir Spaß machen.« Er hatte eine schnelle Auffassungsgabe. »Mir scheint, ich bin nicht der Einzige hier, der einen Seelenklempner braucht.«

Hanhivaara und Maija hatten ihre eigenen Spielchen, die nur teilweise die Arbeit betrafen. Diese Spiele hatten ihre eigenen Regeln und sie hatten sich positiv auf Hanhivaara ausgewirkt, der nach einem früheren Mordfall in Depressionen versunken war. Er hatte die Verurteilte nämlich nicht für die Täterin gehalten. Aber Maijas Behandlung hatte angeschlagen; schließlich hatte er sich eingestanden, dass er an der Situation nichts mehr ändern konnte. Bei der ganzen Geschichte hatte er sogar einen Teil des Prestiges verloren, das er sich erworben hatte. Er war immer noch überzeugt, dass an der Sache etwas faul war. Aber es kümmerte ihn nicht mehr. Er war schließlich nicht der liebe Gott.

Er drängte: »Nun sagen Sie mir endlich, wer Kartano ermordet hat. Sonst lassen Sie mich nur unnötig leiden und dafür ist Ihnen die Strafe Gottes gewiss.«

Dahlberg war zur Abwechslung einmal ernst: »Ehrlich gesagt, an die Unterschlagungsgeschichte glaube ich nicht. Ich glaube nicht einmal, dass Sie die richtigen Leute vernehmen. Wahrscheinlich wurde Antero von jemandem kaltgemacht, der seinen Schwanz nicht mehr ertragen konnte.«

»Und dieser Jemand war bei der Party im Sommerhaus nicht dabei. Das wollen Sie doch damit sagen?«

»Genau. Ich kann mir nicht vorstellen, dass auch nur einer von denen, die dort waren, etwas mit Anteros Treiben zu tun hatte.«

Überaus zufrieden mit sich selbst sagte Hanhivaara: »Außer Ihnen.«

Dahlberg schien jetzt erst zu begreifen, dass er sich mit seinem Gerede selbst in Schwulitäten gebracht hatte. »Tatsächlich. Vielleicht bin ich der Mörder. Wie ist er denn umgebracht worden?«

»Man hat ihm den Schädel eingeschlagen. Vielleicht mit einem Stein oder mit sonst etwas. Womöglich ist er auch aus einem ganz anderen Grund gestorben. Vielleicht an einem Herzinfarkt. Ich bin kein Arzt, ich kann nur meinen laienhaften Eindruck wiedergeben.«

Dahlberg schloss die Augen und legte die Hände vor das Gesicht.

Nach fast einer Minute unterbrach Hanhivaara das Schweigen mit der Frage: »Worüber denken Sie nach?«

Dahlberg erinnerte sich an seine Rolle und lachte. »Ich überlege nur, wie ich einen Mord begehen würde. Indem ich jemandem den Schädel einschlage? Ich glaube nicht. Eher mit einer Schusswaffe. Das ist sauberer und lässt sich aus der Distanz erledigen. Ich würde mich ungern auf ein Handgemenge einlassen.«

»Sie kommen sich wohl sehr clever vor, wie? Aber auf mich machen Ihre Überlegungen nicht den geringsten Eindruck. Ich bin Kriminalist und habe mehr als genug Verschleierungsversuche erlebt. Sie sitzen nach wie vor mit neun anderen Menschen im selben Boot. Also hören Sie auf mit dem Theater und erzählen Sie mir etwas Richtiges.«

»Ich meine grundsätzlich alles ernst«, sagte Dahlberg und lachte wieder. Sein Gelächter hatte eine neue, spöttische Färbung bekommen.

»Hat Kartano nie mit Ihnen über seine Frauengeschichten gesprochen?«

»Doch, natürlich.«

»Dann erzählen Sie mir davon.«

»Das waren vertrauliche Gespräche, ich weiß nicht, ob ich …«

»Schluss jetzt mit den Faxen!«

Hanhivaaras Worte verpufften wirkungslos. (Im Allgemeinen hatten sie irgendeine Wirkung.) Dahlberg legte seine an altmodische Pantoffeln erinnernden Wildlederschuhe auf den Tisch (seine Füße steckten übrigens drin). Er zündete sich eine Zigarette an und warf das Streichholz auf den Fußboden. Das war keine gespielte Nonchalance, er hatte nicht einmal gemerkt, dass kein Aschenbecher auf dem Tisch stand.

Als er weitersprach, hatte Hanhivaara zum ersten Mal den Eindruck, dass der schmuddelige, bärtige Mann ernst meinte, was er sagte: »Ich kann Ihnen wirklich nicht weiterhelfen. Er hat zwar viel über Frauen gesprochen, aber immer nur Vornamen genannt. Ich habe keine einzige seiner Frauen kennen gelernt oder auch nur zu Gesicht bekommen. Abgesehen von den zwei oder drei, mit denen wir es hier getrieben haben. Und selbst ihre Namen und Gesichter habe ich vergessen. Obwohl es eigentlich nur meinem Einsatz zu verdanken war, dass sie überhaupt mitkamen. Mit Anteros Stil wäre nie was daraus geworden.«

»Was gab es an seinem Stil auszusetzen?«

»Er wusste nicht, wie er es anfangen sollte.«

»Aber trotzdem sprach er von seinen Frauengeschichten.«

»Vielleicht hat er gelogen.«

Na also, das war es. Nun begann Hanhivaara, Kartano zu verstehen. Nun dämmerte ihm die ganze Wahrheit. Es war so einfach: Kartano wusste nicht, wie er es anfangen sollte.

Leena Kokkonen rutschte unruhig auf dem Sofa hin und her. Sie maulte: »Ich habe die Schnauze voll von eurem Gelaber. Ich will weg hier.«

Diese Äußerung konnte Hanhivaara ihr nicht ankreiden. Die Menschen sehen nicht, was man ihnen zeigt, und hören nicht, was man ihnen sagt. Sie denken nur an sich und auch das kann man ihnen nicht zur Last legen, denn ihre Mitmenschen, diejenigen, die zeigen oder reden, machen es nicht anders.

Auch Hanhivaara wollte nicht mehr in Kartanos Wohnung bleiben.

Und deshalb gingen sie alle drei.

Hanhivaara versiegelte die Tür.

Achtzehn

Hanhivaara war höflich gewesen. Er hatte Leena Kokkonen und Dahlberg in die Teiskontie gefahren. Dahlberg hatte ein schlechtes Gedächtnis, denn als sie vor seinem Haus angelangt waren, behauptete er, er wäre lieber zu Fuß gegangen. Von Hanhivaara durch die Stadt kutschiert zu werden entspreche nicht gerade einem zehntägigen Sanatoriumsaufenthalt in den Schweizer Alpen. Dabei habe er einen Erholungsurlaub bitter nötig.

Dahlbergs finanzielle Lage zwang ihn jedoch, sich stattdessen mit drei Flaschen finnischem Bier zu begnügen. Die erfüllten zwar nicht den gleichen Zweck, kamen ihm aber immerhin recht nahe.

»Was haben Sie dort eigentlich getan?«, fragte Hanhivaara.

Sein Gegenüber war ein blonder, eins fünfundsiebzig (im Schätzen war Hanhivaara Weltklasse) grosser Mann, aus dessen blassem Gesicht eine lange, schmale Nase ragte, in der gerade ein blasser, schmaler Finger bohrte. Im nächsten Moment merkte der Mann, was er tat, zog ein Taschentuch hervor und schnäuzte sich kräftig. Er betrachtete prüfend das Taschentuch, schüttelte den Kopf und unternahm einen zweiten Versuch. Das Geräusch verriet, dass das Ergebnis diesmal besser ausfiel.

Im blassen Gesicht des Mannes befanden sich ausser der Nase zwei tief liegende graue Augen mit stechendem Blick und ein kleiner, schmallippiger Mund, der mit kleinen, ebenmässigen weissen Zähnen gefüllt war.

Er trug kein Hemd. »Zu heiss«, hatte er Hanhivaara ungefragt erklärt. Sein Brustkorb war blass und haarlos und eingesunken; mancher würde an dieser Stelle vom typischen Brustkorb eines Tuberkulosepatienten sprechen. Aber auch Menschen, die gern alles als typisch bezeichnen, können sich irren. »Sie sind kerngesund«, hatte der Arzt gesagt. Man sollte ihm das nicht verübeln; ein viel beschäftigter Arzt achtet eben nicht auf eine originelle Wortwahl. Da der Mann eine Hose trug, weiss weder Hanhivaara noch der Erzähler etwas über Hautfarbe und Behaarung seiner Beine.

Die blonden Haare des Mannes waren ziemlich lang. Dünn, aber hübsch frisiert. Hanhivaara hatte den Verdacht, dass der Mann mit der gleichen sturen, uneinsichtigen Überzeugung an die Verführungskraft seiner Haare glaubte wie Samson. Samson hatte allerdings Beweise gehabt. Ob der Mann auch welche hatte, wusste Hanhivaara nicht. So weit war er noch nicht.

Der Mann sass in seiner eigenen Wohnung, auf seinem eigenen Sofa.

Bei den Ermittlungen in diesem Fall hatte Hanhivaara

noch keine einzige Wohnung betreten, in der kein Sofa stand. Er vermutete immer noch, dass es auch solche Wohnungen gab, begann aber allmählich, an der Richtigkeit seiner Hypothese zu zweifeln. Im selben Moment fiel ihm seine Exfrau ein und er verbot sich eiligst jede Kritik an der bemerkenswerten Fähigkeit der Finnen, ihren schlechten Geschmack zu demonstrieren.

Der Mann war achtunddreißig Jahre alt. Er hieß Jaakko Vaskilahti.

Hanhivaara hatte ihm gerade eine Frage gestellt, die er offenkundig nicht verstanden hatte, denn er fragte zurück: »Getan? Wieso getan?«

Es gibt bessere Arten, den Sonntag zu verbringen, dachte Hanhivaara. Viele. Wahrscheinlich tausende. Er wollte lieber nicht daran denken.

Also seufzte er und setzte zu einer Erklärung an: »Ich meine, was Sie dort gemacht haben.«

»Im Sommerhaus, meinen Sie? In Mitrunens Sommerhaus?«

Nee, in der Feuerwache am Berg Koli, hätte Hanhivaara am liebsten gesagt, doch er nahm sich zusammen: »Genau dort. Im Sommerhaus. In Mitrunens Sommerhaus.«

»Mittsommer gefeiert. Getrunken, gesungen und getanzt, in die Sauna gegangen und im See geschwommen. Nur geschlafen haben wir nicht. Dank Ihnen.«

Das war aber noch nicht alles, daher sagte Hanhivaara: »Das war aber noch nicht alles.«

»Meinen Sie, einer von uns hätte Antero Kartano umgebracht?«

»Auch dieser Gedanke ist mir durch den Kopf geschossen, aber das meine ich jetzt nicht. Darauf komme ich gleich noch zurück. Ich wollte darauf hinaus, dass Sie alle in derselben Firma arbeiten. Sie sind möglicherweise auch privat befreundet. Warum also nicht eine gemeinsame Mittsommerparty. Nur eins passt nicht ins Bild.«

»Was denn?«

»Dahlberg.«

»Wieso?«

»Ich will Ihnen die Frage mit einer Frage beantworten: Wessen Freund war er?«

»Meiner jedenfalls nicht.«

»Dahlberg hatte einen Auftrag, er hat nur einige Monate als Freelancer für *Systec* gearbeitet. Eigentlich hat er keinen der anderen Gäste näher gekannt. Das passt nicht ins Bild.«

Vaskilahti ertappte sich erneut beim Nasebohren. Er sagte: »Auf der Party sollte auch über eine geschäftliche Angelegenheit geredet werden.«

»Sie hatten also erst eine Besprechung und danach haben Sie angefangen zu trinken, in der Sauna zu schwitzen, zu schwimmen und wach zu bleiben. Eben das wollte ich wissen. Worüber haben Sie gesprochen?«

»Ich verstehe nicht, was das mit der Sache zu tun hat.«

»Nein, das verstehen Sie nicht. Aber ich habe die Angewohnheit, alle möglichen Fragen zu stellen, die nicht zur Sache gehören, und bin obendrein dreist genug, Antworten zu verlangen.«

Die Botschaft schien endlich angekommen zu sein.

»Wir haben über einen größeren Geschäftsabschluss mit Kunden in England gesprochen. Dahlberg war der Dolmetscher.«

»Ist es üblich, dass der Dolmetscher an einer Besprechung teilnimmt, bei der er nicht gebraucht wird? Sie sprachen doch alle Finnisch.«

»Üblich ist es nicht, ganz im Gegenteil. Aber diesmal war es so. Ich glaube, es war Eriks Idee. Wir brauchen den Abschluss unbedingt und wollten, dass der Dolmetscher weiß, worüber er verhandeln muss.«

»Hat eine so große Firma denn keine Verkaufsmanager mit Englischkenntnissen?«

»Wir brauchten einen Dolmetscher. Diesmal brauchten wir ihn. Mehr möchte ich darüber nicht sagen. Geschäftsgeheimnis.«

Hanhivaara machte sich Notizen. Dann klopfte er mit dem Stift auf den Block. Damit war die Sache abgehakt, sie interessierte ihn nicht mehr. Aus purer Bosheit merkte er jedoch an: »Ich mag keine Geheimnisse, wenn ich in einem Mordfall ermittle.«

»Ich kann Ihnen versichern, dass diese Besprechung nichts mit dem Mord zu tun hatte. Kartano war weder in der Planung noch im Marketing tätig. Er war Buchhalter. Er hatte mit der Sache nichts zu tun.«

Hanhivaara dachte an Dahlbergs Aussage, Kartano habe sich für das Englandgeschäft interessiert, doch dann fiel ihm etwas anderes ein: »Ihre Besprechung betraf also nicht die Unterschlagung?«

Wenn es möglich ist, dass ein blasser Mann erbleicht, dann passierte genau das mit Vaskilahti. Offenbar ist Unterschlagung ein Wort, das Industriemanager erzittern lässt, selbst wenn sie sich nichts haben zu Schulden kommen lassen.

»Unterschlagung?«, wiederholte Vaskilahti. In Hanhivaaras Ohren handelte es sich um einen erbärmlichen Versuch, das Wort Unterschlagung auszusprechen. Obwohl er nur einen Meter von Vaskilahti entfernt saß, hatte er Schwierigkeiten, es zu hören.

»Unterschlagung«, sagte er vernehmlich.

Vaskilahti riss sich zusammen. »Über eine Unterschlagung haben wir nicht gesprochen. Wer hat etwas unterschlagen und wem?«

»Das weiß ich nicht. Das wollte ich Sie ja gerade fragen.«

»Die Antwort ist einfach. Ich weiß von keiner Unterschlagung, außer natürlich von der Geschichte damals mit diesem Idman, der sich das Riesenhaus in Hatanpää gebaut hat. Oder hieß der überhaupt Idman?«

Hanhivaara überlegte. Sollte er darüber sprechen oder lieber nicht? Er beschloss, erst einmal abzuwarten, und feuerte eine neue Frage ab: »Gerade eben, als Sie mich missverstanden haben, fiel mir etwas ganz anderes ein: Wer von Ihnen hat Kartano ermordet und warum?«

»Das können Sie doch nicht fragen!«

»Ich habe es gerade getan.«

»Aber das ist nicht Ihr Ernst.«

Vaskilahti war zu gewieft. Also musste Hanhivaara noch ein Klischee strapazieren: »Wenn es um Mord geht, meine ich alles ernst.« Ein- oder zweimal würde er diesen Satz vielleicht noch anbringen können, dann war er verschlissen, aus der Sprache verschwunden, zerflossen oder davongeweht, egal. Verschwunden auf jeden Fall.

»Muss ich meine Frage wiederholen?«

»Nicht nötig.«

»Und?«

»Ich kann sie nicht beantworten, ganz einfach, weil ich keine Antwort habe. Ich weiß nicht, wer Antero Kartano ermordet hat. Vielleicht keiner von uns. Ich war es jedenfalls nicht. Ich habe Kartano gar nicht gekannt. Und Unbekannte ermordet man nicht.«

Mit der letzten Bemerkung hat er ungefähr ins Schwarze getroffen, dachte Hanhivaara, erhob aber sofort Einspruch: »Sie wissen ja gar nicht, wie viele Unbekannte tagtäglich ermordet werden.« Das war eine philosophische Aussage, die mit den Ermittlungen nichts zu tun hatte.

»Reden Sie von mir aus, was Sie wollen«, schnaubte Vaskilahti.

Aus lauter Ärger über diese unfreundliche Reaktion brachte Hanhivaara eine Angelegenheit, die er auch anders hätte erwähnen können, in boshaftem Ton zur Sprache: »Aber Eeva Sorjonen kannte ihn.«

Und wieder die Rückfrage: »Wie meinen Sie das?«

Vaskilahti war zapplig geworden. Die Fragen waren ihm an die Nieren gegangen. Oder das viele Reisen. Er war ja ein Klinkenputzer, um einen leicht abschätzigen Ausdruck zu verwenden. Hanhivaara goss Öl ins Feuer oder Wasser auf die Mühle, wie Sie wollen. Er sagte: »Sie müssen häufig verreisen.«

»Ja.«

»Ihre Geliebte ist oft allein«, fuhr Hanhivaara brutal fort.

»Ja.«

»Dämmert es Ihnen, worauf ich hinauswill?«

»Meinen Sie, Eeva und dieser Kartano …«

Das war typisch. Es war so typisch, dass Hanhivaara sogar die drei Punkte vor sich sah, in denen Vaskilahtis Satz versiegte. Sein Gegenüber redete wie der gehörnte Ehemann in einem albernen Melodram. Hanhivaara hatte sein Ziel erreicht: Er hatte den Mann aus dem Gleichgewicht gebracht.

»Sie haben sogar eine Art Motiv: Eifersucht«, goss Hanhivaara Öl ins Feuer oder Wasser auf die Mühle oder was immer Sie wollen.

Wie ein Fisch auf dem Trockenen geißelte er sich mit einer alten Metapher und überlegte gleich darauf, wie man den Sachverhalt anders ausdrücken könnte. Ihm fiel nur eine Möglichkeit ein: Vaskilahti schnappte nach Luft wie Fritzchens Großmutter, als Fritzchen ihr das Beatmungsgerät wegnahm. So treffend der Vergleich auch sein mochte, er war zu lang. Er war nicht schlagend und deshalb unbrauchbar.

»Ich bin nicht eifersüchtig«, sagte Vaskilahti, nachdem er sich vom ersten Schreck erholt hatte.

»Alle Männer sind eifersüchtig«, behauptete Hanhivaara und glaubte beinahe selbst daran.

»Für andere Männer kann ich nicht sprechen. Ich selbst bin jedenfalls nicht eifersüchtig. Dazu hätte ich auch gar kein Recht, wir sind nicht verheiratet.«

»Eifersucht ist nichts Theoretisches.«

Vaskilahti richtete sich auf. Vielleicht kannte er sich besser als Hanhivaara die Männer im Allgemeinen.

»Jetzt hören Sie mal zu. Ich meine es ernst. Ich habe keine Lust, dieses Wortgefecht fortzusetzen. Wir beide, ich meine, Eeva und ich, haben unsere Lebensweise bewusst gewählt. Wir haben nicht die Absicht, zu heiraten. Wir leben nicht einmal zusammen. Wie Sie sehen, ist sie nicht hier.«

»Ich hatte gedacht, sie wäre hier.«

»Aber das ist sie eben nicht. Genau das versuche ich zu erklären, wenn Sie mir nur zuhören würden. Wir führen beide unser eigenes Leben. Aber wir gehören trotzdem zusammen. Wahrscheinlich verstehen Sie nicht, was ich sagen will.«

»Ich schreibe doch mit«, sagte Hanhivaara und kritzelte etwas auf seinen Block. »Ich verstehe Sie sehr gut. Sie versuchen, mich davon zu überzeugen, dass Sie nicht eifersüchtig sind, dass Sie kein Recht auf Eifersucht und daher auch kein Motiv haben. Davon wollen Sie mich überzeugen. Dass Sie kein Motiv haben. Aber ich bin nicht so leicht zu überzeugen.«

Vaskilahti seufzte: »Was soll ich denn tun, damit Sie mir glauben? Sie haben ja noch nicht einmal nachgewiesen, dass ich Grund zur Eifersucht hatte.«

»Eeva Sorjonen kannte Kartano.«

»Machen Sie sich nicht lächerlich. Sie kannte viele Leute. Sie kennt immer noch viele.«

»Wie eng war ihre Bekanntschaft mit Kartano eigentlich?«

»Ich wusste ja nicht einmal, dass sie ihn überhaupt gekannt hat. Sie scheinen da besser informiert zu sein als ich.«

»Sieht so aus«, meinte Hanhivaara irritierend gleichmütig.

Vaskilahti seufzte wieder.

Hanhivaara sagte: »Also gut, ich akzeptiere Ihre Behauptung, Sie hätten Kartano nicht ermordet. Aber wer war es dann?«

»Habe ich Ihnen das nicht schon gesagt? Ich weiß es nicht.«

»Erzählen Sie mir noch etwas mehr über den Abend. Wer hätte Gelegenheit gehabt, den Mord zu begehen?«

Vaskilahti faltete die blassen Hände und legte das so entstandene Glaubenssymbol in den Schoß. Aus seinen tief liegenden Augen sah er Hanhivaara mit stechendem Blick an, doch der nahm nur seine Nervosität wahr.

»Ich habe Ihnen über den Abend alles Wesentliche gesagt. In zwei kurzen Sätzen. Ich kann höchstens hinzufügen, dass jeder Gelegenheit gehabt hätte, Kartano umzubringen. Wir waren nicht alle zur selben Zeit am selben Ort. Irgendeiner war zwischendurch immer mal weg. Mal ging jemand zum Klohäuschen oder in die Sauna, mal saß einer auf dem Bootssteg und starrte aufs Wasser. Irgendwann war auch jemand im Haus, um Kaffee zu kochen, und hätte ohne weiteres unbemerkt durchs Fenster nach draußen steigen können. Ich kann Ihnen nichts sagen, was für Ihre Ermittlungen von Bedeutung wäre. Es tut mir wirklich Leid.«

»Versuchen Sie, sich zu erinnern. Vielleicht ist Ihnen irgendeine Kleinigkeit aufgefallen. Ein Ausruf, ein angespanntes Gesicht. Jemand, der zum stillen Örtchen ging und länger als üblich wegblieb.«

»Nichts dergleichen.« Damit stand Vaskilahti auf. »Ich werde darüber nachdenken und Ihnen Bescheid geben, wenn mir etwas einfällt.«

Offenbar forderte er Hanhivaara zum Gehen auf.

Der aber blieb gemütlich auf dem Sofa sitzen. Er hatte es nicht eilig. Der Sonntag war sowieso im Eimer. Ach was, das ganze Leben war im Eimer. Er hatte absolut keine Eile.

Er sagte: »Setzen Sie sich doch. Die Unterschlagung scheint Sie überhaupt nicht zu interessieren. Wieso nicht?«

»Wenn ich Sie danach gefragt hätte, hätten Sie mir garantiert erklärt, Sie wären nicht hier, um Fragen zu beantworten, sondern um welche zu stellen. Deshalb.« Vaskilahti hatte endlich mal die richtige Antwort parat. Er setzte sich nicht wieder hin.

»Wenn es Sie partout nicht interessiert, soll es mir recht sein«, sagte Hanhivaara, obwohl er wusste, dass an Vaskilahtis Antwort etwas dran war. Richtige Antworten dieser Art mochte er nicht. Bei Mordermittlungen waren falsche Antworten aufschlussreicher. Er hätte gern angedeutet, dass er sich durchaus vorstellen könne, Auskunft zu geben, wenn Vaskilahti fragen würde. »Erzählen Sie mir von Ihrer Beziehung zu Kartano«, sagte er schließlich.

Vaskilahti fügte sich in das Unvermeidliche. Er setzte sich, faltete wieder die Hände und starrte Hanhivaara unverwandt an. In den tief liegenden Augen lagen Resignation und Melancholie, aber Hanhivaara hätte nichts anderes in ihnen lesen wollen als ein Geständnis. Dann hätte er endlich nach Hause gehen können.

Vaskilahti sagte leise: »Ich hatte keinerlei Beziehung zu Kartano. Ich kannte ihn praktisch nicht. Ich habe ihn gegrüßt, weil wir einander vorgestellt worden waren. Gelegentlich habe ich ihn sogar gefragt, wie es ihm gehe, aber das war auch schon der Gipfel an Intimität zwischen uns. Ich weiß nichts über seine Vergangenheit. Kartano hat mich nicht interessiert.«

Das war alles, schien Vaskilahtis Gesichtsausdruck zu sagen.

Hanhivaara ließ nicht locker: »Warum hat er Sie nicht interessiert? War er so unsympathisch?«

Nun sah Vaskilahti verzweifelt aus. Was kann man auf eine solche Frage antworten?

Mit der Kraft der Verzweiflung versuchte er es dennoch: »Warum ich mich nicht für ihn interessiert habe? Warum interessiert man sich für manche Menschen und für andere nicht? Zwischen Leuten verschiedenen Geschlechts gibt es eine ganze Reihe einleuchtender Faktoren. Zum Beispiel interessieren sich viele Männer eher für schöne Frauen als für hässliche. Intelligente Menschen zeigen in der Regel mehr Interesse an Klugen als an Dummen. Dazu kommen die unberechenbaren Faktoren. Irgendwer ist einem aus unerklärlichen Gründen zuwider, also verliert man das Interesse an ihm. Aber um zu unserer spezifischen Frage zurückzukehren, ich habe absolut keine Erklärung dafür, dass ich mich nicht im Geringsten für Antero Kartano interessiert habe und nicht den Wunsch hatte, ihn kennen zu lernen.«

»Er war Ihnen also aus unerklärlichen Gründen zuwider?«

Vaskilahti schnäuzte sich. Das schien bei ihm ebenso zur Gewohnheit zu werden wie das Seufzen.

»Nein, Kartano war mir nicht aus unerklärlichen Gründen zuwider. Ich habe ihn nicht gut genug gekannt, um sagen zu können, ob er abstoßend war oder nicht. Meine Einstellung zu ihm war völlig neutral.«

»Neutrale zwischenmenschliche Beziehungen gibt es nicht.«

»Lieber Herr Kriminalmeister, versuchen Sie doch bitte zu verstehen. Es gab keine zwischenmenschliche Beziehung.«

Hanhivaara sah ein, dass er verloren hatte. Er hatte Vaskilahti nicht dazu gebracht, irgendetwas zuzugeben. Also versuchte er, ihn bei seinem Versprechen zu packen: »Ist Ihnen in der Zwischenzeit etwas zum Mittsommerabend eingefallen, was für die Ermittlungen hilfreich sein könnte? Sie haben versprochen, mir zu sagen, wenn Ihnen etwas einfällt.«

»Mir ist nichts eingefallen.« Vaskilahti schaltete auf stur.

Hanhivaara fragte: »Wie ist Ihr Verhältnis zu den anderen Anwesenden oder haben Sie zu denen auch keins?«

»Mit Ausnahme von Dahlberg und seiner Begleiterin sind alles Freunde und Kollegen.«

»Keiner von ihnen ist nur ein Kollege?«

»Diese Frage habe ich schon beantwortet.«
»Na gut. Wie nah?«
»Ich kann mir denken, was Sie meinen.«
»Sie sollen nicht denken, sondern antworten.«
»Manchmal sind sie mir sehr nah, zum Beispiel beim Tanzen. Dann wieder sehr fern, zum Beispiel, wenn ich in London bin.«

In Hanhivaaras Stimme lag nicht die geringste Schärfe. Er schien grundsätzlich anders zu reagieren, als man erwartet hätte. Fast unbeteiligt sagte er: »Witzig. Sehr witzig. Alle sind witzig, außer mir. Hatten Sie mit irgendjemandem außer Eeva Sorjonen intime Beziehungen?«

Diesmal hatte Hanhivaara richtig geraten, wie die Antwort lauten würde: »Was hat das mit der Sache zu tun?«

»Nichts. Ich bin nur neugierig. Und gemein. Ich will es wirklich wissen.«

Vaskilahti konnte das Verhalten des Polizisten, der ihm gegenübersaß, nicht einordnen. Deshalb verstieg er sich zu einer Drohung: »Ihr Benehmen ist unhaltbar. Ich werde Ihrem Vorgesetzten Meldung machen.«

Hanhivaara lächelte. In seinem Lächeln lag herablassende Verachtung, doch seine Stimme gab nichts preis: »Soll ich Ihnen seine Telefonnummer geben? Wenn ich Sie wäre, würde ich ihn allerdings nicht anrufen.«

»Ich bin aber nicht Sie. Und Sie sind nicht ich.«

»Glück für mich«, sagte Hanhivaara.

»Da wäre ich nicht so sicher.«

»Überlegen Sie doch mal. Sie stehen unter Mordverdacht. Ich dagegen gehöre zu denen, die Sie verdächtigen. Wenn das kein Glück für mich ist, sind Sie pervers.«

»Oder unschuldig«, konterte Vaskilahti.

Da sein Gegenspieler in diesem Gespräch, das eher Sport als Kommunikation war, einen Punkt gemacht hatte, konnte Hanhivaara nur noch sagen: »Niemand ist unschuldig.«

Sobald er den Satz ausgesprochen hatte, wusste er, dass die Zeugenbefragung sich dem Ende näherte.

Wenn Vaskilahti auch nur ein bisschen Sinn für Humor gehabt hätte, hätte er Hanhivaaras Verallgemeinerung mit einem spöttischen Lachen quittiert. Aber er lachte nicht. Er sagte auch nichts. Er starrte Hanhivaara aus seinen tief liegenden Augen an, als hätte er kein Wort verstanden.

Hanhivaara stand auf. Er steckte den Notizblock ein. Auch Vaskilahti erhob sich. Nicht aus Höflichkeit, sondern um sich zu vergewissern, dass sein Besucher wirklich ging.

An der Tür drehte Hanhivaara sich noch einmal um und sagte: »Wenn Sie mich nach der Unterschlagung gefragt hätten, hätte ich geantwortet.« Er wollte wenigstens einen Punkt für sich verbuchen.

Vaskilahti knallte die Tür hinter ihm zu.

Er war einer jener seltsamen Menschen, die sich wegen jeder Kleinigkeit aufregen.

Neunzehn

»Sie sind eine richtige Vogelscheuche«, sagte Eeva Sorjonen.
Sonntag.
Genauer bitte!
Ein windiger Sonntag. Ein verdorbener, windiger und bewölkter Sonntag. Verflixt, dachte Hanhivaara und musste beinahe lächeln bei dem Gedanken, wie unbefriedigend, fast anachronistisch das Wort klingen würde, wenn man es laut ausspräche. So etwas sagten nur Detektive in uralten Romanen. Zu Hanhivaara passte es nicht. Sein Motto war: Alles oder nichts. Verflixt war eine lauwarme Banalität irgendwo in der Mitte.

Eeva Sorjonen redete weiter: »Ich meine nur, Stillosigkeit wird leicht mit Zerlumptheit verwechselt. Ich habe durchaus bemerkt, dass Ihre Kleidung nicht stinkt. Sie ist sauber. Aber verdammt nochmal, Sie sehen trotzdem aus wie eine Vogelscheuche!«

Die Frau sollte Kleider entwerfen statt Bilder aufzuhängen, dachte Hanhivaara und leitete einen Gegenangriff ein. Er fragte: »Malen Sie Stillleben mit Blumen?«

»Was verstehen Sie von Kunst?«

»Nichts. Ich habe nur gefragt.« Eeva Sorjonen kam nicht auf die Idee, dass die Frage verächtlich gemeint sein könnte.

»Dann antworte ich: Nein.«

»Was dann? Landschaften? Oder Porträts?«

»Zurzeit male ich realistisch. Wenn Sie wissen, was das heißt.«

»Zurzeit?«

»Ich war schon vieles. Die Kunstwelt ist hart.«

»Was waren Sie vor Ihrer realistischen Phase?«

»Konkretistin. Wenn Sie wissen, was das heißt.«

»Und davor?«, fragte Hanhivaara, ohne sich von ihren Sticheleien stören zu lassen; er wusste, wie der Schlagabtausch enden würde.

»Ich bin manches gewesen«, sagte die Frau.

»Was sind Sie denn als Nächstes? Wenn Sie wissen, was das heißt.«

Die Frau schwieg.

Daher sagte Hanhivaara: »Sie werden noch manches sein, wie?« Allmählich verlief das Gespräch nach seinem Geschmack.

Eeva Sorjonen setzte sich auf einen kleinen Hocker mitten im Atelier. Ein wenig neugierig betrachtete sie den vor ihr stehenden Mann und sagte: »Also gut, Sie haben Ihre Schlagfertigkeit bewiesen. Aber das ändert nichts an der Tatsache, dass Sie wie ein Penner herumlaufen.«

Verflixt, dachte Hanhivaara. Es war Sonntag und der Tag war restlos verdorben.

Er hatte Vaskilahti, den schwindsüchtigen Hänfling, die Tür hinter ihm zuknallen lassen. Er hatte den robusten, an seinem Lachen manchmal fast erstickenden Dahlberg vor seinem Haus in der Teiskontie abgesetzt und aus Dahlbergs zitternden Händen geschlossen, dass er sich als Allererstes ein Bier aus dem Kühlschrank holen würde. (Allerdings hatte Hanhivaara, da er selbst mit seinen Fahrkünsten zufrieden war, den Grund für Dahlbergs Zittern falsch eingeschätzt.) Auch Leena Kokkonen hatte er aussteigen lassen: Dem war nichts hinzuzufügen. Aber dass er am Morgen nicht bei Maija geblieben war, bereute er: Der Tag hatte gut angefangen und nun war er im Eimer.

Nachdem Vaskilahti die Tür zugeschlagen hatte, war Hanhivaara auf der neuen Uferstraße, die er noch nie benutzt hatte, von Pispala nach Tammela gefahren. Er liebte es, Erfahrungen zu sammeln. Auf dem See sah man Segeljachten und einige Motorboote. Für manche Leute war der Tag offenbar nicht im Eimer.

Unterwegs hatte er überlegt, was er tun sollte. Er hatte keine Lust, Eeva Sorjonen zu vernehmen, weil er aus Erfahrung wusste, dass der Tag dadurch nicht besser werden würde. Ebenso wenig lockte es ihn, aufs Präsidium zu fahren und sich von Kairamo herumkommandieren zu lassen. Ihm schien überhaupt nichts Spaß zu machen.

Also hatte er beschlossen, zu Eeva Sorjonen zu fahren.

Die Malerin Eeva Sorjonen wohnte in einem so genannten Künstlerhaus, das einsam auf einem Acker hinter der Kaleva-Kirche hockte. Es war kein besonders auffälliges Haus. Es hatte ein Satteldach und verputzte Wände wie alle Häuser aus den Fünfziger- und frühen Sechzigerjahren. Eine Wand war jedoch mit ungewöhnlich hohen Fenstern bestückt, die den Künstlern gleichmäßiges Nordlicht bescherten. Beim Malen ist gleichmäßiges Licht nicht ganz unwesentlich.

Und dann, als Hanhivaara in Eeva Sorjonens Wohnung

und in das Zimmer mit den hohen Fenstern vorgedrungen war, hatte das Gezeter wegen seiner Kleidung angefangen. Hanhivaara konstatierte, dass das Leben ihm schwere Prüfungen auferlegte.

Er sah sich nach einer Sitzgelegenheit um. Eeva Sorjonen saß auf ihrem kleinen Hocker mitten im Raum und beäugte ihn neugierig. Obwohl Hanhivaara sie gezwungen hatte, seine Schlagfertigkeit anzuerkennen, wirkte sie nicht beleidigt. Links führte eine Treppe nach oben zu einer Tür. Unter der Treppe stand ein Bett, auf dessen weicher Matratze Hanhivaara unaufgefordert Platz nahm.

Die Wohnung gefiel ihm, die Frau, die sie bewohnte, dagegen nicht.

Eeva Sorjonen trug ein weites *Marimekko*-Kleid. Stilvoll, vermutete Hanhivaara. Ihre blauen Augen waren klein und standen ein wenig schräg, ihre Haare waren dunkel und lang. Sie hatte eine Stupsnase und einen sehr kleinen Mund. Ihr Körper war stämmig; für eine Frau war sie ziemlich groß.

Hanhivaara schloss die Augen und versuchte, sich vorzustellen, wie Vaskilahti und die stämmige Malerin nebeneinander aussahen. Es wollte ihm nicht gelingen. Dann versuchte er, sich die beiden aufeinander vorzustellen. Hoffnungslos.

Verflixt, dachte er.

»Eigentlich bin ich nicht hier, um mit Ihnen über Kunst oder Mode zu plaudern, aber Sie können mir ja ein paar von Ihren Bildern zeigen. Vielleicht kaufe ich eins.«

»Meine Preise sind ziemlich hoch.«

»Jeder hat seinen Preis. Habe ich irgendwo gelesen.«

»Wollen Sie wirklich meine Bilder sehen?«

»Nein. Aber ich weiß, dass es früher oder später sowieso dazu kommt. Also erledigen wir es am besten sofort. Dann können wir zur eigentlichen Sache kommen.«

»Und die wäre?«

Hanhivaara stand auf und sagte: »Schauen wir uns die Bilder an.«

»Ich zwinge Sie nicht dazu.«

Hanhivaara betrachtete das halbfertige Werk auf der Staffelei. Es zeigte das Interieur einer Hütte, in der sich ein Mädchen befand. Die Farben wirkten dunkel und irgendwie bedrückend; das Mädchen ließ den Kopf hängen. Hanhivaara musste zugeben, dass das Bild eine gewisse Stimmung vermittelte, allerdings eine Stimmung, auf die er keinen besonderen Wert legte. An den Gemälden von Vionoja, die er im Städtischen Museum gesehen hatte, hatten ihn gerade die traurigen und etwas düsteren Farben entzückt. Aber dieses Bild hatte etwas Qualvolles, als wäre dem Mädchen aller Schmerz der Welt aufgebürdet worden.

»Es ist unvollendet«, erklärte Eeva Sorjonen. »Aber eines Tages wird es fertig.«

»Bestimmt. Ging es Ihnen schlecht, als Sie daran gearbeitet haben?«

»Ich bin beim Malen nicht emotional beteiligt. Auch in dieser Hinsicht bin ich Realistin.«

»Aber das Motiv und die Art der Darstellung vermitteln eine Stimmung. Kann man denn eine Stimmung zum Ausdruck bringen, ohne sie erlebt zu haben?«

»Ach wissen Sie, ich verlasse mich auf meine Technik.«

Hanhivaara wandte sich zu seiner Gesprächspartnerin um. Er war verblüfft und begann, an der Frau, die ihn als Vogelscheuche bezeichnet hatte, Gefallen zu finden. Er sagte: »Sie sind sehr freimütig. Würden Sie auch so reden, wenn ich Journalist wäre und Sie nach Ihrer Kunstauffassung fragen würde?«

»Die Presse hat heutzutage kaum noch Bedeutung für mich. Ich verdiene ganz gut und kann sagen, was ich will. Aber da Sie mich für freimütig halten, will ich Ihnen gestehen, dass ich es nicht weiß.«

»Die Zeitungen nehmen alles so sehr ernst.«

»Nicht alle Zeitungen.«

»Nein, nicht alle. Aber die, die es nicht tun, kann man eher der Belletristik zuordnen. Das ist ja dann etwas ganz anderes.«

Hanhivaara rief sich zur Ordnung: Vergiss nicht, weshalb du hier bist. Er fragte: »Wie gut haben Sie Antero Kartano gekannt?«

Eeva Sorjonen hatte die ganze Zeit auf den Beginn der Vernehmung gewartet, daher brachte der abrupte Themenwechsel sie nicht aus dem Konzept. Sie setzte sich wieder auf den Hocker und starrte auf das halb fertige Gemälde. Das helle Nachmittagslicht, das durch die großen Fenster hereinflutete, fiel nicht auf ihr Gesicht. Sie hatte sich so hingesetzt, dass Hanhivaara nur ihre Umrisse sah.

Als er ans Fenster trat, folgte sie seiner Bewegung. Also versuchte sie, doch nichts zu verbergen. Sie sahen sich an. Nun hatte Hanhivaara das Licht im Rücken.

Eeva Sorjonen sagte: »Vor ein paar Jahren habe ich ihn ziemlich gut gekannt. Jetzt überhaupt nicht mehr.«

»Wie haben Sie sich kennen gelernt und warum haben Sie die Bekanntschaft nicht fortgesetzt?«

Sie dachte nach und sagte: »Ich weiß wirklich nicht mehr, wann und wo ich ihm zum ersten Mal begegnet bin. Jedenfalls kannte ich ihn schon, als ich mich das erste Mal mit ihm unterhalten habe. Das war vor rund fünf Jahren, hier in diesem Zimmer. Er war irgendwie zu der Clique gestoßen. Wir waren eine ganze Menge Leute. Wer alles dabei war, weiß ich nicht mehr, das spielt wohl auch keine Rolle. Wir waren aus einer Kneipe hergekommen, um weiterzufeiern. Wir Künstler trinken ziemlich viel.« Sekundenlang schwang Ironie in ihrer Stimme mit. »Wir haben über Kunst, Literatur, Politik und einige andere Nichtigkeiten geredet. Dann machte einer nach dem anderen schlapp oder ging schlafen.«

»Schlafen?«

Sie warf ihm einen tadelnden Blick zu. »Ich hätte es Ihnen auch ohne Ihren diskreten Wink erzählt. Heutzutage interessieren sich alle für das Sexleben ihrer Mitmenschen. Ich habe nicht mit Kartano geschlafen. Damals nicht. An dem Abend bin ich mit einem von den anderen im Bett gewesen. Wir Künstler sind ja sexuell freizügig.« Hanhivaara hatte bereits auf die Rückkehr des ironischen Tonfalls gewartet. Er verstand diese Frau besser als alle anderen Zeugen in diesem Fall. Überhaupt verstand er in der Regel Frauen besser als Männer. (Warum war er geschieden?)

»Sprechen Sie weiter«, sagte er freundlich. Sie hatten eine gemeinsame Wellenlänge gefunden. Gleich werden wir einen Geheimbund gründen, dachte er heiter. Oder zumindest miteinander ins Bett gehen.

»Später war ich eine Weile mit Kartano zusammen. Dann hatte ich genug von ihm.«

»Warum?«

»Er war ein ganzes Stück jünger als ich.«

»Das reicht nicht.«

»Nein, wahrscheinlich nicht«, gab Eeva Sorjonen zu, drehte sich um und starrte ihr unvollendetes Werk an. Leise Melancholie breitete sich aus. Sie versank in der Stimmung, in der sie sich befand, als sie mit dem Gemälde begonnen hatte. Wir alle geben uns härter, als wir sind, dachte Hanhivaara, durchaus nicht spöttisch, sondern voller Mitgefühl. Das macht die Welt, in der wir leben. Man braucht nicht die Folterberichte von Amnesty International zu lesen, um zu wissen, dass man nicht im Paradies geboren wurde. Es genügt, den Fernseher anzuschalten.

»Warum?«, wiederholte er leise.

»Warum sind Sie geschieden?«, fragte Eeva Sorjonen ebenso leise.

Hanhivaara hüstelte. Dann fing er an, in seinen Taschen

nach Zigaretten zu suchen. Sein übliches Ablenkungsmanöver. In der ersten Tasche fand er nichts. In der zweiten hatte er, nach den Tabakkrümeln zu schließen, schon öfter eine Schachtel gehabt. Er nahm eine Zigarette heraus und steckte sie an.

»Ich habe es nicht gewusst. Aber gespürt. Und Ihre Verblüffung hat Sie endgültig verraten.«

Hanhivaara sagte: »Ich bin geschieden, aber das gehört nicht zur Sache.«

»Auf die Frage nach dem Warum gibt es tausende von Antworten. Weil die Liebe zu Ende geht oder die Lust, weil das Geld zur Neige geht, weil etwas Neues beginnt. Ich weiß es nicht. Ich hatte Kartano satt. Er war kindisch und eigenartig.«

»Inwiefern eigenartig?«

»Er heuchelte Interesse für alles Mögliche, aber das Einzige, wofür er sich wirklich interessierte, war das weibliche Geschlechtsorgan.«

Na gut, dachte Hanhivaara. Das muss ich wohl glauben. Aber es erklärt nichts. Offenbar hatte Kartano ein überdurchschnittliches Interesse an sexuellen Aktivitäten. Aber das ist kein Grund, ihn umzubringen. Er muss irgendetwas besonders Schlimmes getan haben.

»War er gewalttätig?«

»Nicht bei mir. Dazu wäre er auch gar nicht fähig gewesen, der arme Junge. Aber er war ganz offensichtlich sadistisch veranlagt. Er hätte mir gern wehgetan, das war ihm anzusehen.«

»Woran sah man das?«

»Sagen wir, man sah es. Ich möchte nicht auf Einzelheiten eingehen.«

Hanhivaara drückte seine Zigarette in einem Aschenbecher auf der Fensterbank aus. Er hatte ein Bild von Antero Kartano gewonnen. Das war ein Fortschritt. Er hatte sogar einige Tatverdächtige. Mehrere Menschen hatten ein Motiv für den Mord an Kartano. Vor allem wenn an der Unterschlagungssache etwas dran war. Doch das würde sich erst am Montag herausstellen.

Dennoch war vieles noch ungeklärt. Zum Beispiel die Frage, warum Kartano nach Aitolahti gefahren war. Er war nicht eingeladen gewesen. Und wer hatte ihn letzten Endes ermordet, wer war zu der Auffassung gelangt, er habe Grund genug dazu?

»Wer hat ihn getötet?«, fragte Hanhivaara. Er musste die Frage stellen, selbst wenn er nie eine Antwort bekam.

»Die Frage ist widersinnig. Wenn ich es wüsste, hätte ich es längst gesagt. Nicht aus Respekt vor der Obrigkeit, sondern weil er und ich einmal Spaß miteinander hatten. So etwas darf man nicht vergessen.«

»Was wissen Sie über Kartanos Beziehungen zu den anderen Gästen in Mitrunens Sommerhaus?«

»Ich glaube, er hat alle, die dort waren, zumindest flüchtig gekannt. Immerhin hat er in derselben Firma gearbeitet. Wie gut er sie kannte, kann ich allerdings nicht sagen. Von Dahlberg weiß ich nicht, ob er Kartano gekannt hat, oder umgekehrt.«

»Die beiden kannten sich«, sagte Hanhivaara.

Sie sahen sich an, als wollten sie das Schicksal dafür verantwortlich machen, dass es sie zusammengeworfen hatte.

Hanhivaara blieb seinem Beruf treu: »Aus welchem Grund hätte einer der Anwesenden Kartano umbringen können?«

»Das weiß ich nicht, aber ich kann es mir durchaus vorstellen.«

»Was können Sie sich vorstellen?«

»Dass Kartano es mit irgendwem zu weit getrieben hat. Und dann hat dieser Jemand ihn umgebracht.«

»Inwiefern zu weit?«

»Ich weiß nicht, aber er hatte die Neigung, zu weit zu gehen, in mancherlei Hinsicht. Er war ein Gefühlsmensch, der sich als denkendes Individuum gebärdete. Allerdings hätte ich eher vermutet, er würde eines Tages in dem Sinne zu weit gehen, dass er jemand anderen verletzt. So herum wäre es plausibler gewesen.«

»Sie haben doch gesagt, dazu sei er zu schwach gewesen, der arme Junge.«

»Es gibt noch Schwächere. Ich bin stark, weil ich mein Leben lang kämpfen musste. Mir hätte er nichts anhaben können, aber manchen anderen wäre er sicher gewachsen gewesen.«

Hanhivaara zückte seinen Notizblock. Mit unnötiger Schärfe sagte er: »Ich darf Sie bitten, allmählich Namen zu nennen. Ungenauigkeit versuchen wir bei der Polizeiarbeit zu vermeiden. Schon deshalb, um die richtige Person unter Anklage zu stellen.«

»Eine interessante Formulierung. Aber ich kann keine Namen nennen. Natürlich könnte ich die Partygäste aufzählen, aber ich habe gegen niemanden einen Beweis. Da ich Kartano seit mindestens zwei Jahren nicht mehr gesehen hatte, kann ich Ihnen nicht sagen, was er trieb und mit wem.«

Hanhivaara blieb unnachgiebig: »Aber Sie haben angedeutet, dass er möglicherweise mit irgendjemandem zu weit ging. Wenn man solche Andeutungen macht, hat man doch eine bestimmte Person im Sinn.«

»Ich habe nur an Kartano selbst gedacht. Wen er gerade in der Mangel hatte, weiß ich nicht.«

Hanhivaara steckte seinen Notizblock ein und tat gelangweilt. Das verlangte keine große schauspielerische Begabung. Er war der Sache wirklich überdrüssig. Er dachte an die amerikanischen Serien, die er ab und zu im Fernsehen sah. Sie langweilten ihn, weil die Kriminalisten sich in diesen Serien hauptsächlich als Schauspieler betätigten anstatt ehrliche Polizeiarbeit zu leisten. Sie schlüpften in alle möglichen Rollen, vom Versicherungsvertreter bis zum Elektriker. Hanhivaara hingegen konnte in diesem Moment nur den Gelangweilten spielen.

»Dann müssen wir auf Sie zurückkommen«, sagte er. »Hatten Sie einen Grund, Kartano zu töten? Aufgrund des Tathergangs ist nicht auszuschließen, dass es eine Frau war.«

»Ich habe Ihnen doch schon gesagt, dass ich ihn seit zwei Jahren nicht mehr gesehen habe.«

»Und wenn ich Ihnen nun sagen würde, dass Sie noch am Mittsommerabend mit Kartano gesehen wurden?«

Eeva Sorjonen ließ sich nicht aus der Fassung bringen. Melancholisch betrachtete sie ihr unvollendetes Gemälde und erwiderte: »In dem Fall würde ich sagen, dass Sie lügen.«

»Hatten Sie einen Grund, Kartano zu töten? Vielleicht im Affekt?«

»Nicht im Geringsten. Eher denke ich mit Zärtlichkeit an den armen Jungen zurück.«

»Dann sind Sie wirklich ein seltenes Exemplar. Die meisten Menschen hegen ihm gegenüber alles andere als zärtliche Gedanken.«

»Vielleicht bin ich tatsächlich eine Ausnahme. Wir Künstler sind bekanntlich seltsam.« Der ironische Ton hatte eine ganze Weile auf sich warten lassen.

Hanhivaara stellte fest, dass Eeva Sorjonen ihm geschickt auswich. Sie schien die ganze Zeit etwas sagen zu wollen, tat es dann aber doch nicht. Wahrhaftig, Künstler sind ein seltsames Völkchen, dachte er ohne jede Ironie.

Er fragte: »Haben Sie beobachtet, wie jemand in der Mittsommernacht Kartanos Leiche in den Wald getragen hat?«

»Nein.«

»Ich meine, war eventuell jemand ungebührlich lange zum Pinkeln verschwunden?«

Wie Hanhivaara wusste, gab es bisher keinerlei Beweis dafür, dass Kartano in unmittelbarer Umgebung des Sommerhauses den Tod gefunden hatte. Dann fiel ihm der Orientexpress ein, und er sagte sich, wenn Kartano tatsächlich auf Mitrunens Grundstück ermordet worden war, mussten alle Anwesenden an dem Verbrechen beteiligt gewesen sein oder zumindest den Täter decken. Der Gedanke gefiel ihm: Kairamo würde in der Presse groß herauskommen, wenn er zehn unbescholtene Bürger vor Gericht brachte. Das wäre ein Knüller. Im nächsten Moment ging ihm auf, dass es so nicht gewesen sein konnte. Virpi Hiekkala hätte alles verraten: Sie war viel zu narzisstisch, um für einen anderen ins Gefängnis zu gehen. Aber sie war sturzbetrunken eingeschlafen, hatte man ihm gesagt. Außerdem konnte Geld Wunder wirken. Leena Kokkonen war jedenfalls sehr erschrocken gewesen, als er sie des Mordes bezichtigt hatte.

Ach, Scheiße.

Eeva Sorjonen sagte: »Ich verstehe, worauf Sie hinauswollen. Aber es war ein feuchtfröhlicher Abend, ich kann wirklich nicht sagen, ob jemand ungebührlich lange zum Pinkeln brauchte.«

»Aber irgendjemand muss doch etwas bemerkt haben. So feuchtfrohlich kann keine Party sein, dass niemand etwas merkt.«

»Durchaus möglich, aber dieser Jemand war nicht ich.«

Sie sahen sich wieder an. (Wie Maus und Falke?) Es war nicht das Schicksal, das sie zusammengeführt hatte, sondern die Polizeischule. Ganz egal, wer oder was Eeva Sorjonen war, sie wären sich nie begegnet, wenn Hanhivaara nicht die Polizeischule besucht hätte.

So können selbst banale Dinge wie eine Polizeischule den Lauf des Schicksals beeinflussen.

Hatte Hanhivaara noch Fragen? Er überlegte.

Eeva Sorjonen kam ihm zuvor: »Haben Sie noch Fragen?«

Hanhivaara schrak auf. »Nein. Aber falls Sie mir noch etwas erzählen möchten, können Sie es gern tun. In Ihren eigenen Worten.«

»Hören Sie, ich habe wirklich ernsthaft überlegt, wer es gewesen sein könnte. Ich will Ihnen Ihre Arbeit nicht unnötig erschweren. Ich bin zwar seltsam, aber nicht böswillig. Mir fällt einfach nichts mehr ein. Wenn ich raten dürfte, würde ich sagen, dass Kartano sich selbst mit einem Stein erschlagen hat. Aber niemand kann sich so fest mit einem Stein auf den Kopf schlagen, dass er daran stirbt. Einen anderen Verdächtigen habe ich nicht zu bieten. So schlecht will ich von keinem Menschen denken.«

»Das ist es ja gerade. Sie wollen von anderen Menschen nichts Schlechtes denken. Deshalb fällt es Ihnen nicht ein. Sie haben die Erinnerung aktiv verdrängt.«

Eeva Sorjonen enthielt sich eines Kommentars und sagte nur: »Wenn mir etwas einfällt, melde ich mich.«

»Dafür wäre ich Ihnen sehr dankbar. Auch ich bin nicht böswillig, aber ich bringe gerne Leute ins Gefängnis. Das ist ein Weg, sich seine Brötchen zu verdienen. Wenn man keine reiche Frau hat. Außerdem haben diejenigen, die ich ins Gefängnis bringe, es meiner Meinung nach verdient.«

Als Hanhivaara gegangen war, starrte die stämmige Malerin lange auf ihr unvollendetes Werk. Sie lächelte, doch es war ein trauriges Lächeln. Sie versank in der Stimmung ihres Gemäldes.

Zwanzig

Hanhivaara fuhr zu Maija und lud sie zum Essen ein.

Er wusste, dass er nur versuchte, die unvermeidliche Begegnung mit Kairamo hinauszuschieben. Aber erstens hatte er Hunger und zweitens hatte Maija gerade begonnen, ihm den Verzehr von Fertiggerichten abzugewöhnen. Und er hatte zu seiner Überraschung festgestellt, dass es tatsächlich gewisse Unterschiede zwischen diesen und anderen Speisen gab. Allerdings würde er den Entwöhnungskurs nicht abschließen können, bevor die Lehrerin ihn aufgab. Dann würden wieder Fleischklößchen und Leberauflauf und Erbsensuppe auf dem Speiseplan stehen. Erbsensuppe hatte er sowieso noch im Tiefkühlfach. Es war Maijas Verdienst, dass er am Freitag Schweinekotelett gegessen hatte. Er hatte vorher nicht gewusst, dass man sie essbar machen konnte, indem man sie eine Weile in die Bratpfanne legte. Das Leben war erstaunlich einfach.

Sie gingen ins *Sorsanpuisto*. Hanhivaara fand, den Luxus hätten sie verdient.

Im Restaurant war es angenehm ruhig. Die meisten Leute waren noch auf dem Land.

Sie bestellten gebeizten Ostseehering als Vorspeise. Als Hauptgericht schlug Maija Steaks vor; sie wollte nicht zu schnell vorangehen. Hanhivaara musste sich zuerst an die einfachsten Speisen gewöhnen.

»Was gibt es Neues an der Sexfront?«, fragte sie.

Hanhivaara säbelte energisch an seinem Steak und antwortete: »Nichts. Unangenehme Sache. Ich habe mit allen Zeugen gesprochen und bin kein bisschen schlauer geworden.«

»Du weißt also noch nicht, wer der Mörder ist?«

»Ich habe keinen blassen Schimmer.«

Maija kaute nachdenklich an ihrem Steak und sagte: »Ich glaube, ich habe Kartano am Nachmittag vor dem Mittsommerabend hier gesehen. Ich habe hier gegessen, bevor ich dich abgeholt habe.«

Hanhivaara spitzte die Ohren. »Um welche Zeit?«

»Kurz nach drei.«

»Woher weißt du, dass er es war?«

»Ich habe ihn doch gesehen.«

Scheiße, dachte Hanhivaara. »Dann kennst du ihn also.«

Maija sah ihm offen in die Augen. »Nur vom Sehen. Ich bin früher mit einer eigentümlichen Clique herumgezogen, mit Leuten, die ziemlich viel getrunken haben. Ich habe mich in ihrer Gesellschaft wohl gefühlt, obwohl ich selbst nicht so viel Alkohol vertrage. Damals habe ich viele Leute vom Sehen gekannt. In den Kneipen hängen doch immer dieselben Cliquen rum.«

»Warum hast du das nicht gleich gesagt?«

»Weil ich mich nicht daran erinnert habe. Ich hatte ja weiter nicht auf ihn geachtet. Erst hier am Tisch ist es mir plötzlich wieder eingefallen. So funktioniert das Gedächtnis nun mal.«

»Ich habe ihn auch gesehen, am selben Tag. Auf dem Marktplatz, als ich spazieren war. Was für ein seltsamer Zufall.«

Hanhivaara sah die Frau an. Eine Woge von Zärtlichkeit überrollte ihn. Er war froh, dass Maija nicht in den Fall verwickelt war. Er nahm ihre Hand in seine. Zu mehr war er nicht fähig. Noch nicht.

Einundzwanzig

»Wo ist Hanhivaara?«, fragte Rimpiaho.

Kairamo sah ihn über den Brillenrand hinweg an und sagte: »In Kuopio.«

»Neuerdings wollen alle reisen«, meinte Rimpiaho.

»Ich hätte nie gedacht, dass Hanhivaara die Angehörigen vernehmen will. Er hasst Angehörige.« Huhtanen hatte seinen gesprächigen Tag.

»Er hat sicher das Flugzeug genommen. Die Frühmaschine«, vermutete Rimpiaho.

»Die Frühmaschine«, bestätigte Kairamo.

»Heutzutage wollen alle fliegen«, sagte Rimpiaho.

Huhtanens Redewut nahm kein Ende: »Vielleicht fliegt er gern. Angehörige kann er jedenfalls nicht ausstehen. Das hat er selbst gesagt.«

Die Leiche war in den ersten Stunden des Samstags gefunden worden. Am Samstag und Sonntag waren die Ermittlungen mit der enormen Energie aufgenommen worden, auf die die Polizisten stolz waren, auch wenn die normalen Bürger sie ihnen absprachen.

Als der Montag anbrach, waren mehr als achtundvierzig Stunden verstrichen und die Polizei konnte keine großartigen Ergebnisse vorweisen. Obwohl kein Ermittler sich in einer solchen Situation ins Kino verdrückt oder nach Hause geht, um den Geburtstag seiner Frau zu feiern.

Die Fundstelle wurde nach wie vor abgesucht.

In der näheren Umgebung waren dutzende von Menschen befragt worden. Ebenso Kartanos Nachbarn und sämtliche Freunde, von denen man wusste. Man versuchte, zu rekonstruieren, was er an seinem Todestag getan hatte. Das Auto des Opfers war gründlich untersucht worden. Das Personal des Lokals in Aitolahti antwortete herablassend auf die Fragen der teilweise unerfahrenen Kriminalbeamten. Im Auto waren neben Kartanos eigenen auch fremde Fingerabdrücke gefunden worden, die man später mit denen der Verdächtigen vergleichen würde. (Hanhivaara hätte zwar schon sagen können, wessen Abdrücke es waren, aber man musste trotzdem alles überprüfen.)

Der Leichnam war an einen Ort gebracht worden, wo er zynisch in Stücke geschnitten wurde und alle seine Geheimnisse preisgeben musste. Im Lauf des Montags würde Professor Vargas zu Messer und Säge greifen.

Man hatte die Wohnung des Toten untersucht und einen Stapel Papiere zwecks genauerer Prüfung aufs Präsidium geschafft.

Auch das Büro des Toten war durchsucht worden.

Kairamo konzentrierte sich nur zu gern auf die zehn Menschen, die in der Nähe des Fundorts gefeiert hatten. Nicht dass er sich damit die Arbeit erleichtern wollte. Im Gegenteil, seine Entscheidung war typisch für seine kühle, leidenschaftslose Methodik: Die Wahrscheinlichkeit, dass man den Mörder in dieser Gruppe finden würde, schien ganz einfach am größten. Ein weniger nervenstarker Ermittlungsleiter hätte sich woanders umgesehen, wenn zehn respektable Bürger zufällig in der Nähe einer Leiche angetroffen wurden. Aber Kairamo nahm keine Rücksicht auf gesellschaftlichen Status. Man hatte noch nie erlebt, dass er auch nur ein Auge zugedrückt hätte. Diese Unerbittlichkeit war sein ganzer Stolz. Er war höflich, aber unnachgiebig.

Kairamo glaubte nicht an Zufälle. Im Umkreis von vier Kilometern hatte man außer diesen zehn Personen niemanden gefunden, der Kartano gekannt hatte. Und Fremde pflegten einander nicht zu erschlagen; zumindest kam das nach Kairamos Erfahrung äußerst selten vor.

Vielleicht würde man an diesem Montag die ersten Früchte der Arbeit ernten können.

Kairamo legte die Brille auf den Tisch und rieb sich die Augen. In den letzten zwei Tagen hatte er kaum geschlafen.

Er sagte: »Über das Reisen unterhalten wir uns ein andermal. Jetzt haben wir Wichtigeres zu tun.«

»Wir sollten so lange über das Reisen reden, bis wir wissen, warum Hanhivaara nach Kuopio geflogen ist«, wandte Rimpiaho ein.

Huhtanen stocherte in seiner Pfeife und schnaubte: »Mach dir nichts draus, Kommissar, Rimpiaho ist noch jung. Er hat eben keine Intuition.«

Rimpiaho ließ seine langen Arme baumeln. Er hatte seinen Urlaub unterbrochen, um bei den Ermittlungen zu helfen. Und zum Dank wurde er hier angepflaumt. Er sagte: »Eigentlich hab ich ja noch Urlaub.« Doch er machte seine

Drohung nicht wahr, stand nicht auf, sondern streckte die langen Beine aus. Er war neugierig.

Mittsommer war vorbei. Draußen regnete es, aber es war warm. Warmes Wetter macht zuversichtlich, doch auf den Gesichtern der drei Männer, die sich zum Morgengezänk in Kairamos Büro versammelt hatten, lag keine Spur von Optimismus. Unter dem Fenster ratterte ein Traktor vorbei.

»Hört sich an wie ein uralter *Zetor*«, meinte Rimpiaho.

Kairamo betrachtete die Aufnahmen von der Leiche.

Huhtanen reinigte seine Pfeife.

Schließlich erklärte Kairamo: »Hanhivaara ist nach Kuopio geflogen, um Kartanos Eltern zu befragen.«

»Verfolgt er eine bestimmte Idee? Ich meine bloß, in Kuopio gibt es doch auch Kriminalbeamte«, sagte Rimpiaho.

»Ja, er hat eine Idee«, brummte Huhtanen.

»Was denn für eine?«

Kairamo erklärte geduldig: »Er will mit Kartanos Eltern sprechen, hat er gesagt, um Kartanos psychologisches Profil abzurunden.«

»So redet Hanhivaara nicht«, wandte Rimpiaho ein. Damit hatte er vollkommen Recht.

Huhtanen präzisierte: »Der Kommissar wollte sagen, dass Hanhivaara die zündende Idee hatte, Kartanos Sexbesessenheit nachzuweisen. Ob uns das weiterbringt, steht auf einem anderen Blatt.«

Endlich fiel bei Rimpiaho der Groschen: »Aha. Es geht also um das Mädchen, das sich bei Kartanos Mutter beklagt hat.«

Huhtanen seufzte.

Kairamo sagte: »So viel zum Thema Reisen. Jetzt bist du an der Reihe, Huhtanen.«

»Wer war das Mädchen?«, versuchte es Rimpiaho noch einmal.

»Das will Hanhivaara ja gerade herausfinden.«

»Wofür gibt es denn das Telefon?«

»Der Junge hat immer noch keine Ahnung von dem speziellen Charakter polizeilicher Ermittlungen«, seufzte Huhtanen.

»Seit wann bist du eigentlich so geschwätzig geworden?«, wunderte sich Rimpiaho. Es war keine richtige Frage, er wunderte sich bloß.

»Seit ich gemerkt habe, dass Reden zum Berufsbild gehört«, gab Huhtanen zurück. Aber er hatte sich nicht wirklich verändert. Er hatte einen Kater und in dem Zustand schaffte er es nicht, sich so strikt an seine Rolle zu halten wie unter normalen Bedingungen.

Kairamo schlug die Beine übereinander, die in einer makellos sauberen blauen Hose steckten. Das Jackett hatte er abgelegt. Über dem Hemd trug er eine schräg gestreifte Krawatte mit einer kleinen silbernen Nadel. Er strahlte Eleganz und Autorität aus, als er sich nun zurücklehnte und mahnte: »Huhtanen, ich hatte um deinen Bericht gebeten.«

Huhtanen legte seine Pfeife beiseite. Er zog einen Block hervor und holte einen gefüllten Briefumschlag aus seiner Aktentasche.

»Kartanos Büro.«

»Ja«, sagte Kairamo.

»Ein ganz gewöhnliches Büro. Langweilig. So ähnlich wie dieser Raum. Schreibtisch, Aktenschrank, Kontobücher.«

Rimpiaho lächelte. »Alles sauber aufgeräumt. Keine persönlichen Gegenstände. Fast keine. Ein altes *Playboy*-Heft in der Schublade. Eine Zigarettenschachtel und eine große Schachtel Streichhölzer. Nichts Besonderes.«

»Klingt nicht gerade aufregend.« Rimpiaho lächelte immer noch.

Huhtanen fuhr fort: »Ich habe dann noch unter der Schreibunterlage nachgesehen. Auf die Idee bin ich ganz von alleine gekommen, das steht in keinem Lehrbuch.«

Stille. Offenbar hatte Huhtanen seinen Kater überwunden und fand zu seinem alten Stil zurück. Jetzt wollte er nicht unterbrochen werden. Deshalb ließ er den Raum in Stille versinken, wie ein Stiefel im Moor versinkt. Damit erteilte er den anderen das Wort, um später nicht unterbrochen zu werden.

Kairamo, der vorankommen wollte, drängte: »Und?«

»Merkwürdig«, sagte Huhtanen.

»Was?«, fragte Kairamo.

»Unter der Schreibunterlage lag ein Stück Papier. Dieses Blatt. Hier steht: *Gehaltsabrechnung Virpi Hiekkala sowie Berechnung der an ihre Eltern zu zahlenden Summe aus der Gruppenlebensversicherung.* Und dann kommen Zahlen. Alles sehr ordentlich und korrekt. Ein rätselhaftes Papier.«

»Was stört dich denn daran?«, fragte Kairamo.

»Erstens alles. Und zweitens alles. Warum wurde für Virpi Hiekkala so eine Abrechnung erstellt? Und warum von Kartano? Er war nicht der Leiter der Gehaltsabteilung, sondern Buchhalter.«

Huhtanen reichte das Blatt an Kairamo weiter, der es besorgt hin- und herdrehte. »Wer weiß, ob Kartano das selbst berechnet hat.«

»Das weiß niemand. Aber es wurde auf seiner Maschine geschrieben. Und auf dem Blatt sind seine Fingerabdrücke. Schon überprüft.«

»Kartano hatte einen makabren Humor«, sagte Rimpiaho. »Rechnet für jemand anderen die Lebensversicherung aus und stirbt dann selbst.«

»Mag sein, dass er einen makabren Humor hatte. Aber so makaber ist niemand«, sinnierte Kairamo.

Wieder senkte sich Stille über das Büro. Huhtanen fand, er habe seine Arbeit getan. Es war nicht seine Aufgabe, Kommentare zu einem Papier abzugeben, von dessen Zustandekommen er nichts wusste.

Rimpiahos blühende Fantasie lieferte ihm gleich mehrere Erklärungen, die er jedoch lieber für sich behielt, da sie sogar ihm selbst unbefriedigend erschienen.

Kairamos Gehirn lief auf Hochtouren. Er hatte ein einwandfreies Gehirn. Woran es bei ihm haperte, war das Gefühlsleben. Aber so hat eben jeder seine Fehler, die den Mitmenschen nicht entgehen. Deshalb lohnt es sich auch nicht, weiter darüber nachzudenken.

Kairamos Gehirn sagte ihm, er müsse telefonieren.

Er wählte eine Nummer und fragte nach Virpi Hiekkala.

»Vorzimmer Direktor Mitrunen«, schallte eine metallische Stimme aus dem Hörer.

»Hier spricht Kommissar Kairamo, guten Tag.«

Die metallische Stimme kam ins Scheppern. Wenn der erste Anrufer am frühen Morgen sich als Polizist entpuppt, versagt so manchem die Stimme. Aber Virpi Hiekkala war gut geschult, und nach dem scheppernden Gruß klang ihre Stimme wieder so gleichmäßig und kühl und freundlich, wie die Stimme einer Sekretärin klingen soll. Zu viel Wärme ist im Geschäftsleben nicht angebracht.

Kairamo räusperte sich. Plötzlich wusste er nicht, wie er anfangen sollte. Eigentlich hätte Huhtanen das übernehmen müssen, dachte er und stammelte: »Ich hätte da eine komische Frage.«

»Möchten Sie mit Direktor Mitrunen sprechen?«

»Nein. Meine Frage betrifft Sie.«

»Mich?« Sie klang neugierig, aber nicht im Geringsten erschrocken.

»Ja, Sie. Wir haben gestern Abend Antero Kartanos Büro durchsucht.« Nicht wir, sondern ich, dachte Huhtanen. »Dabei sind wir auf etwas Seltsames gestoßen. Nämlich auf ein Blatt Papier mit einer Gehaltsabrechnung für Sie bis Mittsommer und der an Ihre Eltern zu zahlenden Lebensversicherung. Wissen Sie etwas darüber?«

Kairamo hörte einen überraschten Atemzug. Dann sagte Virpi Hiekkala: »Um Himmels willen. Er war tatsächlich verrückt.«

Kairamo wartete, doch seine Geduld wurde nicht belohnt. Also fragte er: »Wie bitte?« Vielleicht hatte sein Schneider ihm zu dem fehlerlosen Anzug die gepflegte Sprache dazugeliefert. Er sagte nämlich nicht etwa: »Hä?«

Die Sekretärin stotterte: »I-ich meine, dass Kartano verrückt war. Er hat gesagt, er würde es tun. Haben Sie schon mit den anderen gesprochen?«

»Mit den anderen?«

»Ja. Da müssten noch vier weitere Abrechnungen sein, für Mitrunen, Vaskilahti, Saarenmaa und Ström.«

»Andere Abrechnungen gibt es nicht. Jedenfalls haben wir nur eine gefunden. Und die betrifft Sie.«

Wieder folgte ein Schweigen, das Kairamo so lang wie der Satz eines deutschen Ästhetikers vorkam. Er drängte: »Nun erklären Sie mir doch endlich, wovon Sie sprechen. Oder soll ich jemanden vorbeischicken?«

Virpi Hiekkala wehrte aufgeregt ab: »Nein, nein. Lassen Sie mir nur einen Moment Zeit. Ich hatte doch keine Ahnung, dass er es ernst meinte. Ich brauche ein paar Sekunden, um meine Gedanken zu ordnen. Dann erkläre ich Ihnen alles.«

Nach zehn Sekunden Stille, die Kairamo wie eine Ewigkeit vorkamen, sagte er: »Ich schicke jemanden zu Ihnen.«

Nun hatte die Stimme wieder ihren ursprünglichen metallischen Klang: »Die Sache war so. Kurz vor Mittsommer kam Kartano in mein Büro und fragte, was ich an den Feiertagen vorhätte. Er wollte mit mir Mittsommer feiern, aber ich habe ihm gesagt, das ginge nicht. Später hat er mich dann ausgefragt, wo und mit wem ich feiern würde. Ich habe es ihm erzählt, weil ich das Gefühl hatte, ihn sonst überhaupt nicht mehr loszuwerden. Daraufhin sagte er, dann müsse er

Gehälter, Versicherungen und Renten ausrechnen oder so ähnlich.«

»Was kann er damit gemeint haben?«

»Er sagte, auf Mittsommerpartys käme immer jemand ums Leben, durch Ertrinken oder sonst wie, und deshalb wäre es gut, die Papiere vorzubereiten. Aber er wollte die Abrechnung für alle machen. Nicht nur für mich. Sind Sie sicher, dass nur meine Papiere in seinem Büro lagen? Ich konnte doch nicht ahnen, dass der widerliche kleine Schleimer es ernst gemeint hat.«

»Zumindest in Ihrem Fall scheint er es ernst gemeint zu haben. Für die anderen haben wir tatsächlich nichts gefunden.«

»O Gott«, sagte Virpi Hiekkala. »Er war wirklich krank. Sie werden das wahrscheinlich schrecklich finden, aber ich bin wirklich froh, dass wir ihn los sind. Es hätte vielleicht nicht ganz so radikal sein müssen. Aber im Prinzip ist es ein Glück.«

»Ich finde gar nichts schrecklich«, sagte Kairamo und meinte es ehrlich. Dann fügte er hinzu: »Danke für die Informationen. Es kann sein, dass wir Sie noch einmal kontaktieren müssen. Sind Sie den ganzen Tag in der Firma zu erreichen?«

»Ja. Mannomann, war der bekloppt.«

»Auf Wiederhören«, sagte Kairamo.

»Auf Wiederhören«, erwiderte Virpi Hiekkala.

Kairamo legte den Hörer auf die Gabel. Er sah die beiden Männer an, die vor ihm saßen und von denen der eine ihn neugierig anstarrte, während der andere seine Pfeife putzte, als ginge die Welt ihn nichts an. Kairamo sagte: »Ratet mal, was ich erfahren habe.«

Ratespiele waren eigentlich nicht Kairamos Art, daher meinte Huhtanen, ebenfalls aus der Rolle fallen zu dürfen, und grunzte: »Öh?«

Kairamo sagte: »Kartano hatte einen makabren Humor.«

Und du spielst dramatische Spielchen, dachte Rimpiaho. Er sagte aber nichts und auch seine Miene war so unschuldig wie die eines Lausejungen, der gerade ein Schwalbennest kaputtgemacht hat.

Kairamo setzte zu einer Erklärung an: »Kartano hatte angekündigt, diese Abrechnung für alle zu machen, die bei Mitrunen Mittsommer feiern wollten. Virpi Hiekkala scheint die Existenz dieses Bogens für den endgültigen Beweis zu halten, dass Kartano nicht alle Tassen im Schrank hatte.«

»Vielleicht hatten Zahlen eine besondere Faszination für ihn. Vielleicht hat er gern gerechnet«, meinte Rimpiaho.

»Aber wo sind die anderen Abrechnungen, Huhtanen?«, fragte Kairamo.

»Ich hab sie nicht geklaut. Ich bin ein ehrlicher Polizist.« Huhtanens Antwort klang völlig unbeteiligt. Seine Pfeife war jedoch verschwunden und er rieb sich die Hände an einem Tempotaschentuch ab.

»Glaubst du, Kivimaa könnte aus dem Papier noch was rausholen?«, fragte Kairamo, der das Blatt immer noch in der Hand hielt.

»Glaub ich nicht«, sagte Huhtanen.

Rimpiaho hatte Fantasie. Er war aufgestanden. Nun lehnte er sich ans Fensterbrett und legte los wie Hans Christian Andersen: »Er hat die Frau wirklich gehasst. Dass Virpi Hiekkala Kartano gehasst hat, wussten wir ja schon. Aber jetzt wissen wir, dass Kartano seinerseits Virpi Hiekkala gehasst hat. So muss es sein.«

»Unseren Märchenonkel hat die Muse geküsst«, sagte Huhtanen.

»Mach du dich nur lustig! Hast du etwa eine bessere Erklärung?«

Kairamo hätte dem Geplänkel gern ein Ende gemacht, andererseits packte auch ihn plötzlich der Eifer: »Aber was hat das mit dem Mord zu tun? Kartano war verrückt, beschäftigte sich gern mit Zahlen und stellte makabre Berechnungen an. Aber er hat niemanden umgebracht. Er ist selbst ermordet worden.«

Auch Huhtanen fühlte sich zu einem weitschweifigen Gegenargument herausgefordert: »Rimpiaho will uns davon überzeugen, dass Kartano verrückt war. Gleich wird er behaupten, dass er an irgendwelche magischen Kräfte glaubte. So ähnlich wie in *Rosemary's Baby*. Tod durch Gegenstände. Rimpiaho wird uns als Nächstes erzählen, Kartano hätte sich eingebildet, wenn er Virpi Hiekkalas Gehalt und Lebensversicherung für einen bestimmten Tag ausrechnet, würde Virpi Hiekkala an dem Tag sterben.«

Kairamo hielt es für angebracht, der Fantasie die Flügel zu stutzen: »Bleibt mal auf dem Boden, ihr beiden.«

»Nichts gegen Rimpiaho. Aber du wirst sehen, gleich redet er genau so, wie ich es prophezeit habe«, sagte Huhtanen.

Rimpiaho hatte sich Huhtanens Ausführungen in aller Ruhe angehört. Er kam wunderbar mit Huhtanen aus. Ihre gegenseitigen Frotzeleien dienten lediglich dazu, das Betriebsklima zu verbessern. Beide respektierten einander. Huhtanen schätzte Rimpiahos Fantasie und Intuition, nur deshalb machte er sich darüber lustig und warf ihm vor, er habe weder die eine noch die andere. Oder, wie jetzt, die Fantasie gehe mit ihm durch. Rimpiaho seinerseits schätzte Huhtanens Zuverlässigkeit und sein sachliches, auf jeden Schnickschnack verzichtendes Auftreten.

Rimpiaho sah zum Fenster hinaus und lächelte. Er sagte: »Ich behaupte lediglich, dass Kartano Virpi Hiekkala gehasst hat. Deshalb hat er diese Abrechnung gemacht.«

Kairamo wandte ein: »Aber Virpi Hiekkala behauptet, Kartano hätte versucht, sich an sie heranzumachen.«

»Aber es ist ihm nicht gelungen. So ein Misserfolg kann einen Mann ganz schön verbittern.«

»Die Beweislage ist aber doch recht dünn«, meinte Kairamo. »Dieses Blatt Papier bezeugt im Grunde nichts weiter, als den so oft erwähnten schwarzen Humor.«

»Nein. Aber es erklärt eins«, sagte Rimpiaho, dessen Geschichte mittlerweile eher an die Brüder Grimm erinnerte als an Andersen.

»Was denn?«, fragte Huhtanen.

»Es erklärt, wieso sich Kartano in der Nähe von Mitrunens Sommerhaus aufgehalten hat, obwohl er nicht eingeladen war.«

Kairamo und Huhtanen blickten sich an. Sie sahen keine Verbindung.

»Wieso?«, fragte Huhtanen.

»Er ist hingefahren, um Virpi Hiekkala zu töten«, erklärte Rimpiaho lächelnd.

Heureka.

Zweiundzwanzig

Kairamo und Huhtanen sahen sich verdattert an.
Rimpiaho lächelte sein jungenhaftes Lächeln.

Hanhivaara stand in Kuopio auf dem Marktplatz und stellte fest, dass er sich die Sachen, die am Fundort aufgelesen worden waren, nicht angesehen hatte. Warum hatte er eine so selbstverständliche Pflicht vernachlässigt?

Kairamo schaffte es, seine Verblüffung zu verbergen. Huhtanen wiederum war normalerweise durch nichts zu erschüttern, doch diesmal fiel ihm die Pfeife aus der Hand und verstreute ihren Inhalt auf dem Fußboden. Er fluchte lauthals.

Kairamo sagte: »Es ergibt trotzdem keinen Sinn. Kartano ist tot. Er hat niemanden umgebracht.«

Rimpiaho sah immer noch zum Fenster hinaus. Er war mit sich zufrieden, bedauerte aber, dass Hanhivaara nicht dabei war.

»Der Junge hat immer einen guten Witz auf Lager«, meinte Huhtanen.

Rimpiaho sagte: »Immerhin hätten wir eine Theorie, die wir testen können.«

»Wie denn?«, erkundigte sich Huhtanen. »Kartano kann uns nichts mehr erzählen.«

»Es wäre doch denkbar, dass Virpi Hiekkala die Partie gewonnen hat. Ich glaube, sie würde schnell zusammenbrechen, wenn wir ihr die Gelegenheit geben.«

Kairamo sagte: »Ohne Kratzer wäre sie sicher nicht davongekommen. Sie hatte aber keinerlei sichtbare Kampfspuren.«

Rimpiaho hatte sich wieder hingesetzt. Er hatte den Eindruck, dass man endlich zur Sache kam; sein Interesse wurde immer reger.

»Es ist völlig ausgeschlossen, dass Virpi Hiekkala ohne eine Schramme mit Kartano fertig geworden wäre. Er war zwar klein, aber immer noch größer als sie«, erklärte Huhtanen.

»Vielleicht hat er nur gedroht, aber sie hat es ernst genommen und zuerst zugeschlagen.«

Die Männer schwiegen eine Weile. Sie starrten vor sich hin und dachten über die Theorie nach, die man mit gutem Willen vielleicht gerade noch als realistisch bezeichnen konnte. Aber Rimpiaho war nicht mehr zu bremsen. Er sagte: »Dann gibt es auch noch die Möglichkeit, dass Virpi Hiekkala einen Komplizen hatte. Da kommt einem natürlich als erster Mitrunen in den Sinn, schließlich ist er ihr Freund. Sozusagen.«

»Moment. Das geht mir zu schnell. Wir wissen ja noch nicht mal, ob Kartano tatsächlich einen Mord plante. Ein

Blatt Papier mit irgendwelchen Berechnungen hat vor Gericht überhaupt keine Beweiskraft.« Kairamo war zwar ein Mann der raschen Entschlüsse, doch ohne solide Basis ging es bei ihm nicht. Er handelte erst, wenn sein Verstand ihm sagte, dass es Zeit sei, aktiv zu werden.

Rimpiaho war noch jung, aber Mangel an Beharrlichkeit konnte man ihm nicht vorwerfen. Er sagte: »Vielleicht sollten wir die Hiekkala trotzdem zur Vernehmung aufs Präsidium holen.«

Die beiden anderen sahen sich an. Dann nickte Kairamo.

»Vielleicht sollten wir sie tatsächlich eingehender befragen«, sagte er. »Aber wir müssen mit unseren Behauptungen vorsichtig sein. Rimpiahos Theorie kann ein Geniestreich sein, aber wenn er sich irrt, blamieren wir uns bis auf die Knochen.«

»Wer soll Virpi Hiekkala abholen?«, fragte Huhtanen.

»Das kann doch irgendein kleines Licht übernehmen«, meinte Rimpiaho. »Jemand von der Streife zum Beispiel.«

Kairamo sagte: »Rimpiaho wird das erledigen. Immerhin ist das Ganze seine Idee.«

»So eilig ist es ja nicht. Sie hat vermutlich gegen zwölf Mittagspause. Ich hole sie kurz vorher ab.«

»In Ordnung«, sagte Kairamo. »Bis dahin muss ich mich durch diese Berichte durcharbeiten. Ihr könnt inzwischen eure eigenen Berichte schreiben. Ach ja, Huhtanen, schick einen von unseren jungen Leuten in Kartanos Wohnung, er soll dieses verdammte Bücherregal unter die Lupe nehmen. Sag ihm, dass er möglicherweise sehr bald befördert wird, wenn er ein Tagebuch findet. So was spornt die Grünschnäbel an.«

Huhtanen und Rimpiaho verließen das kleine, aber ausgesprochen moderne Büro von Kriminalkommissar Kari Kairamo. Kairamo entspannte sich. Er legte die Füße auf den Schreibtisch und lehnte sich zurück. Mit der rechten Hand nahm er das oberste Blatt von dem dicken Stapel auf seinem Schoß und begann es zu überfliegen.

Die Vorbereitungen auf die Lektüre der Berichte erwiesen sich jedoch als umsonst. In dieser Stellung reichte Kairamo nämlich nicht ans Telefon, das prompt klingelte. Er sah es verärgert an und ließ es noch eine Weile klingeln. Diesen kleinen Luxus hatte er sich angewöhnt, nachdem er zwei spektakuläre Morde aufgeklärt hatte. Keine Allerweltsfälle, nicht die üblichen Schlägereien unter Pennern, sondern richtige Elitemorde, deren Aufklärung ihm Ehre eingebracht hatte. Er hatte es nicht mehr nötig, dienstbeflissen ans Telefon zu eilen, sobald es klingelte.

Kairamo nahm die Füße vom Tisch und steckte sie in die Schuhe. Er zog seine tadellose blaue Hose glatt, damit sie an den Knien nicht ausbeulte. Erst dann streckte er die Hand nach dem Telefon aus, das nicht aufgehört hatte zu klingeln.

Gleich darauf straffte sich seine Gestalt. Wie gut, dass er den Hörer abgenommen hatte.

»Vargas hier. Was macht der König der Spürnasen?«

»Tag, Vargas«, sagte Kairamo.

»Habt ihr den Mörder schon?«

»Welchen Mörder?«

»Hast du denn mehrere auf dem Kieker?«

»Sollte ich?«

Vargas sah sich in seiner Auffassung bestätigt, dass Kairamo es nicht verstand, das Leben zu genießen. Er selbst hatte viel mehr Leichen um sich als der Kommissar, weigerte sich aber trotzdem, in Anwesenheit anderer Menschen todernst zu sein. Er sagte: »Von dir kriegt man einfach keine Antwort. Ihr Polizisten wollt immer Antworten haben, seid aber selbst nicht fähig, auch nur eine einzige zu geben. Ich habe lediglich gefragt, wie es dir geht, aber nein, du antwortest mir nicht. Typisch Polizei und außerdem verdammt unhöflich.«

Kairamo musste sich fügen. Das war ihm klar gewesen, sobald er die Stimme des Pathologen gehört hatte. Wenn er hier und jetzt einen mündlichen Bericht haben wollte, musste er warten, bis Vargas bereit war, ihn zu erstatten. Andernfalls müsste er noch viel länger warten, bis Vargas seinen Bericht auf Band gesprochen und jemand anders ihn abgetippt und ins Präsidium geschickt hätte. Wahrscheinlich würde er obendrein zuerst beim Polizeipräsidenten landen und erst dann bei ihm eintrudeln.

Also sagte Kairamo: »Danke, gut. Und dir?«
»Bestens. Ich zähle Leichen.«
»Wie schön.«
»Findest du.«
»Nein, du.«
»Ich? Ich hasse meine Arbeit. Leichen sind kalt. Ich bin ein warmherziger Mensch.«
»Du hasst deine Arbeit so wie eine nymphomane Hure ihren Job hasst.«

Nach fünf Sekunden Stille sagte Vargas: »Kann schon sein. Eine Nymphomanin kann keiner befriedigen, aber ich glaube nicht, dass sie sich darüber freut.«

»Aha«, sagte Kairamo trocken. Das Gespräch erschien ihm zunehmend irreal.

Vargas redete munter weiter: »Wenn man versucht, eine Nymphomanin zu befriedigen, wird man zuerst frustriert, dann verklemmt, dann deprimiert und zum Schluss schneidet man ihn sich ab. Nymphomanie müsste gesetzlich verboten werden. Da hättet ihr Jungs wenigstens was zu tun. Warum sprechen wir eigentlich über Nymphomanie?«

»Keine Ahnung.«
»Du hast von einer nymphomanen Hure gesprochen. Hat die etwas mit dem Mordfall zu tun, an dem ihr gerade arbeitet?«

»Absolut nicht«, sagte Kairamo und dann kam ihm eine

Idee. Vielleicht hatte Vargas eine besondere Intuition. Oder er selbst. Er fragte: »Kann ein Mann diese Charaktereigenschaft auch haben? Oder eher: Charakterschwäche?«
»Als Charakterschwäche würde ich das nicht bezeichnen.«
»Wie denn?«
»Als besonders stark ausgeprägten Geschlechtstrieb.«
Was für ein Chauvinist, dieser Vargas, dachte Kairamo. Männer dürfen aktiv sein, aber Frauen will er es verbieten.
»Gibt es noch andere Ausdrücke dafür?«
»Manche sprechen von Satyriasis.«
»Wie äußert sich das?«
»Darin, dass er einem immer steht.«
»Sieht man das irgendwie von außen?«
»Die Hose spannt sich. Sieht aus wie ein Zelt. Wusstest du das nicht?«
»Ich meine ...«
»Kairamo, du bist altmodisch. Psychische Aufstauungen äußern sich nicht in körperlichen Geschwüren. In den Aufzeichnungen eines Psychoanalytikers können sie vielleicht sichtbar werden, aber nicht im Obduktionsbefund eines Pathologen.«
»Zu dumm.«
Jetzt hatte Kairamo Vargas in die Falle gelockt. Sie waren endlich zur Sache gekommen. Nun würden sie über die Leiche reden, Vargas blieb kein Ausweg mehr.
Der Pathologe sagte: »Na so was. Da muss ich seinen Schwanz wohl nochmal unter die Lupe nehmen.« Anscheinend kam er jetzt erst richtig in Fahrt. Seine Neigung zu Galgenhumor ließ selbst Kurt Vonneguts Talent verblassen.
»Aber du hast doch gesagt, dass ...«
Vargas unterbrach ihn: »Schon, aber man kann ja nie wissen. Stell dir nur mal vor, ich würde tatsächlich was finden. Herrgott, das könnte mir sogar den Nobelpreis einbringen.«
»Das glaube ich nicht«, sagte Kairamo allen Ernstes.

»Glaub du, was du willst. Ich muss jetzt wieder zu meinem Liebsten eilen. Adieu und auf Wiederhören. Danke für deinen Anruf.«

Kairamo brüllte erschrocken auf und wurde mit einem leisen Lachen belohnt. Er sagte: »Ich mag diese Faxen nicht. Ich finde es nicht richtig, die Dienstzeit mit solchem Gelaber zu verplempern.« Seine Worte machten keinen Eindruck auf Vargas, der in der Dienstzeit nahezu alles tun konnte, mit Ausnahme von Brudermord. Aber vielleicht würde er sogar damit durchkommen. Er war schließlich nicht der dümmste unter den Ärzten, die Kairamo kannte. Manchmal erfreute sich Kairamo an dem Gedanken, die ständige Beschäftigung mit Leichen habe Vargas' Nerven zerrüttet. Aber so war es vermutlich nicht. Es handelte sich um einen Abwehrmechanismus, wie ihn auch die Polizisten kannten.

»Mein lieber Freund, ich habe gleitende Arbeitszeit.«

»Mag ja sein. Ich arbeite rund um die Uhr. Daher wäre ich dir außerordentlich verbunden, wenn wir endlich zur Sache kämen.«

»Und die wäre?« Schon als er die Worte aussprach, wusste Vargas, dass er zu weit gegangen war, und setzte hastig hinzu: »Moment. Antero Kartano, war das der Name?«

»Ja.«

Stille.

Kairamo sagte: »Fahr nur fort.«

Vargas fuhr fort: »Die Todesursache war zweifellos eine innere Blutung infolge eines Schädelbruchs. Nach dem ersten Schlag hat er nicht mehr lange gelebt. Der zweite hat ihm endgültig das Licht ausgeblasen. Aus der Form des Bruchs kann man praktisch gar nichts schließen. Oder alles Mögliche.«

Stille.

Kairamo blieb keine andere Wahl. Er fragte: »Für welche Alternative wirst du dich entscheiden?«

»Ein paar Spekulationen kann ich dir natürlich bieten.«
»Zum Beispiel?«
»Die Bruchränder sind unregelmäßig. Bei der Tatwaffe dürfte es sich kaum um eine Axt, einen Hammer oder ein Stück Rohr handeln. Ein ganz gewöhnlicher Stein könnte dagegen infrage kommen. Das kam mir jedenfalls als Erstes in den Sinn. Vor elf Jahren habe ich eine Wunde untersucht, die fast genauso aussah.« Nun wollte Vargas auch noch sein phänomenales Gedächtnis demonstrieren. Wieder einmal. »Damals stellte sich heraus, dass es ein Stein war. Es wird sich aber sicher nicht um denselben Stein handeln. Ein Stein kann dem anderen überraschend ähnlich sein.«
»Andere Anzeichen für Gewaltanwendung?«
»Keine. Ein blauer Fleck, aber der ist schon älter. Ein paar gut verheilte Narben. Keine Anzeichen für Gewaltanwendung.«
»Und weiter?«
»Die inneren Organe waren völlig gesund. Ich würde sagen, wenn er nicht tot wäre, würde er ein schmerzfreies Leben führen. Vielleicht sogar Sport treiben. Aber er war ja noch jung. Die meisten jungen Leute sind gesund.«
»Solange sie nicht tot sind.« Nun erlaubte sich auch Kairamo eine überflüssige Bemerkung.
Dann fragte er: »Todeszeit?«
»Da schließe ich mich dem an, was im ärztlichen Bericht vom Fundort steht. Gegen zwölf in der Mittsommernacht. Die Obduktion bestätigt das, vorausgesetzt die Angaben von Ankkalinna sind korrekt.«
»Wer ist denn Ankkalinna?«
»Na, deine rechte Hand. Der Kerl, der so seltsam durch die Gegend schlurft.«
»Hanhivaara?«
»Genau der.«
»Was hat er dir gesagt?«

»Dass Kartano vermutlich gegen drei Uhr nachmittags im Restaurant *Sorsapuisto* seine letzte Mahlzeit zu sich genommen hat.«

»Verdammt nochmal, dann hat Hanhivaara also Informationen zurückgehalten«, ereiferte sich Kairamo.

»Mir hat er es jedenfalls gesagt.«

Kairamo rief sich zur Ordnung und fasste zusammen: »Also gegen zwölf in der Mittsommernacht.«

»Dem Mageninhalt nach, ja. Der Junge hatte ein anständiges Steak gegessen.«

»Und weiter?«

»Reicht dir das noch nicht? Er war gesund. Todesursache und -zeit sind bekannt. Was willst du denn noch?«

Kairamo wischte sich den Schweiß von der Stirn. »Nichts. Vielen Dank.«

»Gern geschehen. Ich seh mir jetzt den Schwanz von dem armen Kerl an. Wenn ich in der Richtung fündig werde, ruf ich dich an.«

Damit legte Vargas auf.

Kairamo dankte der Vorsehung dafür. Er hatte keinen Sinn für Humor.

Dreiundzwanzig

»Hanhivaara, du hast uns Kartanos Restaurantbesuch verschwiegen«, beschwerte sich Kairamo.

Gleichzeitig fragte Rimpiaho: »Du bist schon zurück?«

Hanhivaara betrachtete seine Schuhe. Es waren alte Schuhe. Abgetretene Schuhe. Aber in Ermangelung von etwas Besserem konnte man sie betrachten. Als Erstes beantwortete er Rimpiahos Frage, denn sie schien ihm die leichtere zu sein. »Um sechs null fünf ist die Maschine nach Helsinki abgeflogen, von da weiter nach Kuopio, Ankunft sieben fünfunddreißig. Um viertel vor elf gab es einen Direktflug von Kuopio nach Tampere. Ich hatte also drei Stunden für die Befragungen. Zeit genug.«

Kairamo sah seinen Untergebenen abwartend an.

Es blieb Hanhivaara nicht erspart, auch ihm zu antworten, doch vorher wandte sich Kairamo an Rimpiaho: »Hattest du nicht noch etwas zu erledigen?«

Rimpiaho erklärte bescheiden: »Ein Streifenwagen holt das Mädchen ab, sie muss gleich hier sein.«

Kairamo funkelte Rimpiaho wütend an, während Hanhivaara zu seiner Erklärung ansetzte: »Es war kein eigentliches Ermittlungsresultat. Ich habe es zufällig erfahren und vergessen, es extra zu erwähnen. Am Sonntag war ich nämlich mit Maija zum Essen im *Sorsanpuisto*.« Wie kannst du dir das leisten?, dachte Rimpiaho. »Einer der Kellner wusste, dass ich bei der Polizei bin, und hat mir erzählt, dass der Ermordete am Mittsommernachmittag dort gegessen hat. So habe ich es erfahren. Aber für unsere Zwecke war die Information nutzlos. Kartano war allein dort, hat gut gegessen und eine Flasche Mineralwasser getrunken. Dann ist er gegangen.« Die Reihenfolge der Ereignisse war nicht ganz korrekt wiedergegeben, aber Hanhivaara wollte es Maija ersparen, weiter in den Mordfall verwickelt zu werden. Er hatte den Oberkellner befragt, der Maijas Bericht bestätigt hatte.

»Woher wusste die Bedienung überhaupt, dass Kartano ermordet worden ist?«

»Der Kellner hatte es von einem Bekannten gehört. So was spricht sich eben rum.«

Kairamo rieb sich die Augen. Sie waren blutunterlaufen; ein kleiner Fehler in der makellosen Erscheinung. Eine Folge des Schlafmangels. Er schien sich mit Hanhivaaras Erklärung zufrieden zu geben, fragte aber nach: »Hast du noch mehr geheime Informationen?«

Die hatte Hanhivaara.

Doch zu seinem Glück blieb ihm die weitere Beichte erspart, denn im selben Moment klopfte es und ein Streifenbeamter führte Virpi Hiekkala herein. Kairamo und Rimpiaho sprangen auf. (Wo hatte Rimpiaho das gelernt?) Hanhivaara blieb sitzen. Nicht weil er besonders unhöflich zu Virpi Hiekkala sein wollte, sondern weil er in diesem Gehopse keinen Sinn sah. Das Gebot der Zweckmäßigkeit stand bei ihm höher als jede Benimmregel.

Nun begann ein ausgiebiges Katzbuckeln, Begrüßungsworte flogen hin und her. Kairamos sonore Stimme ließ seinen Gruß beinahe wie einen Antrag klingen, doch Rimpiaho übertrumpfte ihn, indem er Virpi Hiekkala seinen Stuhl anbot. Der Mann hat sich Hals über Kopf verliebt, dachte Hanhivaara und putzte sich die Nase.

Allmählich kehrte Ruhe ein. Virpi Hiekkala saß mit sittsam übereinander geschlagenen Beinen neben Hanhivaara, der freundlich sagte: »Guten Tag, gnädige Frau.«

Kairamo hatte sich hinter den Schreibtisch verzogen, während Rimpiaho auf dem Fensterbrett saß und die Besucherin mit offenem Mund anstarrte.

»Mach den Mund zu«, sagte Hanhivaara.

Rimpiaho hörte ihn nicht.

Virpi Hiekkala saß ganz ruhig da. Sie wartete.

Kairamo begann: »Wir müssen uns noch einmal über die Abrechnung unterhalten.«

Virpi Hiekkala fiel ihm ins Wort: »Darüber haben wir doch schon gesprochen. War es übrigens nötig, mich mit einem Streifenwagen abholen zu lassen? Jetzt werde ich monatelang blöde Witze über die Sittenpolizei zu hören bekommen.«

Kairamo sah Rimpiaho an und sagte: »Nein, das wäre nicht nötig gewesen.«

Rimpiaho zog es vor, zu schweigen.

»Aber da Sie nun einmal hier sind, hätten wir gern klare Antworten auf einige Fragen«, fuhr Kairamo fort.

»Das erscheint mir zwar nutzlos, aber bitte, fragen Sie«, sagte Virpi Hiekkala mit ihrer klaren, sachlichen Sekretärinnenstimme. Sie hatte eine gute Ausbildung gehabt und würde es noch weit bringen, falls sie nicht wegen Mordes verhaftet wurde.

Kairamo fragte: »In welcher Beziehung standen Sie zu Antero Kartano?«

Virpi Hiekkala drückte das Kreuz durch und sagte: »Um es klar und einfach auszudrücken, unsere Beziehung sah folgendermaßen aus: Er wollte mich ficken und ich habe ihn nicht rangelassen.«

Rimpiaho errötete. Hanhivaara dachte, natürlich hat Kartano es bei ihr versucht, warum denn nicht. Kairamo verschlug es den Atem. Zwar bat er immer um klare Antworten, aber mit einer derart offenen Antwort hatte er dennoch nicht gerechnet. Er war jedoch durch Routine gestählt, wie könnte es anders sein. Seine nächste Frage folgte rasch: »Eine Art einseitige Liebe also?«

»Von Liebe kann wohl nicht die Rede sein«, antwortete Virpi Hiekkala.

»Hat er Sie belästigt?«

»In letzter Zeit bei jeder Gelegenheit.«

»Und was haben Sie getan?«

»Ich habe ihn nicht ermutigt, wenn Sie das meinen. Er widerte mich an.«

»Sie haben ihm Ihren Standpunkt also unmissverständlich klar gemacht.«

»Man konnte ihm nichts unmissverständlich klar machen. Er hätte ein paar Schläge auf den Hinterkopf gebraucht. Dann wäre ihm die Situation vielleicht klar geworden.«

Schweigend sahen die Männer Virpi Hiekkala an, die allmählich begriff, was sie gerade gesagt hatte. Die glatte Fassade der Sekretärin begann zu bröckeln. Schließlich brach sie in Lachen aus. (Ablenkungsmanöver oder klammheimliche Freude?)

Sie sagte: »Da habe ich mich ein wenig seltsam ausgedrückt. Aber ich muss zugeben, dass mir sein Tod nicht das Herz zerreißt.«

Das Schweigen dauerte an, bis sie es erneut unterbrach: »Aber umgebracht habe ich ihn nicht.«

Kairamo meinte: »Sie haben ihn offenbar gehasst.«

»Ich habe ihn gehasst. Ja. So kann man es nennen. Zumindest habe ich ihn verabscheut und das ist wohl ungefähr dasselbe.«

Kairamo: »Ist Ihnen klar, dass Sie uns gerade ein Motiv geliefert haben?«

»Viele Menschen hassen jemanden, aber deshalb bringen sie ihn doch nicht um.«

»Nicht immer. Nicht einmal besonders oft. Aber es kommt vor.«

»Also, ich habe Antero jedenfalls nicht ermordet«, sagte Virpi Hiekkala mit fester Stimme.

»Wer dann? Hat Ihnen jemand die Arbeit abgenommen?«

»Jemand hat mir den Gefallen getan, ohne mich darüber zu informieren. Ich weiß nicht, wer es war, aber er hat mir zweifellos einen Dienst erwiesen. Allerdings glaube ich, dass er sich selbst einen noch größeren Dienst erwiesen hat. Ich habe mit der Sache nichts zu tun.«

»Sie sind eine kaltblütige Frau.«

»Ist das eine Feststellung oder eine Frage?«

Kairamo gab keine Antwort. Er war es nicht gewöhnt, auf die Fragen von Befragten zu antworten. Meistens hörte er sie gar nicht.

Da wandte sich plötzlich Hanhivaara an ihn: »Die Sachen, die in der Nähe der Leiche gefunden wurden, sind die schon im Labor?«

Kairamo war froh über die Unterbrechung. Er sagte: »Wahrscheinlich werden sie gerade erst hingebracht. Eine Schande, dass das Labor über Mittsommer geschlossen ist. Wieso?«

Hanhivaara stand auf. »Ich will sie mir ansehen. Ich guck schnell mal nach, ob sie noch hier sind. Auf Wiedersehen, Frau Hiekkala.«

Er ging hinaus und Rimpiaho setzte sich rasch auf den frei gewordenen Stuhl.

Kairamo räusperte sich: »Frau Hiekkala, ist Ihnen inzwischen eingefallen, weshalb Kartano die Abrechnung aufgestellt haben könnte?«

»Es passt zu ihm, absolut. Aber es hat sicher nichts zu bedeuten.«

Nun mischte sich Rimpiaho ein: »Vielleicht doch. Es könnte bedeuten, dass Kartano Sie hasste und Ihren Tod herbeiwünschte.«

»Und das steht im Widerspruch zu dem, was Sie uns erzählt haben«, ergänzte Kairamo.

»Wieso?«

»Er hat Sie doch begehrt. Nach Ihrem Tod hätte er nun wirklich keine Chance mehr gehabt, Sie für sich zu gewinnen.«

»Begierde kann leicht in Hass umschlagen, wenn sie nicht befriedigt wird«, meinte Virpi Hiekkala.

»Stimmt«, sagte Rimpiaho. Das Schweigen, das darauf folgte, wurde nur durch das Geräusch der vorbeidonnernden Busse und Laster gestört.

Virpi Hiekkala lachte auf: »Wollen Sie damit sagen, dass Antero versucht hat, mit diesem Blatt Papier meinen Tod heraufzubeschwören?«

Jetzt müsste Huhtanen hier sein, dachte Rimpiaho.

»Wo steckt Huhtanen eigentlich?«, fragte Kairamo.

»Sitzt beim Mittagessen«, lächelte Rimpiaho.

Kairamo wandte sich wieder an Virpi Hiekkala: »Mit schwarzer Magie befassen wir uns nicht. Aber es gibt da die Hypothese, dass Kartano zum Sommerhaus gefahren ist, um Sie umzubringen.«

Diese Mitteilung schien Virpi Hiekkala nicht weiter zu beeindrucken. Sie sagte nur: »Unmöglich.«

»Inwiefern?«, fragte Kairamo.

»Er wäre nicht dazu fähig gewesen.«

»Wieso nicht?«

»Er war kein Mördertyp.«

»Hat er sich Ihnen gegenüber nie gewalttätig verhalten?«

»Nie. Gewalttätig war er nicht. Nur aufdringlich. Das gefiel mir nicht. Er sah gut aus. Wenn er kein Psychopath gewesen wäre, hätte ich seinen Antrag möglicherweise angenommen.«

Rimpiaho hatte große Lust, sein Knie näher an das Knie der Frau heranzuschieben. Aber Kairamo hätte die Bewegung über den Schreibtischrand hinweg sehen können. Also ließ er sein Knie, wo es war.

Kairamo fragte: »War er ein Psychopath?«

»Ja.«

»Sind Sie Psychologin?«

»Nein.«

»Woher wollen Sie dann wissen, was er war?«

»Ich weiß es eben.«

Kairamo schwieg eine Weile und sah die Frau forschend an. Dann sagte er: »Solche Antworten lassen wir hier nicht gelten.«

»Sein Benehmen war unverschämt. Für ihn war Begrapschen der erste Schritt bei einem Flirt. Das wiederum ist der Stil von Halbwüchsigen. Genau das war Antero, halbwüchsig.«

»Nicht alle Halbwüchsigen sind Psychopathen.« Kairamos Logik ließ einiges zu wünschen übrig.

»Wenn ein dreißigjähriger Mann sich benimmt wie ein Halbwüchsiger, ist er ein Psychopath«, erklärte Virpi Hiekkala ruhig, als verkünde sie ein Axiom ihrer Lebensphilosophie.

»Für Sie sind Kartanos Berechnungen also kein Hinweis darauf, dass er plante, Sie umzubringen?«, fragte Rimpiaho. Er verspürte ein leises Schuldgefühl. Seiner Meinung nach durfte man schönen Frauen nicht hart zusetzen. Zwar entpuppten sich in hartgesottenen Krimis die schönen Frauen meistens als eiskalte Mörderinnen, doch das führte er darauf zurück, dass die Verfasser entweder pervers waren oder verzweifelt versuchten, die am wenigsten verdächtige Person als Mörder zu entlarven. Nur um zum Schluss noch mit einer Überraschung aufwarten zu können.

Kairamo dachte, dass es ein merkwürdiger Zufall wäre, wenn Kartano geplant hätte, Virpi Hiekkala zu töten, stattdessen aber ihr zum Opfer gefallen wäre. Kairamo neigte nicht zu Übertreibungen. Auch jetzt verwendete er in seinen Überlegungen tatsächlich den farblosen Ausdruck ›merkwürdiger Zufall‹. Jemand anderes hätte von einer ›extrem unwahrscheinlichen Alternative‹ gesprochen oder von einer ›unglaubhaften Ereigniskette‹; die Sensationspresse hätte sich zur ›eigentümlichsten Ereigniskette der finnischen Kriminalgeschichte‹ verstiegen; irgendjemand hätte vielleicht gesagt, es handle sich um eine ›typische Erscheinungsform der Ironie des menschlichen Lebens‹, aber dieser Jemand hätte in seinem Leben schon einige ›merkwürdige Zufälle‹ erlebt haben müssen.

Alle diese Definitionen scheiterten an einer unwiderlegbaren Tatsache: Man würde nie schlüssig beweisen können, dass Kartano geplant hatte, Virpi Hiekkala zu ermorden, denn Kartano war tot. Eine winzige Chance gab es allerdings noch, denn ein junger Kriminalmeister suchte ebenso fieberhaft wie sorgfältig in Kartanos Bücherregal nach einem

Band, auf den die Bezeichnung *Tagebuch eines Toten* zutreffen konnte.

Virpi Hiekkala unterbrach die Überlegungen der beiden Männer: »Ich weiß nicht, was ich glauben soll. Woher soll ich denn wissen, was Antero ausgebrütet hat? Er hat mir jedenfalls nicht gesagt, dass er mich umbringen wollte.« Sie lächelte kühl, als sei sie zufrieden, diese Aussage losgeworden zu sein.

Kairamo fragte: »Wusste Kartano, wo Sie Mittsommer feiern wollten?«

»Ja. Ich habe es ihm gesagt.«

»Warum?«

»Er hat immer wieder danach gefragt. Ich war es schließlich leid und habe den leichtesten Weg gewählt, ihn loszuwerden. Leider.«

»Das stützt die Theorie«, meinte Rimpiaho.

Virpi Hiekkala sagte: »Meine Mittagspause ist gleich zu Ende und ich habe noch nichts gegessen.«

Kairamo stand auf und erwiderte beinahe zerstreut: »Ihre Mittagspause neigt sich dem Ende zu. Ihr ganzes bisheriges Leben ebenfalls, wenn sich herausstellt, dass Sie gelogen haben.«

»Sie sollten mir nicht drohen, Herr Kommissar. Ich bin ein ehrlicher Mensch. Meine Arbeit erledige ich zur allgemeinen Zufriedenheit. Ich bin sogar bereit, der Polizei zu helfen, soweit es in meinen Kräften steht. Aber ich kann Ihnen nichts weiter sagen.« Sie redete, als glaubte sie selbst, was sie sagte. Hanhivaara hätte das für ganz besonders verdächtig gehalten. Der empathische Rimpiaho mit seinem Glauben an das Gute im Menschen gab Virpi Hiekkala für diese kurzen Sätze die volle Punktzahl. Auf Kairamo hatten sie dagegen gar keinen Eindruck gemacht; er ließ sich nur von Fakten beeindrucken, nicht von den Worten irgendeiner Zeugin.

»Na gut, Sie können gehen«, sagte er plötzlich.

Die Frau stand auf, Rimpiaho ebenfalls. Leider wäre er beinahe über seine langen Beine gestolpert. (›Leider‹ deshalb, weil so etwas nur in einer Farce passiert.)

Virpi Hiekkalas Stimme klang beim Abschied hell wie eine Stimmgabel.

Als sich die Tür hinter ihr geschlossen hatte, sagte Kairamo: »Alle scheinen Kartano für anormal gehalten zu haben, aber niemand ist bereit, im Einzelnen zu erklären, wie sich diese Anormalität äußerte. Es bleibt alles vage.«

»So etwas ist manchmal schwer zu definieren«, gab Rimpiaho zu bedenken.

»Psychiater können es.«

»Ja. Aber Kartano war nie in psychiatrischer Behandlung.« Dann lächelte er und sagte: »Oder vielleicht doch?«

Damit eröffneten sich der Ermittlung natürlich ganz neue Bahnen.

Vierundzwanzig

Dass er die Konsequenzen seiner Einfälle tragen musste, schien sich allmählich zu Rimpiahos größtem Problem zu entwickeln. Er hatte zwar Fantasie, aber Arbeitseifer zählte nicht zu seinen Tugenden.

Der ganze Montagnachmittag verging über seinem Versuch, herauszufinden, ob Kartano in Tampere jemals in einer Nervenheilanstalt oder von einem Psychiater behandelt worden war. Bevor er sich an die Arbeit machte, rief er jedoch erst in Kuopio an und beauftragte einen weniger fantasiebegabten Polizeihauptmeister, dort eine entsprechende Umfrage durchzuführen. Natürlich in der Hoffnung, aus Kuopio eine positive Antwort zu erhalten, bevor er sich selbst die Finger wund telefonierte.

Als Nächstes ging er essen.

Dann griff er zum Telefon.

Gegen drei Uhr nachmittags war er noch kein bisschen schlauer.

Ebenfalls gegen drei Uhr an diesem Nachmittag erhielt Kairamo einen Anruf.

Er griff fast begierig nach dem Hörer, denn die Ermittlungen schienen sich festgefahren zu haben. Man hatte zwar Theorien, aber keine empirischen Beweise. Jeder wusste, dass Kairamo Beweise sehen wollte.

Vermutlich wurde das sogar Kauko Saarenmaa klar, als er am Telefon die gepresste Stimme vernahm: »Kairamo.«

Saarenmaas Stimme klang dagegen fröhlich und erleichtert. Er kam sofort zur Sache: »Wegen der angeblichen Unterschlagung. Wir haben die Angelegenheit seit heute früh untersucht. In den Büchern gibt es keinerlei Hinweis auf finanzielle Manipulationen. Bei der Riesensumme, von der Kartano gesprochen hat, hätten die Revisoren ziemlich schnell darauf stoßen müssen.«

Nun hatte Kairamo auch noch eine seiner Theorien verloren. Nicht gerade ein Anlass zur Freude. Er sagte lediglich: »So.«

Saarenmaa, der etwas mehr Enthusiasmus erwartet hatte, setzte beinahe verlegen hinzu: »Das bedeutet, dass zumindest ich kein Motiv habe.«

»Wieso?«, fragte Kairamo.

»Keine Unterschlagung, kein Motiv. Ist das nicht klar?«

»Wenn an Kartanos Vorwürfen nichts dran ist, haben Sie kein Motiv, das mit seiner Anschuldigung zu tun hat. Sollte man jedenfalls meinen. Aber für einen Mord gibt es genug andere Gründe.«

»Was heißt hier, sollte man meinen. Ich habe keins, Punkt.«

»Es ist sinnlos, darüber zu debattieren.«

»Finde ich nicht.«

Kairamo war verärgert, andernfalls hätte er den Zeugen nicht so unfreundlich behandelt. Es gefiel ihm ganz und gar nicht, dass Amateure sich an seinen Theorien vergriffen. Er sagte: »Vielleicht ist es das Beste, wenn sich die Männer vom Betrugsdezernat die Bücher einmal ansehen.«

Nun war auch Saarenmaa eingeschnappt. »Nur zu. Ich bin sicher, dass Kartanos Vorwürfe haltlos sind. Das war nur eins seiner Spielchen, er wollte mich ärgern. Obwohl ich keine Ahnung habe, weshalb er es ausgerechnet auf mich abgesehen hatte.«

»Ja, das ist tatsächlich ein interessanter Aspekt: Warum wollte er Ihnen Unannehmlichkeiten bereiten? Was hatte er gegen Sie? Warum hat er Sie gehasst? Wenn wir das herausfinden, wissen wir vielleicht auch, warum Sie Kartano gehasst haben.«

Kairamos Benehmen war nun schon fast unverschämt. Es passierte selten, dass er die Beherrschung verlor.

In Saarenmaas Stimme lag keine Spur von Sorglosigkeit mehr: »Wollen Sie etwa behaupten, ich stünde immer noch unter Verdacht? Ich habe Ihnen doch schon gesagt, dass ich Kartano nicht ermordet habe. Ich hatte nicht mal einen Grund, ihn zu hassen.«

»Haben Sie ihn grundlos gehasst?«

»Ich habe ihn überhaupt nicht gehasst.«

»Da habe ich aber etwas ganz anderes gehört.«

»Von wem?« Saarenmaas Stimme wurde allmählich schrill. So wenig braucht es, um einem Menschen den Tag zu verderben. Seine Selbstsicherheit zu untergraben. Ein unbekümmertes Lächeln in sorgenvolles Stirnrunzeln zu verwandeln. Kairamo verstand es meisterhaft, jemandem den Boden unter den Füßen wegzuziehen.

»Darüber bin ich Ihnen keine Rechenschaft schuldig. Aber ich versichere Ihnen, dass wir die Ermittlungen in vollem Umfang weiterführen.«

»Von wem sind diese Behauptungen?«, beharrte Saarenmaa.

»In der jetzigen Phase der Ermittlungen können wir keine Einzelheiten bekannt geben.«

»Ihr Ton gefällt mir nicht.«

»Vielen Dank für die Mitteilung, ich schicke die Leute vom Betrugsdezernat vorbei.« Damit legte Kairamo auf.

Die Kollegen von der Wirtschaftskriminalität einzuschalten war an sich überflüssig. Eine Unterschlagung von einer halben Million Finnmark konnte die *Systec* nicht vertuschen, dazu war die Firma einfach zu groß. Sie hatte auch keinen Grund dazu, es sei denn, es ginge um Steuerbetrug. Dennoch beschloss Kairamo, die Sache weiterzuleiten und dafür zu sorgen, dass die Firmenbücher gründlich untersucht wurden. Ihn selbst interessierte die Unterschlagung nicht mehr. Er war dazu geboren, Morde aufzuklären, und er würde diesen Mord aufklären.

Rimpiaho kam herein. Die Niedergeschlagenheit stand ihm ins Gesicht geschrieben.

Kairamo seufzte: »Er war also nicht beim Psychiater?«

»Nein, jedenfalls nicht in Tampere.«

»Auch Ärzte können lügen. Sie berufen sich einfach auf ihre Schweigepflicht. Dabei sind die Polizisten vermutlich die Einzigen, denen sie nichts über die Privatangelegenheiten ihrer Patienten erzählen.« Kairamo wusste, dass seine Äußerung unfair war. Er hatte ja selbst gelegentlich über Dinge geredet, die nicht unbedingt an die Öffentlichkeit gehörten. Aber er war verbittert und musste Dampf ablassen. Dafür waren Ärzte immer gut.

»Natürlich können Ärzte lügen. Die meisten Menschen lügen wie gedruckt. Aber als ich erklärt habe, dass der eventuelle Patient tot ist und sich nicht mehr wegen Verletzung der Schweigepflicht beschweren kann, hat mir jeder Arzt mit unschuldiger Stimme gesagt, er habe nie einen Antero Kartano behandelt. Es sieht so aus, als müssten wir auf die psychiatrischen Gutachten verzichten und uns mit den farbenprächtigen Ansichten von Laien begnügen.«

Hanhivaara und Huhtanen betraten das Büro gerade in dem Moment, als Kairamo sagte: »Aber das ist es ja gerade, was den Ansichten der Laien fehlt: Farbe. Die bisherigen Laienurteile sind ausgesprochen theoretisch und vage.«

Huhtanen zog seine Pfeife aus der Tasche. Hanhivaara lehnte am Türrahmen, als wäre er auf dem Sprung, gleich wieder zu verschwinden. Er hielt einen Stapel säuberlich beschriebener Bögen in der einen Hand, eine Zigarette in der anderen und sah vollkommen schlapp und kraftlos aus. Huhtanen legte seine Pfeife beiseite und blätterte ebenfalls in einem Bericht.

Rimpiaho meinte: »Trotzdem müssen wir uns damit begnügen. Ein offizielles Sachverständigengutachten bekommen wir nicht.«

»Worüber?«, erkundigte sich Hanhivaara.

»Über Kartanos psychologisches Profil«, klärte ihn Kairamo auf.

Huhtanen sagte: »Das ist doch längst geklärt. Der Kerl war total verrückt.«

Rimpiaho lachte, die beiden anderen blieben stumm.

Kairamo erklärte in sachlichem Ton: »Saarenmaa hat gerade angerufen. In den Firmenbüchern wurde kein Hinweis auf eine Unterschlagung gefunden.«

»Passt ins Bild«, kommentierte Huhtanen.

»In welches Bild?«

»Total verrückt.«

Kairamo sah Huhtanen ausdruckslos an und sagte: »Da sich die Unterschlagung in nichts aufgelöst hat, müssen wir eine Theorie aufgeben. Dass nämlich jemand Kartano zum Schweigen bringen wollte, um weiter ungestört absahnen zu können. Uns bleibt nur die Frage, weshalb Kartano überhaupt von Unterschlagung gesprochen hat.«

Huhtanen schwieg, obwohl er so offen provoziert wurde.

»Haben wir noch Theorien übrig?«, fragte Rimpiaho.

Kairamo erwiderte: »Ja. Mehrere. Aber sie haben alle mit Kartanos Person zu tun. Mit seiner Merkwürdigkeit. Damit lässt sich nicht viel anfangen. Wir haben mehrere Verdächtige, die eventuell einen Grund hatten, Kartano umzubringen. Zum Beispiel haben Mitrunen und Saarenmaa derselben Frau nachgestellt wie Kartano. Das wäre schon mal ein Grund. Kartano hat sich auch für Hanna Ström interessiert. Überhaupt war er an jeder Frau interessiert, die ihm über den Weg lief. Selbst Vaskilahti könnte eifersüchtig geworden sein. Wie es scheint, hatten alle Männer Grund zur Eifersucht, sofern wir den Zeugenaussagen Glauben schenken wollen. Dann die Frauen. Bei ihnen ist es schwieriger, ein Motiv zu entdecken. Totschlag im Affekt wäre vielleicht bei jeder von ihnen denkbar. Möglicherweise hat Kartano in der Nähe des Sommerhauses einer bestimmten Frau aufgelauert. Vielleicht hat er sich an eine der Frauen herangemacht und dafür einen Stein auf den Kopf bekommen. Es kann sogar Notwehr gewesen sein. Besonders interessant erscheint mir aber Virpi Hiekkalas Beziehung zu Kartano. Das ist ein Punkt, an dem wir eventuell doch noch weiterkommen. Wir haben Frau Hiekkala heute vernommen, aber ohne Erfolg.«

Huhtanen sagte: »Unter den Gegenständen, die in Kartanos Wohnung sichergestellt wurden, war ein Notizblock. Darauf steht etwas, was merkwürdigerweise Rimpiahos Theorie stützt. Nämlich: *Stein darf ruhig zwei Kilo wiegen. Kann man noch gut schwingen. Ein Kilo reicht aber auch.*«

Rimpiaho erwachte aus seiner Lethargie: »Das scheint darauf hinzuweisen, dass Kartano sich für Steine interessierte. Warum? Um jemanden zu erschlagen?«

Kairamo dämpfte seinen Eifer: »Das kann alles Mögliche bedeuten.«

»Was denn zum Beispiel?«, fragte Huhtanen.

»Ein stichhaltiger Beweis ist es jedenfalls nicht. Hat dein Mann ein Tagebuch gefunden?«

»Noch nicht«, sagte Huhtanen.

Hanhivaara hatte lange geschwiegen, doch nun meldete er sich zu Wort: »Es waren noch zwei weitere Personen im Sommerhaus.«

Kairamo sah ihn an und nickte: »Richtig. Sie scheinen in keine Theorie hineinzupassen. Leena Kokkonen hat weder Kartano noch Mitrunen und seine Gäste gekannt. Dahlberg wiederum kannte Kartano schon länger. Und er war sozusagen mit Kartano befreundet.«

»Sozusagen«, nickte Hanhivaara.

»Weder Dahlberg noch die Kokkonen hat ein Motiv.«

Mordermittlungen fallen in den Bereich der soziologischen Wissenschaft. Ein Mordfall bietet Stoff für eine ganze Magisterarbeit. Bei den Ermittlungen braucht man zunächst eine Theorie und dann einen empirischen Teil, in dem die Theorie überprüft wird. Es sei denn, der Täter wurde quasi auf frischer Tat ertappt; dann kann man sich den theoretischen Teil sparen. Überflüssig ist er auch dann, wenn sich der Täter besonders dumm anstellt und eindeutige Spuren hinterlässt.

Allem Anschein nach verfügte Kairamo diesmal über mehrere Theorien, wusste aber nicht recht, welche Eliminationsverfahren er anwenden sollte, um eventuelle Fehlerquellen auszuschalten.

Daher musste er nun, am dritten Tag nach dem Mord, seine Männer auffordern, noch einmal von vorn anzufangen.

Er seufzte und sagte: »Ich glaube, es ist Zeit für eine Art Zusammenfassung.«

Rimpiaho spitzte die Ohren. Fantasiespiele waren das Richtige für ihn.

Hanhivaara stimmte seinem Chef zu: »Das denke ich auch. Genauer gesagt, ich hab sie schon aufgeschrieben.«

Er stieß sich vom Türrahmen ab und setzte sich in Bewegung, mühsam und kraftlos wie Onkel Wanja. Er reichte Kairamo den Stapel Papiere und sagte: »Lest euch das mal durch. Ich bin gleich wieder da.«

Dann ging er.

Hanhivaara beherrschte das Abc der Dramatik.

Fünfundzwanzig

Kairamo war über Hanhivaaras Verhalten dermaßen überrascht, dass er erst auf die Idee kam, ihn zurückzurufen, als Hanhivaara längst über alle Berge war.

Huhtanen reinigte ungerührt seine Pfeife. Er hatte sie zu seinem Ewigkeitsproblem gemacht. Er war einer der Männer, die zufrieden sind, wenn sie nie eine Lösung finden. Die Suche danach war es, was dem Leben Würze gab.

Rimpiaho zeigte eine finstere Miene, denn er hatte zwar Fantasie, doch die hatte gegen Hanhivaaras unpraktische und psychologisierende Ermittlungsmethode wieder einmal den Kürzeren gezogen. Er wälzte sich in Selbstmitleid, das er am Abend mit ein paar Bierchen herunterzuspülen gedachte. Und danach würde er seinen Urlaub fortsetzen.

Hanhivaara hatte das Präsidium verlassen und war auf dem Weg in eine Kneipe.

Es war kurz nach vier, als er die schwarz gestrichene schwere Tür aufzog und einen kleinen Vorraum betrat, aus dem man durch eine zweite, mit einer großen Glasscheibe versehenen Tür in das eigentliche Lokal gelangte. Er öffnete auch diese Tür.

Leicht modriger, rauchgeschwängerter Holzgeruch empfing ihn. Und der Türsteher, der ihm nur einen kurzen Blick zuwarf. Hanhivaara war nicht zum ersten Mal hier.

Er widmete sich weiterhin dem Geruchsstudium und war

mit dem Ergebnis zufrieden. Die Kneipe wurde erst um vier Uhr geöffnet. Daher waren die Rauchschwaden noch erträglich. Hanhivaara war froh darüber. Er rauchte zwar selbst, aber zu dichten Qualm hielten seine Augen nicht aus.

Ein paar Leute waren ihm immerhin zuvorgekommen. An der Theke saßen zwei Männer, und als er von der Tür aus zur rückwärtigen Wand schaute, sah er zwei Männer und eine Frau in einer Nische sitzen. Die Person, mit der er sich treffen wollte, entdeckte er jedoch nicht.

»Tag«, sagte er zum Türsteher.

Der Zerberus deutete eine höfliche Verbeugung an, lächelte freundlich und erwiderte den Gruß. Er hatte die Angewohnheit, jede Begrüßung mit einer höflichen Geste zu verbinden.

»Kein großer Andrang heute«, meinte Hanhivaara.

»Noch nicht. Aber später wird es sicher wieder voll.«

»Ach ja, ihr habt heute wieder Musik. Soll das im Herbst auch weitergehen?«

»Soweit ich weiß.«

Hanhivaara machte sich nicht viel aus der Jazzmusik, die jeden Montag in der Kneipe gespielt wurde. Noch weniger gefiel ihm das Gedränge, das dann immer herrschte und in dem sich viele Leute wohl zu fühlen schienen. Gegen Wohlfühlen hatte er nichts einzuwenden, doch diesmal war er dienstlich hier.

Er blieb an der Tür stehen, betrachtete die Pinnwand auf der rechten Seite und blätterte zerstreut in einem Kartenstapel, der dort an einem Haken hing; die Kneipe schien eine Menge Stammgäste zu haben. Man hatte auch ein paar Zeitungsausschnitte angepinnt. Einer war aus der örtlichen Tageszeitung ausgeschnitten und befasste sich mit einer Jamsession, die schon länger zurücklag. Beim zweiten handelte es sich um eine Musikkritik aus einer überregionalen Zeitung; der Musiker, dessen neueste Platte besprochen wurde, war einmal in dieser Kneipe aufgetreten. Der dritte enthielt ein Interview mit einem Nachwuchsautor; Hanhivaara wusste nicht, warum der Ausschnitt dort hing, nahm als intelligenter Mensch jedoch an, dass es dafür einen Grund gab. Unter den Zeitungsausschnitten hing ein Zettel, auf dem ein Engländer mitteilte, dass er eine Wohnung suche. Hanhivaara kannte ihn, er hatte früher in der Kneipe gearbeitet.

Er blickte sich um, als wäre er zum ersten Mal dort. Links neben der Tür begann eine lange Bartheke, die im rechten Winkel abknickte und weiterlief, um schließlich in einer Art Würfel zu enden. Sie nahm die Mitte des Raums in Anspruch. Davor standen Barhocker aus dunklem Holz. Die Theke war mit zwei Bierfässern dekoriert, aber in Wahrheit wurde das Bier mit moderneren Methoden gezapft: Aus großen Tanks im Keller wurde es mithilfe von Kohlensäure in die Hähne gepresst. Hanhivaara wusste nicht recht, ob er die moderne Art bevorzugte oder sich nach der guten alten Zeit sehnte.

Rechts standen zwei Tische mit Sitzgelegenheiten, die an alte Kirchenbänke erinnerten. Dann kam ein Klavier, hinter dem, fast schon an der Rückwand, drei weitere Tische standen; an einem davon saßen die beiden Männer und die Frau. An der Rückwand hingen außerdem eine Dartscheibe und Fotos von Musikern, die in der Kneipe gespielt hatten. Die rechte Wand wiederum war mit Bierdeckeln gepflastert; einige Marken kannte Hanhivaara, andere nicht. So ist es im Leben, man kennt die Dinge oder man kennt sie eben nicht.

Bei der Einrichtung des Lokals hatte man sich offenbar an die Klischeevorstellung von einem englischen Pub gehalten. Von einem altmodischen Pub, wo man noch nichts von weinrotem Samt gehört hat. Die Dekoration stammte dagegen eher aus der Gegenwart: An den Wänden hingen diverse Gemälde, Spiegel und Zeichnungen, und die Lampen waren altertümlichen Kronleuchtern nachempfunden.

Hanhivaara trat an die Theke. Er wusste, dass weiter hinten – wenn man sich an der Thekenecke nach links wandte – noch einige Tische standen. Außerdem befand sich dort ein Billardtisch, der meist dicht umlagert war, bis das Lokal um elf Uhr schloss.

Er bestellte bei dem aus Ägypten stammenden, aber in Finnland heimisch gewordenen Barkeeper ein Bier. Mit dem Glas in der Hand machte er einen Rundgang durch den hinteren Teil des Lokals, um nachzusehen, ob die Person, die er erwartete, sich dort verkrochen hatte.

Nein.

Hanhivaara setzte sich an die Theke und widmete sich seinem Bier. Er dachte über die Ereignisse der letzten Tage nach. War er glücklich? Zufrieden? Eigentlich hätte er Grund dazu gehabt. Seiner Ansicht nach hatte er den Fall gelöst. Also hätte er zufrieden sein müssen, doch er war es nicht. Er fand die ganze Geschichte erbärmlich. Teilweise auch unbegreiflich. Aber immerhin, er hatte den Fall aufgeklärt. Und da er noch Urlaub hatte, konnte er eigentlich mit Maija verreisen, ins Ausland vielleicht.

Er trank einen Schluck Bier. Er wartete.

Dann las er die Zeitung und wartete.

Er war gerade bei den Comics angelangt, als er dröhnendes Gelächter hörte. Er sah in die Richtung, aus der das Lachen kam, und stellte fest, dass Dahlberg an der Theke saß, vor sich ein halb leeres Bierglas. Hanhivaara hatte Dahlbergs Ankunft nicht bemerkt, musste sich deshalb aber keinen Vorwurf machen. Dahlberg hatte nämlich exakt elf Sekunden gebraucht, um das Glas zur Hälfte zu leeren. Normalerweise hätte er es in elf Sekunden ausgetrunken, doch das Bier war zu kalt und machte ihm Kopfschmerzen. So hatte er vor dem Bier kapituliert, was ihm äußerst selten passierte.

Hanhivaara faltete die Zeitung ordentlich zusammen und

legte sie auf die Theke, ging zu Dahlberg hinüber und begrüßte ihn.

Er schlug vor, sich an einen der Tische zu setzen, und Dahlberg sagte: »Warum nicht? Aber zuerst bestelle ich noch ein Bier.«

Das tat er und dann setzten sich die Männer an den Tisch neben dem Klavier.

Hanhivaara verzichtete darauf, um den heißen Brei herumzureden: »Mir ist nicht ganz klar, warum Sie es getan haben.«

Dahlberg lachte: »Was denn?«

Hanhivaara seufzte und trank einen Schluck von seinem bereits warmen Bier. Er sagte: »Sie haben Antero Kartano ermordet.«

»Machen Sie keine Witze. Ich war es nicht. Ich mochte ihn doch.«

»Das haben Sie allerdings immer wieder beteuert.«

»Es ist die Wahrheit.«

»Vielleicht. Eben deshalb verstehe ich nicht, warum Sie es getan haben.«

Hanhivaara holte einen kleinen Glasknopf aus der Tasche und legte ihn auf den Tisch. »Wissen Sie, was das ist?«

»Ein Knopf«, sagte Dahlberg. Ein helles Köpfchen.

»Schon, aber nicht irgendein Knopf. Das ist kein Allerweltsknopf, sondern einer aus Glas. Solche Knöpfe findet man nicht an jedem Hemd.«

Dahlberg betrachtete den Knopf mit höchster Konzentration. Dann meinte er: »Kommt mir bekannt vor.«

»Ganz bestimmt.«

»Wo ist er her?«

»Von Ihrem Hemd.«

»So.«

»Ein bisschen mehr Interesse könnten Sie schon zeigen. Der Knopf stammt von Ihrem Hemd, von dem Hemd, das sie später Mitrunen geliehen haben, weil man ihm seines voll gekotzt hatte. Wissen Sie, was mich wirklich wundert?« Ohne eine Antwort abzuwarten, fuhr Hanhivaara fort: »Dass Sie, ein Mann, dem es egal zu sein scheint, wie er aussieht, zum Mittsommerfest zwei Hemden dabeihatten, während Mitrunen, der Wert auf gepflegte Kleidung legt, nur eins hatte. Seltsam, worüber wir Kriminalisten uns den Kopf zerbrechen, nicht wahr?«

Dahlberg stand auf und holte sich ein neues Bier, kam aber brav zurück.

Lachend erklärte er: »Ich habe eine kleine Marotte. An sich wechsle ich das Hemd nicht sehr oft, ich vergesse es einfach. Aber wenn ich in die Sauna gehe, nehme ich immer ein frisches Hemd mit. Nach Möglichkeit lege ich den Saunabesuch so, dass mein Hemd bis dahin richtig schmutzig ist. Dann kommt nicht so viel Wäsche zusammen. Wenn man eine Weile schmutzig herumläuft, meine ich.«

Eine seltsame Aussage, dachte Hanhivaara. Aber er hatte keinen Grund, sie anzuzweifeln.

Er sagte: »Das erklärt nur die eine Hälfte des Problems. Man sollte doch meinen, dass auch Mitrunen ein Hemd zum Wechseln gehabt hätte.«

»Über Mitrunens Hemden weiß ich nichts. Aber ich habe mich königlich amüsiert, als er sich mein schmutziges Hemd borgen musste.«

Hanhivaara wunderte sich immer noch. Er hatte sich eingebildet, feine Leute würden zum Mittsommerfest mit dem Koffer anreisen und sich alle zwei Stunden umziehen. Genau genommen wusste er, dass es die feinen Leute so hielten. Er hatte es nämlich gesehen. Der Sinn ihres Tuns hatte ihm allerdings nicht eingeleuchtet.

Er sagte: »Ich habe Mitrunen am Tag nach dem Fest in dem Hemd gesehen. Es passte nicht zu seiner übrigen Kleidung. Außerdem fehlte ein Knopf.«

Dahlberg trank gierig von seinem Bier. Sein Kommentar fiel kurz aus: »Aha.«

Er schien weniger zu lachen als gewöhnlich.

Wie komisch, dass der klassische verlorene Knopf zur Aufklärung des Falles führt, dachte Hanhivaara. Aber unmöglich war es natürlich nicht. Ein Jahr zuvor hatte ihm ein Kollege aus Pori von einem ähnlichen Fall erzählt. Die Wahrheit war oft ganz simpel. Doch der Knopf war natürlich noch nicht alles. Es gab auch ein Motiv.

»Erzählen Sie mir von Kartano«, sagte Hanhivaara.

»Ich habe Ihnen alles gesagt. Ich finde, ich war sehr offen.«

»Erzählen Sie mir von Kartano und Ihrer Schwester.«

Dahlberg sah Hanhivaara scharf an. Dann verzog er das Gesicht und sagte: »Das haben Sie also auch ausgegraben.«

»Ja, das habe ich. Die Polizei muss jeder Spur nachgehen. Als Kartanos Mutter erzählte, eine hysterische Frau habe wüste Vorwürfe gegen ihren Sohn erhoben, habe ich natürlich nachgeprüft, wer diese Frau war. Ihre Schwester.«

Dahlberg sagte: »Da sind Sie auf dem Holzweg. Meine Schwester hatte mit der Sache nichts zu tun.«

»Doch. Sie war Ihr Motiv.«

»Nein, das war sie nicht.«

»Ist das ein Geständnis?«

»Zum Teufel, wahrscheinlich haben Sie irgendwelche Beweise. Na, warten wir's ab.«

»Ihre Schwester ist im Ausland, habe ich mir sagen lassen. Aber keine Sorge, wir werden noch Gelegenheit haben, mit ihr zu sprechen. Oder wollen Sie mir erzählen, was vorgefallen ist?«

»Da gibt es nichts zu erzählen. Sie ist ein erwachsener Mensch und wusste, was sie tat. Sie wollte sich erotische Erlebnisse verschaffen. Leider ist sie damit nicht fertig geworden. Die Leute stellen sich immer vor, Orgien wären unglaublich toll, aber die meisten täten besser daran, dergleichen nur in ihrer Fantasie zu erleben. Meine Schwester zum Beispiel. Das Ganze war ihre eigene Schuld, daraus können Sie kein Motiv stricken.«

Hanhivaara sagte: »Dieser Knopf wurde unmittelbar neben der Leiche gefunden. Sie haben wohl nicht bemerkt, dass er abgesprungen ist.«

»Nein. Aber das ist ja auch kein Wunder. Versuchen Sie mal, eine Leiche hunderte von Metern durch den Wald zu schleppen! Da kann man noch ganz was anderes verlieren als einen Knopf.«

»Wie ist es denn nun passiert?«

Dahlberg sah sich um. Die Umgebung war ihm vertraut, es würde ihm Leid tun, sie zu verlieren. Er begann zu erzählen: »Ich war tatsächlich auf dem Weg zum Pinkeln. Es war eine helle Nacht, aber das ist in dieser Jahreszeit ja normal. Da habe ich ihn gesehen. Das heißt, zuerst wusste ich nicht, dass es Antero war. Ich habe vorsichtig einen Bogen geschlagen, um nachzusehen, wer da im Gebüsch hockt und warum. Ich dachte, es wäre einer von uns, und wollte mir einen kleinen Spaß erlauben. Aber dann sah ich, dass es Antero war, der da mal wieder seine blöden voyeuristischen Spielchen trieb. Plötzlich hatte ich ihn einfach nur satt. Ich sah, wie er sich am Anblick der Frauen, die aus der Sauna kamen, aufgeilte, es war irgendwie krankhaft und obszön. Er war wirklich übergeschnappt ... Ich erinnere mich nicht mehr genau, wie es im Einzelnen abgelaufen ist. Virpi kam gerade aus der Sauna. Dann drehte sie sich um und ging schwankend zurück. Man hat sie später schlafend im Vorraum gefunden. Das war mein Glück, denn sie hatte keine Ahnung, was passiert war. Aber mein Glück hat nicht lange vorgehalten. Da war diese andere Frau. Verdammt nochmal ... Ich habe einen Stein aufgehoben und ihn Antero auf den Kopf geschlagen. Er hat sich umgedreht und mich gesehen; ob er mich erkannt hat, weiß ich nicht. Ich habe noch einmal zugeschlagen. Vermutlich ist er gleich danach gestorben. Dann begriff ich allmählich, was ich getan hatte. Ich konnte wieder denken. Mir war klar, dass ich versuchen musste, nicht geschnappt zu werden. In einer solchen Situation ist es nicht leicht zu entscheiden, was man tun soll. Ich habe die Leiche in den Wald geschleppt und da liegen gelassen. Das alles kann nicht sehr lange gedauert haben, jedenfalls hat keiner der anderen meine Abwesenheit bemerkt, wie Sie bei den Vernehmungen sicher festgestellt haben.«

»Das geht vielleicht als Totschlag durch«, meinte Hanhivaara.

»Sie können sagen, was Sie wollen. Ich möchte noch ein Bier.«

Dahlberg holte Nachschub. Hanhivaara war nervös. Dahlberg hatte etwas gesagt, was er nicht hätte sagen dürfen.

Hanhivaara war immer noch beim ersten Bier. Beide Männer schwiegen. In Hanhivaaras Kopf surrte es, ein eintöniges Brummen.

Dahlberg wurde langsam betrunken. Sein Blick war schwermütig geworden.

Er fragte: »Wollen Sie wirklich wissen, warum ich es getan habe?«

Hanhivaara nickte.

»Er hat mich Windel-Ville genannt.«

»Das verstehe ich nicht«, sagte Hanhivaara.

»Nein, das können Sie auch nicht verstehen.«

»Die Tatsachen sind eindeutig. Sie sinnen schon seit Jahren auf Rache. Ihre Freundschaft war nur vorgetäuscht. Und jetzt haben Sie Ihre Schwester gerächt. Dass Kartano Sie Windel-Ville genannt hat, hat damit überhaupt nichts zu tun. Das ist doch kein Grund, jemanden umzubringen.« Nach Hanhivaaras Ansicht war der Fall völlig klar. Und zugleich unbegreiflich. Wenn sich die Gelegenheit nicht geboten hätte, hätte es vielleicht auch keine Leiche gegeben.

»Ein guter Verteidiger biegt das zum Totschlag hin«, meinte er.

Dahlberg sagte: »Nicht mehr. Vielleicht wäre das irgendwann möglich gewesen, aber jetzt nicht mehr. Ich dachte, man würde mich nie fassen. Die Frau habe ich ganz umsonst getötet.«

Das Surren in Hanhivaaras Kopf verstummte. »Welche Frau? Was sagen Sie da?«

Dahlbergs raue Stimme war nun nicht mehr dröhnend. Sie war matt und kraftlos. »Die Frau aus dem Sommerhaus nebenan. Ich glaube, sie hat mich gesehen. Jedenfalls habe ich sie gesehen, als ich zu Mitrunens Sommerhaus zurückging, nachdem ich Anteros Leiche losgeworden war. Vielleicht hat sie mich auch gar nicht bemerkt. Aber ich durfte nichts riskieren. Es hat mich mehrere Tage gekostet, herauszufinden, wer sie war und wo sie wohnte. Alles umsonst … Alles umsonst.«

Hanhivaara erinnerte sich, dass er am Mittsommerabend ein paar Stunden geschlafen hatte. Er wusste, dass Mitrunen nur einen Nachbarn hatte.

»Wann ist das passiert? Wer war es?«

»Heute. Eine Ta…«

Hanhivaara packte sein Glas und holte aus. Das Glas traf Dahlberg am Kinn, doch der dichte Bart und die Tatsache, dass das Glas leer war, bewahrten ihn vor einem Kieferbruch. Das Glas rollte auf den Boden, zerbrach aber nicht. Den zweiten Schlag führte Hanhivaara mit der Handkante und brach Dahlberg das rechte Schlüsselbein. Dahlberg ging brüllend zu Boden und kam nicht wieder hoch. Er versuchte es gar nicht erst. Hanhivaaras dritter Schlag traf ihn am Mund, und diesmal konnte auch der Bart nicht verhindern, dass er zwei Zähne verlor. Der vierte Schlag traf Dahlberg am Hals; er klagte nicht mehr; er hatte das Bewusstsein verloren.

Erst als der Türsteher dazwischenging, merkte Hanhivaara, dass er im Begriff war, einen Menschen zu töten, und hörte auf.

Sechsundzwanzig

Nach der Urteilsverkündung grübelten einige Polizisten über verschiedene Ungereimtheiten.

Sie fragten sich, was der Zettel zu bedeuten hatte, auf den Kartano Notizen über das Gewicht von Steinen geschrieben hatte.

Sie fragten sich, warum Kartano zu Mitrunens Sommerhaus gekommen war, denn Dahlberg bestritt, ihn eingeladen zu haben.

Sie fragten sich, warum Kartano Virpi Hiekkalas Lebensversicherung et cetera berechnet hatte.

(Rimpiaho glaubte die Antwort auf diese Fragen zu kennen, doch was er glaubte, spielte keine Rolle mehr.)

Sie fragten sich auch, warum Kartano von Unterschlagungen gesprochen hatte, die es gar nicht gab.

Kartanos Tagebuch hätte Aufschluss über diese Fragen geben können, aber es wurde nie gefunden, aus dem einfachen Grund, dass es nie geschrieben worden war.

Maija Takalas Leiche war in ihrer Wohnung gefunden worden; Dahlberg hatte sie mit einer Kristallvase erschlagen. Mit der einzigen, die sie besaß.

Ihr Tod war sinnlos, denn sie hatte Dahlberg weder mit noch ohne Leiche im Wald gesehen. Dahlberg hatte sich geirrt.

Dennoch konnte die Justiz zufrieden sein: Ohne Maija Takalas Tod hätte das Gericht einen Lebensretter verurteilt, keinen Mörder. Nur Kartano hätte die Wahrheit ans Licht bringen können. Aber er war tot.

Krimis von Harri Nykänen

Schwärzer als ein schwarzes Schaf

Deutsche Erstausgabe
Aus dem Finnischen von Regine Pirschel
ISBN 3-89425-515-3

Ausgezeichnet mit dem finnischen Krimipreis 2001

Der schwerkranke Nygren und sein Komplize Raid sind in einem alten Mercedes unterwegs durch Finnland und begleichen alte Rechnungen. Grund genug für Kommissar Jansson und seinen Kollegen Huusko, ihren Kuraufenthalt abzubrechen und sich den beiden an die Fersen zu heften.

»Nykänen ist realitätsnah und märchenhaft, melancholisch und komisch, knallhart und sacht auf einmal, und er schreibt schlackenfrei und ökonomisch.« (Stuttgarter Zeitung)

Raid und der Brandstifter

Deutsche Erstausgabe
Aus dem Finnischen von Regine Pirschel
ISBN 3-89425-523-4

Einer Bagatelle wegen lässt Raid, der sympathische Gangster mit eigener Moral, sich in den Knast verfrachten. Kommissar Jansson von der Kripo Helsinki ahnt: Raid will keine Buße tun. Er hat einen Job zu erledigen.

»Spannung bis zum fulminanten Schluss ... Raid könnte ein neuer Star in der literarischen Krimiszene werden. Er hat alles, was eine schillernde Persönlichkeit ausmacht und besitzen muss: Charisma und eine bestechende natürliche Autorität.« (Emsdettener Volkszeitung)

Raid und der Legionär

Deutsche Erstausgabe
Aus dem Finnischen von Regine Pirschel
ISBN 3-89425-535-8

Drei Tote im Kleinganovenmilieu von Helsinki. Ein Verdächtiger ist schnell gefunden: der berüchtigte Eki, genannt der ›Legionär‹. Doch Kommissar Jansson hat seine Zweifel und mithilfe des Gentleman-Verbrechers Raid macht er sich auf die Suche nach dem wahren Täter.

»Das skandinavische Gegenmodell zu Kommissar Wallander und Annika Bengtzon heiß Raid ... Nykänens Held hat das Zeug zum Star.«
(Bücher-Magazin)

grafit